*Pamphlet, documenti, storie*

**REVERSE**

*Autori e amici di*

**chiarelettere**

Avventura Urbana Torino, Andrea Bajani, Gianni Barbacetto, Oliviero Beha, Marco Belpoliti, Daniele Biacchessi, David Bidussa, Paolo Biondani, Caterina Bonvicini, Alessandra Bortolami, Giovanna Boursier, Carla Buzza, Davide Carlucci, Luigi Carrozzo, Carla Castellacci, Fernando Coratelli, Pino Corrias, Gabriele D'Autilia, Andrea Di Caro, Giovanni Fasanella, Massimo Fini, Goffredo Fofi, Fondazione Fabrizio De André, Massimo Fubini, Milena Gabanelli, Mario Gerevini, Gianluigi Gherzi, Salvatore Giannella, Stefano Giovanardi, Didi Gnocchi, Peter Gomez, Beppe Grillo, Ferdinando Imposimato, Karenfilm, Marco Lillo, Giuseppe Lo Bianco, Carmelo Lopapa, Vittorio Malagutti, Luca Mercalli, Lucia Milazzotto, Angelo Miotto, Giorgio Morbello, Alberto Nerazzini, Sandro Orlando, Pietro Palladino, David Pearson *(graphic design)*, Maria Perosino, Renato Pezzini, Telmo Pievani, Paola Porciello *(web editor)*, Marco Preve, Rosario Priore, Emanuela Provera, Sandro Provvisionato, Luca Rastello, Marco Revelli, Gianluigi Ricuperati, Sandra Rizza, Marco Rovelli, Claudio Sabelli Fioretti, Andrea Salerno, Ferruccio Sansa, Evelina Santangelo, Michele Santoro, Matteo Scanni, Marco Travaglio, Carlo Zanda.

**PRETESTO 1**

→ *a pagina XII*

"Forse, se ai misteri
dell'agenda rossa...
si fosse dedicato
un decimo dello
spazio riservato dalla
televisione di regime
al delitto di Cogne
e ad altri diversivi,
oggi sapremmo
qualcosa in meno
sul pigiama della
signora Franzoni
e qualcosa in più sulle
origini della nostra
Seconda Repubblica."

Dalla *Prefazione* di Marco Travaglio

**PRETESTO 2**

→ *a pagina 13-14*

"L'agenda dei segreti sparita
nel nulla, testimone
di una stagione terribile…
oggi la immaginiamo sepolta
in un polveroso archivio
di qualche stanzone in uso
a chissà quale struttura
di intelligence parallela.
Percorrendo insieme
a Borsellino il calendario
di quei giorni di fuoco
e scorrendo la cronaca
di quella morte annunciata,
vorremmo darvi l'illusione
di riaverla finalmente
tra le mani."

→ *a pagina 75*

"Nonostante tutti sapessero
che il prossimo sarebbe stato Paolo,
nonostante lui stesso avesse confidato
a un paio di persone che a Palermo
era arrivato l'esplosivo per lui,
qui, in via D'Amelio non era stata
presa nessuna misura precauzionale."

Rita Borsellino

Soci: Gruppo Editoriale Mauri Spagnol Spa
Lorenzo Fazio (direttore editoriale)
Sandro Parenzo
Guido Roberto Vitale (con Paolonia Immobiliare Spa)
Sede: Via Guerrazzi, 9 - Milano

ISBN 978-88-6190-014-1
Prima edizione: giugno 2007
Seconda edizione: luglio 2007

*www.chiarelettere.it*
BLOG / INTERVISTE / LIBRI IN USCITA

*Giuseppe Lo Bianco*
*Sandra Rizza*

# L'agenda rossa di Paolo Borsellino

Prefazione *di Marco Travaglio*

chiarelettere

Giuseppe Lo Bianco, 48 anni, caposervizio aggiunto all'Agenzia Ansa di Palermo. Cronista giudiziario da ventitré anni, ha lavorato al «Giornale di Sicilia» e a «L'Ora» negli anni caldi della guerra di mafia, dal blitz del settembre 1984 dopo le dichiarazioni di Buscetta, che originò il primo maxiprocesso alle cosche, ai misteri delle stragi mafiose, ai processi Andreotti e Contrada. È convinto che la mafia, trasformatasi da associazione a delinquere in sistema democraticamente rappresentato, costituisca la prima, autentica, emergenza del paese. Corrispondente de «L'espresso» dalla Sicilia, ha scritto con Franco Viviano *La strage degli eroi*, Edizioni Arbor, Palermo 1996, e con Sandra Rizza *Rita Borsellino. La sfida siciliana,* Editori Riuniti, Roma 2006 e *Il gioco grande. Ipotesi su Provenzano,* Editori Riuniti, Roma 2006.

Sandra Rizza, 45 anni, cronista giudiziaria all'Ansa di Palermo, ha imparato il mestiere negli stanzoni de «L'Ora» di Palermo, negli anni caldi della guerra di mafia, passando presto dalle cronache di ordinaria marginalità sociale alla cronaca nera e giudiziaria. Ha collaborato con «il manifesto» seguendo le udienze del maxiprocesso, e firmando servizi di approfondimento sul tema del garantismo, sul pentitismo e sugli aspetti «sociologici» del fenomeno mafia, a partire dal ruolo delle donne all'interno dei clan. Ha collaborato con «La Stampa», ed è stata corrispondente dalla Sicilia del settimanale «Panorama» negli anni delle stragi 1992-93. Ha scritto *Rita Atria. Una ragazza contro la mafia*, editrice La Luna, Palermo 1993. Con Lo Bianco ha scritto *Rita Borsellino. La sfida siciliana,* Editori Riuniti, Roma 2006 e *Il gioco grande. Ipotesi su Provenzano,* Editori Riuniti, Roma 2006.

# Sommario

# Prefazione
*di Marco Travaglio*

Questo non è soltanto un libro su un'agenda scomparsa. Questo è anche e soprattutto un libro su una storia scomparsa: la storia degli ultimi giorni di Paolo Borsellino e della sua morte violenta insieme agli uomini della scorta, il 19 luglio 1992 in via Mariano D'Amelio a Palermo. È incredibile, leggendola, scoprire quante cose la gente non sa anche del pochissimo che se ne sa. Le indagini e i processi sull'assassinio di Borsellino hanno accertato molto meno che su quello di Giovanni Falcone, Francesca Morvillo e i loro angeli custodi sull'autostrada di Capaci. Hanno condannato il solito gotha di Cosa nostra e qualche componente del commando, ma chi abbia materialmente collocato e azionato il congegno esplosivo rimane un mistero. Anche i pentiti più loquaci, su questo punto, sono stati molto avari di particolari, o si sono contraddetti, o hanno mentito. Eppure anche quel poco che è ormai accertato, dalle cronache giornalistiche, dalle testimonianze degli uomini più vicini al magistrato, dalle ricostruzioni giudiziarie, è in gran parte sconosciuto ai più. I sempre più stanchi e retorici rituali delle commemorazioni ufficiali che si susseguono di anno in anno, anziché aiutare a fare memoria, alimentano l'effetto-melassa. Puntando tutto sull'agiografia dell'eroico giudice antimafia e nulla su quei particolari dei suoi ultimi giorni di vita che, presi uno per uno, non dicono nulla. Ma che composti nel mosaico cronologico aiutano a capire molto, se non tutto. E cioè la natura politico-terroristica della strage di via D'Amelio, con le peculiarità che la distinguono da quella di Capaci a dispetto della ravvicinata *consecutio temporum*, e la proiettano piuttosto su quello che accadrà molti mesi dopo: le bombe della primavera-estate del 1993 a Milano, Firenze e Roma e poi la «pax mafiosa» iniziata con il mancato (anzi, revocato) attentato allo stadio Olimpico della capitale, coincisa con la discesa in campo politico di Silvio Berlusconi e Marcello Dell'Utri, e proseguita fino a oggi.

È incredibile come migliaia di articoli, centinaia fra libri, film, fiction, dibattiti, e decine di celebrazioni siano scivolati sulla memoria collettiva come l'acqua sul vetro, senza lasciare alcuna traccia di quei dettagli decisivi. Forse, se ai misteri dell'agenda rossa, come pure delle trattative tra stato e mafia dietro le quinte di una scena occupata da una guerra più recitata che guerreggiata, si fosse dedicato un decimo dello spazio riservato dalla televisione di regime al delitto di Cogne e ad altri diversivi, oggi sapremmo qualcosa in meno sul pigiama della signora Franzoni e qualcosa in più sulle origini della nostra Seconda Repubblica. Che, come ripete il magistrato Antonio Ingroia, allievo prediletto e miglior erede di Borsellino, «affonda i suoi pilastri sul sangue delle stragi».

L'agenda rossa sulla quale, negli ultimi mesi della sua esistenza, Paolo Borsellino annotava minuziosamente appuntamenti, riflessioni, scoperte e intuizioni investigative anche e soprattutto su chi aveva ucciso il suo amico Giovanni e perché, e dunque su chi e perché stava preparandosi a eliminare anche lui, è scomparsa dalla borsa ritrovata intatta tra i rottami fumanti della sua auto in via D'Amelio. Chi l'abbia rubata, non si sa. Si sa soltanto che esiste e che da quindici anni qualcuno se ne serve, probabilmente a scopo ricattatorio. Così com'è avvenuto per tanti, troppi documenti «misteriosamente» scomparsi dalla scena di altri delitti politici: dai diari del generale Carlo Alberto Dalla Chiesa, alla borsa di Aldo Moro, ai file completi degli appunti informatici di Giovanni Falcone (forse più ampi e più recenti di quelli, fermi ai primi mesi del 1991, pubblicati dal «Sole 24 Ore»). Dei balletti di mezze verità, ritrattazioni, bugie, reticenze e silenzi di tanti, troppi pubblici ufficiali intorno all'agenda rossa, questo libro di Giuseppe Lo Bianco e Sandra Rizza, cronisti di razza, è la ricostruzione più completa. Sempre in attesa e nella speranza che le indagini di Caltanissetta facciano il salto di qualità.

Le indagini sono quelle sui «mandanti occulti» delle stragi del 1992-93. Dei registi non siciliani e non mafiosi che guidarono o accompagnarono la mano di Riina, Bagarella & C. Fior di sentenze, anche definitive, affermano che quei mandanti esterni a Cosa nostra esistono, anche se sono ancora «a volto coperto». In pratica chi ha ideato o suggerito le stragi è ancora a piede libero e probabilmente riveste posizioni di potere proprio in forza del suo potere di ricatto, delle cose che sa e che non si possono dire. L'idea che degli stragisti circolino indisturbati per l'Italia dal 1992-93 avrebbe dovuto provocare una mobilitazione politica, investigativa, informativa, culturale straordinaria e incessante per assicurarli alla giustizia e riempire i buchi neri della nostra storia recente. Invece niente di tutto questo. Anzi, l'esatto contrario. Chiunque si sia accostato a quel tema-tabù, in questi quindici anni, è stato spazzato via. Giornalisti e persino attori satirici cacciati dalla Rai con l'accusa di «uso criminoso della televisione pubblica». Magistrati epurati per anni dal pool antimafia di Palermo o costretti ad andarsene da Caltanissetta o lasciati soli a Firenze perché disturbavano il manovratore. Collaboratori di giustizia che parlavano troppo indotti al silenzio da controriforme legislative, attacchi politici, campagne mediatiche. Chi tocca quei fili muore, o è come se fosse morto.

Aiutati da un'altra agenda, molto più anonima fin dal colore (il grigio) di Borsellino, Lo Bianco e Rizza seguono passo passo il giudice mentre va incontro alla morte negli ultimi frenetici giorni della sua vita. Raccontano che cosa faceva e diceva poco prima di morire (per esempio, l'attacco ai «giuda» che tradirono Falcone al Csm e a quell'assurdo articolo di Sciascia contro i «professionisti dell'antimafia», nel gennaio 1987, quando «Falcone cominciò a morire»). Rievocano gli ultimi scontri con l'ineffabile procuratore Giammanco, che lo boicottò fino alla vigilia della strage. Gli interrogatori ai primi pentiti di seconda generazione (dopo la stagione di Buscetta, Contorno e Calderone), quelli scaturiti dallo choc del delitto Lima e della strage di Capaci: e cioè Leonardo Messina e Gaspare Mutolo. Soprattutto Mutolo, che prim'ancora di verbalizzare parlò a Borsellino delle collusioni mafiose di un personaggio sinistro come Bruno Contrada (condannato per mafia definitivamente, e giustamente, dalla Cassazione nel maggio 2007). Fotografano la scena del delitto e le strane presenze in via D'Amelio di uomini delle istituzioni e delle forze dell'ordine, subito dopo o addirittura prima della strage. Evidenziano le carenze nell'apparato di protezione di quello che, più che un giudice a rischio, era un morto che camminava («è già arrivato il tritolo per me», ripeteva negli ultimi giorni, mentre lo stato non riusciva nemmeno a trasformare in isola pedonale la piazza antistante alla casa di sua madre). Raccontano la stranissima convocazione al Viminale che il 1° luglio 1992 lo costrinse a interrompere l'interrogatorio in cui Mutolo cominciava a parlare di Contrada: per incontrare chi, non si sa. Forse il neoministro degli Interni Nicola Mancino (che non ricorda), forse il capo della polizia Vincenzo Parisi (che intanto è morto), forse lo stesso Contrada (che smentisce), forse un fantasma. Ripercorrono quelle che i giudici riterranno le tre cause scatenanti del «cambio di programma» che indusse Cosa nostra a eliminare Borsellino al posto di una sfilza di politici «traditori» individuati in un primo momento. Primo: l'intervista a due giornalisti francesi di Canal Plus sui rapporti fra Vittorio Mangano, Silvio Berlusconi e Marcello Dell'Utri. Secondo: le incredibili leggerezze dei ministri Scotti e Martelli, che candidarono pubblicamente il magistrato alla Superprocura all'indomani della morte di Falcone, sovraesponendolo scriteriatamente in un momento così drammatico. Terzo: la trattativa avviata con Cosa nostra, tramite Vito Ciancimino, dai vertici del Ros dei carabinieri (la stessa struttura che pochi mesi dopo ingannerà la Procura di Palermo, rinunciando a perquisire il covo di Totò Riina appena arrestato). Forse a quella trattativa Borsellino si oppose, forse diede a vedere che si sarebbe opposto, comunque fu visto dai boss come un ostacolo da rimuovere sulla strada della «pax mafiosa». E chissà perché il generale Mori e il capitano De Donno attesero sei anni per rivelare quella trattativa e l'incontro segreto avuto con Borsellino il 25 giugno 1992, quando inspiegabilmente non lo avvertirono (così almeno dicono) dei colloqui avviati con Ciancimino.

«Ho capito tutto» ripeteva Borsellino negli ultimi giorni della sua vita, mentre lavorava giorno e notte sulla strage di Capaci fumando una sigaretta via l'altra: «È una corsa contro il tempo quella che io faccio. Sto vedendo la mafia in diretta, devo lavorare tanto, devo lavorare tantissimo...». E aveva capito tutto anche sul suo prossimo assassinio: «Mi uccideranno, ma non sarà una vendetta della mafia. La mafia non si vendica. Forse saranno mafiosi quelli che materialmente mi uccideranno, ma quelli che avranno voluto la mia morte saranno altri». Ma la stessa fretta non mostrava la Procura di Caltanissetta, poco ansiosa di sapere che cosa aveva capito. La stessa fretta non mostrava il procuratore Giammanco, che solo la mattina del 19 luglio si decise a delegarlo, dopo mesi di rifiuti e meline, alle indagini sulla mafia palermitana. La stessa fretta non mostrava la politica, che anzi si baloccava intorno a fantomatiche «piste internazionali» della strage Falcone, cavillava sul decretone antimafia (varato dopo Capaci, sarà convertito in legge solo dopo via D'Amelio) e «dimenticava» di proteggere adeguatamente Borsellino. Quasi che, intorno al povero Paolo, fossero in molti ad aver capito molto, o tutto. Ma avessero deciso di tenere nascoste quelle verità indicibili che lui voleva a tutti i costi scandagliare e divulgare.

Oggi, quindici anni dopo, non è cambiato nulla. L'impressione sempre più palpabile è che, ai piani alti del potere, quelle verità indicibili le conoscano in tanti, ma siano d'accordo nel tenerle coperte da una spessa coltre di *omissis*. Per sempre. L'agenda rossa è la scatola nera della Seconda Repubblica. Dovesse cadere nelle mani «sbagliate», quelle dei magistrati e dei cittadini onesti, tutti capirebbero tutto. Grazie a questo libro di Giuseppe Lo Bianco e Sandra Rizza, cominciamo a capire qualcosa anche noi. E non è poco.

# L'agenda rossa di Paolo Borsellino

*A mia madre, che mi manca*
S.R.

*A mio padre*
G.L.B.

La verità sulla morte di Borsellino sta nella sua agenda, un'agenda rossa dell'Arma dei carabinieri che gli aveva regalato un militare e sulla quale il giudice scriveva tutte le sue cose riservate... In quell'agenda, ne sono sicuro, c'era anche la verità su chi e perché aveva ucciso il giudice Giovanni Falcone.

*Tenente Carmelo Canale all'Ansa, 19 luglio 2002*

Mio marito non si separava mai da quell'agenda, vi annotava tutti i suoi incontri di lavoro. Sono sicura che l'avesse con sé anche il giorno in cui fu ucciso, ma non mi è mai stata restituita.

*Agnese Borsellino, 23 marzo 1995*
*davanti alla corte di Assise di Caltanissetta*

La sparizione dell'agenda rossa è un'ulteriore anomalia. In quell'agenda, secondo me, c'è scritto il motivo per cui Paolo è stato ucciso.

*Rita Borsellino agli autori, 20 dicembre 2005*

# Introduzione

Era un'agenda rossa, larga e rettangolare, con la copertina di pelle. Gliel'aveva regalata l'Arma dei carabinieri, e Paolo Borsellino l'utilizzava per annotare i fatti e le considerazioni più nascoste. Non se ne separava mai e a nessuno faceva leggere il suo contenuto. Non era un diario e neanche un vero e proprio quaderno di appunti. Ma dopo la strage che il 23 maggio 1992 si prese la vita di Giovanni Falcone, della moglie Francesca Morvillo e di tre agenti della scorta, quell'agenda Borsellino la usò come promemoria della sua marcia di avvicinamento ai misteri di Capaci, trasformandola così nella cronaca della sua morte ampiamente annunciata.

Pure quel pomeriggio di domenica, l'ultimo della sua vita, poco prima di andare incontro al suo destino, Borsellino la ripose nella sua borsa di cuoio, dopo avervi scritto lunghe e minuziose annotazioni. Lo vide la moglie, Agnese Piraino Leto, intento a riempire quelle pagine di carta sottile, e lo raccontò ai giudici. Ma quell'agenda rossa non è stata mai più ritrovata. Dentro la borsa di cuoio intatta, raccolta sul sedile posteriore della Croma blindata nell'inferno di via D'Amelio, c'erano le chiavi, le sigarette, persino un costume ancora bagnato. L'agenda no. Quella era letteralmente sparita.

Quindici anni dopo, quel documento con la copertina di

pelle, svanito come in un gioco di prestigio dalla borsa di Paolo Borsellino, è diventato un «caso istituzionale», un mistero nel mistero che rischia di trascinare a giudizio un ufficiale dei carabinieri per false dichiarazioni al pubblico ministero, per avere chiamato in causa due magistrati che però negano di avere mai ricevuto in consegna quella borsa.

L'indagine, avviata dalla Procura di Caltanissetta nell'ambito del fascicolo sui cosiddetti «mandanti occulti», parte da una foto a colori, tra le mille scattate sul teatro ancora fumante dell'esplosione, che ritrae un uomo con in mano la borsa del magistrato in via D'Amelio. L'uomo è l'allora capitano dei carabinieri Giovanni Arcangioli, con il viso tirato, nel pieno inferno della strage, tra idranti che spruzzano cascate d'acqua e colonne di fumo che si levano verso il cielo. Gli attimi sono quelli immediatamente successivi all'esplosione, si vedono sullo sfondo le carcasse d'auto in fiamme non ancora spente dai vigili del fuoco. L'istantanea, saltata fuori dallo studio di un fotografo palermitano, Franco Lannino, innesca la macchina investigativa della Procura di Caltanissetta che punta al cuore del movente dell'eccidio, racchiuso probabilmente proprio in quell'agenda rossa. Nello studio del fotoreporter piombano cinque agenti della Dia (Direzione investigativa antimafia), a caccia di altre istantanee che possano avere colto altri attimi importanti di quel pomeriggio di fuoco. E subito dopo i cinque si spostano in altri studi fotografici, nelle redazioni della Rai e delle emittenti private alla ricerca di filmati di quei momenti.

Processualmente, la borsa compare per la prima volta in un verbale delle 18.30 di quella domenica di luglio di quindici anni fa, un verbale redatto alla squadra Mobile di Palermo: è un inventario degli oggetti rinvenuti nell'auto blindata di Borsellino, e all'agenda non si fa cenno. L'uomo che compare nella foto con la borsa è l'unica traccia concreta che porta al documento scomparso. Interrogato prima dal funzionario della Dia Nando Buceti e poi dai pm di Caltanissetta, Renato di Natale e Carlo Negri, l'ex capitano Arcangioli fa i nomi di due magistrati, ai quali avrebbe consegnato, senza averla mai aperta, come ha detto in un primo momento, la cartella di cuoio di Borsellino. I due sono: l'ex pm del maxiprocesso Giuseppe Ayala, all'epoca neodeputato del Partito repubblicano, e Vittorio Teresi, adesso sostituto procuratore generale. Ma Teresi ha negato con decisione di avere mai ricevuto quella borsa. E, sentito sul punto, è parso allibito: «Io arrivai in via D'Amelio intorno alle 18-18.30 e della borsa non so proprio nulla. Conoscevo bene Arcangioli, ma non ricordo di averlo notato in quei momenti. Tutto ciò è molto strano».

Ayala, invece, presente sin dai primissimi istanti in via D'Amelio («abitavo a cinquecento metri» dirà), ricorda di averla notata lui stesso, quella cartella di cuoio abbandonata sul sedile posteriore, e di averla «materialmente presa o indicata e comunque affidata a un carabiniere in divisa». «Ero parlamentare, non potevo occuparmene – ha detto – e sono tra quei cittadini, tanti, per i quali l'Arma è ancora sacra».

Arcangioli è rimasto fermo nella sua versione, precisandola meglio in seguito: ha sostenuto di avere aperto la borsa con Ayala, e di avere constatato insieme a lui l'assenza dell'agenda. Poi di avere consegnato la borsa a un carabiniere del quale non ricorda il nome. Una versione che l'ex pm del maxiprocesso ha smentito in un confronto teso con l'ufficiale. Ad assistere alla scena c'è anche un giornalista, Felice Cavallaro, anche lui interrogato dal pm nisseno, che ha confermato la versione di Ayala: «Ricordo che lo sportello posteriore sinistro della Croma era aperto, la borsa era dentro l'auto, a terra, nello spazio tra il sedile posteriore e lo schienale anteriore. Con noi c'era un esponente delle forze dell'ordine in borghese e un ufficiale dei carabinieri in divisa. Ayala l'affidò a loro senza aprirla, io non ne seppi più nulla». C'è poi un altro episodio singolare: nella foto agli atti, la borsa in mano ad Arcangioli appare integra, senza quei segni di bruciature che, invece, compaiono nella borsa recuperata alle 18 sul sedile posteriore.

La verità sarà probabilmente affidata al giudizio di un tribunale. Al di là dell'unico fatto certo e incontrovertibile: prelevata alle 17.30 circa dal capitano Arcangioli (lo testimonia la foto), la borsa ricompare poco dopo a bordo dell'auto da dove viene definitivamente rimossa alle 18 circa (senza più tracce dell'agenda rossa).

Perché l'agenda era così importante? Che cosa vi aveva annotato Borsellino? Quali menti raffinatissime aveva incontrato e quali disegni perversi aveva rintracciato nel corso dell'ultimo tratto della sua esistenza, vissuta con la consapevolezza di andare incontro a una fine certa perché inevitabile?

Annotazioni sicuramente inquietanti, se su quegli attimi immediatamente successivi all'esplosione (quelli in cui l'agenda sparisce) si è scatenato uno strano balletto di dichiarazioni e smentite da parte di funzionari dello stato chiamati a operare, teoricamente, nella stessa trincea antimafia.

Dopo otto anni, due ufficiali del Ros, Raffaele Del Sole e Umberto Sinico, costretti in procura a confermare una rivelazione del tenente Carmelo Canale (che per primo si era confidato con i magistrati), hanno raccontato al pm Nino Di Matteo che Roberto Di Legami, funzionario della Mobile, dieci-quindici giorni dopo l'attentato disse loro che Bruno Contrada, numero tre del Sisde condannato poi per mafia, era stato visto dagli agenti della prima volante aggirarsi per via D'Amelio e che la relazione di servizio era stata distrutta. Di Legami ha negato con fermezza. I tre, Di Legami, Del Sole e Sinico, un tempo amici, durante il confronto hanno avuto toni tesi, serrati e alla fine ciascuno è rimasto sulle proprie posizioni, nessuno ha parlato di equivoco. Di Legami, poi, è stato assolto, i due ufficiali continuano a lavorare normalmente.

Per anni gli interrogativi su quella presenza di Contrada in via D'Amelio hanno alimentato voci sottotraccia nei corridoi di caserme e procure, amplificate dalle rivelazioni, rimaste segrete, di un pentito mai creduto, Francesco Elmo, che affermò di avere visto l'ex funzionario del Sisde allontanarsi dal luogo dell'esplosione stringendo «qualcosa», forse una cartella, sotto il braccio, in compagnia del suo collega Narracci. Secondo Elmo, accorso sul teatro della strage dalla vicina fiera del Mediterraneo, dove aveva un appuntamento con un usuraio, quel pomeriggio di domenica 19 luglio via D'Amelio era trafficata come via del Corso, a Roma, sotto le feste di Natale. Tra le auto in fiamme, infatti, il pentito notò anche Giuseppe Ciuro, il maresciallo della Dia coinvolto nell'operazione delle «talpe in procura».

L'inchiesta accertò che Elmo mentiva: quel giorno, si sarebbe scoperto poi, Contrada alle 17 era in barca, al largo di Palermo, con il suo collega Narracci, con un commerciante, adesso morto, e con un ufficiale dei carabinieri; e che sarebbe arrivato in via D'Amelio solo alle 22.30 circa. E anche Ciuro, quel giorno, era con la sua famiglia a festeggiare l'anniversario di matrimonio. Chi invece alle 17 c'era, e non per motivi di servizio, notato da un collega, è l'agente di polizia Salvatore Mannino, in forza fino a qualche tempo prima al commissariato San Lorenzo, poi trasferito a Firenze e sospettato di essere stato una talpa del commissariato. Lo vede l'agente Salvatore Angelo, della volante San Lorenzo, tra i primi ad arrivare: «Mi ha colpito addirittura un abbigliamento consuetudinario a lui, giacca e pantaloni colore cammello, e questo ha fatto scattare l'interrogativo: ma 'sta persona qua che ci fa? Proprio perché il soggetto era quello che io ricordavo da sempre. Io poi l'ho perso con lo sguardo, perché come lui ha attraversato ancora c'era il fumo, c'erano le... le auto in fiamme, cioè non era facile seguire le persone all'interno della via D'Amelio. Ripeto, sono attimi in cui la cosa era ancora abbastanza fresca».

L'agenda rossa, purtroppo, è storicamente perduta. Ma noi, quindici anni dopo, siamo in grado di ricostruire il calendario degli eventi privati, professionali e istituzionali, che scandirono gli ultimi cinquantasei giorni di vita di Paolo Borsellino, un uomo rimasto solo, proiettato improvvisamente sulla scena nazionale e chiamato, con l'unico bagaglio della sua etica professionale, a fronteggiare un nemico che aveva appena massacrato Giovanni Falcone, colui che Borsellino stesso definiva il suo «scudo umano». Un nemico che aveva tanti volti, non ultimo, forse, per usare un termine abusato, quello delle istituzioni, segnate in quella primavera-estate del 1992 da uno scontro sotterraneo che doveva condurre il paese, l'anno successivo, sulla soglia di un vero e proprio golpe.

Dall'incontro segreto con Mori e De Donno, al grido d'allarme lanciato durante la tavola rotonda nell'atrio della Biblioteca comunale, all'incontro al Viminale con il neoministro degli Interni Nicola Mancino, che di quell'appuntamento non ha conservato il ricordo, tanti sono i fatti su cui Borsellino poteva forse riferire «a chi di dovere» per fornire elementi utili sulla morte di Falcone e sul clangore di sciabole golpiste che in quei mesi risuonava nel paese. Come si sa, però, a deporre dai suoi colleghi, Borsellino non andò mai: per mancanza di tempo o di attenzione, i pm di Caltanissetta non arrivarono mai a convocarlo formalmente. Eppure le occasioni non mancarono: stabilitosi a Palermo su ordine del procuratore nisseno Salvatore Celesti, il sostituto Pietro Vaccara, che indagava sulla strage di Capaci, trascorreva le sue giornate ascoltando le lezioni antimafia di Borsellino. Ma né lui né il giudice poi ucciso decisero mai di formalizzare un interrogatorio.

Non abbiamo l'agenda rossa, ma abbiamo le testimonianze quotidiane della moglie Agnese, dei figli Manfredi, Lucia e Fiammetta, della sorella Rita, dei colleghi magistrati, dei pentiti, dei collaboratori, degli investigatori, che risultano dalle carte giudiziarie o dalle confidenze pazientemente raccolte nel nostro lavoro di cronisti. E abbiamo anche qualcosa di molto più prezioso: l'agenda grigia, la piccola agenda del 1992 regalata a Borsellino dall'Enel, un documento che il magistrato teneva a casa, annotando spese e appuntamenti, e che costituisce una sorta di riscontro straordinario, puntuale, unico della più dettagliata agenda rossa. Questa piccola miniera di informazioni nessuno è riuscito, per fortuna, a farla sparire. Grazie all'agenda grigia, abbiamo la sequenza dei fatti e delle circostanze che dopo quindici anni, se incastrate in un mosaico completo, restituiscono all'intelligenza del lettore un contesto più chiaro, difficilmente compatibile con i tanti misteri dell'indagine su questa strage, su questa morte.

L'agenda rossa, l'agenda dei segreti sparita nel nulla, testimone di una stagione terribile e – speriamo – irripetibile, oggi la immaginiamo sepolta in un polveroso archivio di qualche stanzone in uso a chissà quale struttura di intelligence parallela. Percorrendo insieme a Borsellino il calendario di quei giorni di fuoco e scorrendo la cronaca di quella morte annunciata, vorremmo darvi l'illusione di riaverla finalmente tra le mani. E con essa di avere ricomposto tanti pezzi di verità.

# Prologo

Roma, giovedì 30 gennaio 1992

*Piazza Cavour, sede della corte di Cassazione*

Le sezioni unite della Suprema corte confermano la sentenza di condanna del maxiprocesso alla mafia degli anni ottanta. Sul fascicolo penitenziario di decine di boss e gregari detenuti, ancora giovani, i funzionari del ministero di Grazia e Giustizia iniziano a scrivere «fine pena mai». Per la mafia militare è una sconfitta storica. Il merito, insieme ai tanti poliziotti, carabinieri, finanzieri e magistrati è di due persone che hanno voluto e istruito il «processone»: Giovanni Falcone e Paolo Borsellino.

Il compito di reagire al pugno duro dello stato è affidato ai «padrini» ancora latitanti, che proseguono le riunioni di vertice, iniziate a Enna, con i summit della commissione regionale, nel settembre del 1991, in vista, appunto, di una soluzione negativa (per Cosa nostra) della Cassazione. I boss sono soli, in quelle riunioni durate mesi, a decidere le strategie stragiste?

Roma, Viminale, mercoledì 5 febbraio 1992

Il Sisde invia una nota al gabinetto del ministro degli Interni: «Non è da sottovalutare la possibilità che frange eversive stipulino con la criminalità organizzata accordi di collaborazione ai fini operativi per la destabilizzazione del paese».

Milano, Palazzo di giustizia, lunedì 17 febbraio 1992

Il giudice Antonio Di Pietro fa arrestare il socialista Mario Chiesa presidente del Pio Albergo Trivulzio. Inizia la clamorosa inchiesta «Mani pulite».

Bologna, Palazzo di giustizia, mercoledì 4 marzo 1992

Sul tavolo del giudice istruttore Leonardo Grassi arriva una busta chiusa con questa lettera: «Nel periodo marzo-luglio di quest'anno avverranno fatti intesi a destabilizzare l'ordine pubblico come esplosioni dinamitarde intese a colpire quelle persone "comuni" in luoghi pubblici, sequestro ed eventuale "omicidio" di esponente politico Psi, Pci, Dc sequestro ed eventuale "omicidio" del futuro presidente della Repubblica. Tutto questo è stato deciso a Zagabria – Yu – (settembre 1991) nel quadro di un "riordinamento politico" della destra europea e in Italia è inteso a un nuovo ordine "generale" con i relativi vantaggi economico-finanziari (già in corso) dei responsabili di questo nuovo ordine deviato massonico politico culturale, attualmente basato sulla commercializzazione degli stupefacenti. La "storia" si ripete, dopo quasi quindici anni ci sarà un ritorno alle strategie omicide per conseguire i loro intenti falliti. Ritornano come l'araba fenice».

La firma è di Elio Ciolini, ambiguo estremista di destra implicato nella strage della stazione di Bologna, e legato ai servizi deviati. La lettera non viene presa in considerazione.

Palermo, venerdì 6 marzo 1992

Borsellino si insedia ufficialmente a Palermo come procuratore aggiunto.

Mondello (Palermo), giovedì 12 marzo 1992

Inseguito da un killer sul marciapiede della borgata balneare di Palermo, cade ucciso in un agguato mafioso l'eurodeputato Dc Salvo Lima. Era il proconsole di Andreotti in Sicilia e considerato l'uomo politico più vicino agli interessi mafiosi. Non era mai stato arrestato né inquisito.

Il direttore dell'ufficio Affari penali del ministero di Grazia e Giustizia Giovanni Falcone dichiara: «Questo cambia tutto».

Roma, Viminale, venerdì 13 marzo 1992

Sui tavoli del Viminale arriva un'informativa del giudice istruttore Grassi sulle rivelazioni di Ciolini. Viene omesso il nome della fonte.

Il ministro degli Interni Vincenzo Scotti lo chiede immediatamente, il magistrato lo nega.

Roma, Viminale, lunedì 16 marzo 1992

Sulla base dell'informativa, adesso evidentemente presa sul serio, e convinto dal capo della polizia Vincenzo Parisi, il ministro Scotti invia una circolare a tutte le prefetture e questure italiane allertandole su un possibile tentativo di attacco alle istituzioni dello stato. Nei palazzi del potere italiano riecheggia il rumore di sciabole. In Parlamento Scotti viene bollato, da destra e sinistra, come «pataccaro».

Bologna, carcere della Dozza, mercoledì 18 marzo 1992

Ciolini riscrive al giudice Grassi. E lo stesso giorno viene interrogato da due ufficiali del Ros, nel carcere di Bologna. Esordisce così: «Avete visto che cosa è successo?», riferendosi all'omicidio Lima. E consegna un altro appunto dove si legge, tra l'altro: «Protezione Dc via Mr D'ACQUISTO e LIMA – previsto futuro presidenza ANDREOTTI.

Dc domanda voti alla Cupola per nuove elezioni.

Corrente Dc sinistra no d'accordo con voti Cupola.

ANDREOTTI, secondo gli sviluppi della politica di sinistra e destra, poco [parola poco leggibile] reticente.

Si giustifica, LIMA, per pressione ad ANDREOTTI».

Lo stesso giorno il magistrato svela al ministro degli Interni il nome dell'informatore.

Roma, Viminale, lunedì 6 aprile 1992

Le elezioni politiche certificano l'agonia della Prima Repubblica. La Dc scende sotto il 30%. Il Psi perde 1,2%. Il Pds crolla perdendo novantasei seggi tra Camera e Senato. Il quadripartito ottiene una maggioranza risicatissima. La Lega di Bossi vola oltre il 9%.

Il Parlamento è frammentato, ci sono forti difficoltà di costituzione del governo.

Roma, Quirinale, martedì 7 aprile 1992

Il presidente della Repubblica Francesco Cossiga prende in mano la situazione del paese alla vigilia di un viaggio negli Stati Uniti: «Dovrò affrontare – spiega in un'intervista alla "Stampa" – una situazione delicatissima. Una situazione nella quale la funzione del presidente della Repubblica è l'unica che possa essere esercitata con vera pienezza». «Addolorato» ma non sorpreso dalla «dura legnata» presa dalla Dc, Cossiga sottolinea che la presidenza della Repubblica è adesso «l'unico ufficio aperto» e che «di fronte a una situazione di stallo dei partiti» potrebbe affidare l'incarico «a un uomo al di fuori delle decisioni di partito». Nell'intervista ribadisce che compirà il proprio dovere «fino in fondo, fino al giorno oltre il quale non sarà più decente farlo» e cioè fino a quando non cominceranno le votazioni per il suo successore.

Roma, Quirinale, venerdì 10 aprile 1992

Il giorno dopo il suo ritorno dagli Stati Uniti, Cossiga cambia idea: e al segretario del Psdi, Antonio Cariglia, ricevuto al Quirinale, rivela che potrebbe dimettersi in tempi brevi per «forzare i partiti».

Roma, Quirinale, venerdì 24 Aprile 1992

Il presidente del Consiglio Giulio Andreotti presenta al presidente della Repubblica le dimissioni del governo. Cossiga prega Andreotti di rimanere in carica per il disbrigo degli affari correnti. Lo stesso giorno Giovanni Spadolini viene eletto presidente del Senato con i voti di Dc, Psi, Pri, Pli, Psdi, Msi e Lega, e Oscar Luigi Scalfaro presidente della Camera con i voti di Dc, Psi, Pli, Psdi, Verdi, Rete e Pannella. Il Pds vota Napolitano. Se Francesco Cossiga decidesse di dimettersi, la supplenza verrebbe affidata, come indica la Costituzione, al presidente del Senato.

Nell'attuale situazione la supplenza del presidente del Senato sarebbe caratterizzata però da una novità rispetto ai precedenti del passato: le dimissioni di Cossiga cadrebbero infatti, per la prima volta, dopo le dimissioni del governo e nel momento in cui spetta al capo dello stato risolvere la crisi e nominare il presidente del Consiglio. Mentre i costituzionalisti si accapigliano sui limiti dei poteri di Spadolini, Cossiga fa definitivamente le valigie.

Roma, Quirinale, sabato 25 aprile 1992

«Ho preso la decisione di dimettermi da presidente della Repubblica» annuncia Cossiga in un messaggio televisivo a reti unificate. Il presidente firmerà le dimissioni il 28 aprile.

Roma, Montecitorio, venerdì 15 maggio 1992

Il Parlamento in seduta comune inizia le votazioni per l'elezione del presidente della Repubblica.

Roma, Montecitorio, martedì 19 maggio 1992

Si svolge l'undicesima votazione per l'elezione del capo dello stato: sono presenti 967 parlamentari, votano in 663 e 304 sono gli astenuti. Francesco De Martino, ex segretario del Psi, ottiene 235 consensi, Giuliano Vassalli, costituzionalista socialista, 188, Gianfranco Miglio, ideologo della Lega 77.

Il Movimento sociale decide a sorpresa di votare per Paolo Borsellino. È la prima volta che un magistrato antimafia viene proposto per una carica istituzionale, per giunta la più alta dello stato. Votato dai parlamentari del Msi raccoglie 47 voti: più di Scalfaro, Spadolini e Conso.

Roma, giovedì 21 maggio 1992

Nell'elezione del presidente della Repubblica non c'è accordo tra i partiti e lo stallo è totale. Scrive l'agenzia giornalistica Repubblica (da non confondere con il quotidiano), di area democristiana e diffusa nei palazzi del potere romano: «Siamo all'impasse? C'è da temere, a questo punto, che qualcuno rispolveri la tentazione tipicamente nazionale al colpo grosso. Le strategie della tensione costituiscono in questo paese una metodologia d'uso corrente in certe congiunture di blocco politico...».

Roma, venerdì 22 maggio 1992

Il giorno dopo la stessa agenzia torna sull'argomento con un nuovo articolo: «...a questo punto, i partiti popolari sono ritenuti fuorigioco [...]. Avremo dunque la candidatura obbligata e vincente di Giovanni Spadolini? Manca ancora, perché passi in modo indolore questa candidatura del "partito trasversale", qualcosa di drammaticamente straordinario. I partiti cioè, senza una strategia della tensione che piazzi un bel botto esterno – come ai tempi di MORO – a giustificazione di un voto d'emergenza, non potrebbero accettare di autodelegittimarsi. Per fortuna, le Brigate rosse e nere oggi sono roba da museo. E, comunque, i poteri dello stato hanno accumulato esperienza e dimostrato professionalità...».

Capaci (Palermo), sabato 23 maggio 1992. Ore 17.56

Seicento chilogrammi di tritolo esplosi sotto il cunicolo dell'autostrada Palermo-Punta Raisi, all'altezza dello svincolo di Capaci, uccidono Giovanni Falcone, la moglie, Francesca Morvillo, e gli agenti di scorta Antonio Montinaro, Vito Schifani e Rocco Di Cillo.

# Maggio di morte

Quello che segue è un maggio di morte e devastazione. Giorni che traghettano l'Italia, in un polverone di scontri e veleni tra apparati, dalla Prima Repubblica delle mazzette e della corruzione al caos istituzionale. Neppure l'elezione, in extremis, di Oscar Luigi Scalfaro al Quirinale può fermare la deriva dei partiti, squassati da Tangentopoli, da un ipertrofico debito pubblico, e ora anche dal terrorismo mafioso che, con la morte di Falcone, dopo quella di Salvo Lima, potente viceré siciliano della Dc, minaccia la stessa sopravvivenza della fragile democrazia italiana.

La strage di Capaci è lo spartiacque che segna un «prima» e un «dopo» nella vita del paese, e soprattutto in quella di Paolo Borsellino.

Prima. Lo vediamo arrovellarsi nella preoccupazione, tutta professionale, di guadagnare spazio all'interno della Procura di Palermo, guidata da Piero Giammanco, che si rifiuta di assegnargli la delega per le indagini sulla mafia del capoluogo siciliano. E lo vediamo tormentarsi nell'ansia, tutta professionale, che il suo amico Giovanni Falcone sia nominato al vertice della Superprocura, lui e non Agostino Cordova, il diretto concorrente, per guidare quella struttura «sperimentale» che lo stesso Borsellino, all'inizio, non approva per paura che finisca con l'avallare pericolose intromissioni della politica nell'autonomia della magistratura. E lo vediamo preoccupato, e poi infuriato, per la decisione del Movimento sociale di votarlo a Montecitorio come candidato al Quirinale. Lui, che è sempre stato un magistrato lontanissimo dalle logiche di partito.

Dopo. Solo qualche giorno dopo la strage di Capaci, Borsellino è un uomo che sente la morte alitargli sul collo. Un magistrato che corre alla ricerca della verità, che si affanna per schivare trappole istituzionali e pericoli di sovraesposizione, un bersaglio vivente rimasto solo a contrastare il «gioco grande», un disegno criminale più grande di lui.

Tra quel «prima» e quel «dopo», c'è il tritolo degli strateghi del terrore, ci sono i funerali di Falcone che, tra fischi e lanci di monetine, gli hanno chiarito la gravità dello scollamento tra la classe politica e la gente comune, rabbiosa, impaurita, smarrita dopo il sangue versato su quell'autostrada.

Gli affanni di Borsellino non sono più solo professionali, adesso sono anche esistenziali; sono un impasto di paura, solitudine, inquietudine, smarrimento. Borsellino ha fretta di capire; il suo obiettivo è decifrare la morte di Falcone, per proteggere lo stato dall'attacco frontale dei sistemi criminali, ma anche per scongiurare la propria morte, della quale è sempre più consapevole. Fa in tempo a scorgere la fatica di uno stato sotto scacco che tenta di erigere un baluardo alle proprie istituzioni, eleggendo in poche ore un presidente, grazie a un accordo frettoloso tra i partiti che per quindici votazioni non era stato possibile raggiungere. Il suo rammarico più grande è quello di non potere indagare personalmente sull'eliminazione di Falcone (l'inchiesta è affidata alla Procura di Caltanissetta), la sua angoscia è quella di finire sovraesposto in un momento di totale confusione istituzionale.

Per questo Borsellino, da sempre un assoluto cultore

della fedeltà e dell'obbedienza alle istituzioni, si vede costretto a scrivere una lettera al ministro Scotti per «declinare gentilmente» l'invito irrituale, quasi un'investitura pubblica, a dirigere la Superprocura, al posto dell'amico Falcone.

Nello stesso tempo, si vede costretto a sottolineare più volte che Falcone non era stato delegittimato: lo dice e lo ripete, in diverse dichiarazioni pubbliche, spiegando che il nome dell'amico era stato fatto per la guida del ministero degli Interni, oltre che per la Superprocura. Borsellino lo dice e lo ripete, convinto che la prospettiva di questi «alti e nuovi incarichi» potesse costituire un movente, un incentivo alla strage di Capaci.

Ma Scotti e Martelli vanno dritti per la propria strada: e quando il guardasigilli propone di riaprire il concorso per la nomina di superprocuratore, lo scontro istituzionale torna a infuriare. Il Csm grida allo scandalo invocando Montesquieu e il rispetto della divisione dei poteri. Nell'Italia devastata dal tritolo, si rincorrono dotte dissertazioni giuridiche, mentre Borsellino lavora freneticamente a fianco di Pietro Vaccara, il pubblico ministero di Caltanissetta applicato per indagare su Capaci. I due magistrati vivono praticamente a contatto, Vaccara va a cena a casa Borsellino, ma né lui, né il giudice ucciso poi in via D'Amelio, trovano il tempo di verbalizzare le cose che Borsellino dice di conoscere sulla morte di Falcone e che annuncia una sera di giugno carica di tensione e commozione alla biblioteca comunale di Palermo. Perché?

Che cosa sapeva Paolo Borsellino di così grave da non potere neanche essere verbalizzato?

# Maggio 1992

> Quando Falcone salta in aria, Paolo Borsellino capisce che non gli resterà troppo tempo. Lo dice chiaro: «Devo fare in fretta, perché adesso tocca a me». Nessuna fantasia di tragediografo ha mai prodotto nulla di simile. A rileggere, oggi, gli ultimi movimenti, le ultime parole di Paolo Borsellino, ci si imbatte in un uomo cosciente della propria fine imminente, perfettamente consapevole persino del possibile movente, eppure incapace di tirarsi indietro. Forse speranzoso di potercela fare, forse rassegnato a una morte che in cuor suo «doveva» al suo amico Giovanni.
>
> *Francesco La Licata*

Napoli, domenica 17 maggio 1992

## *Dubbi napoletani*

Sulla terrazza della sua camera, al primo piano dell'albergo Royal di Napoli, Paolo Borsellino guarda il mare e la linea dell'orizzonte, fumando l'ultima sigaretta prima di andare sotto la doccia. È a Napoli da venerdì pomeriggio, ha seguito come tutti gli anni il convegno di Magistratura indipendente senza perdere un intervento. Ora sono quasi le 8 del mattino di domenica; pochi minuti fa, sorseggiando il primo caffè della giornata, ha sentito alla radio il gazzettino con le ultime notizie sulle frenetiche consultazioni politiche in corso nelle segreterie romane per l'elezione del presidente della Repubblica, che dopo dieci scrutini risulta ancora bloccata.

La novità è che il Psi ha presentato la candidatura di

Giuliano Vassalli, ex ministro di Grazia e Giustizia, ora giudice costituzionale, gradito anche al Psdi e al Pli, ma il presidente e il segretario della Dc, Ciriaco De Mita e Arnaldo Forlani, hanno già messo le mani avanti, sottolineando l'esigenza «che la candidatura socialista sia sostenuta da una più ampia convergenza tra i partiti». Sulla nomina del superprocuratore antimafia nulla. Nessuna notizia. Borsellino è stizzito e preoccupato. Anche perché, ieri sera, passeggiando sul lungomare di Santa Lucia, di fronte al Castel dell'Ovo, dopo la cena alla «Bersagliera», un collega del Csm gli ha «soffiato» che Giovanni Falcone avrebbe ormai la maggioranza per ottenere il posto di capo della Dna, e lui, preso dall'euforia, si è affrettato a chiamare Falcone per rassicurarlo, per comunicargli l'indiscrezione.

Ora lo assalgono i dubbi. La «soffiata» era attendibile? Perché il notiziario non fa parola della corsa al vertice della Superprocura? Giovanni ce la può fare davvero? Senza staccare gli occhi dall'orizzonte limpido, senza smettere di succhiare la sigaretta ormai ridotta a un mozzicone, Borsellino rabbrividisce e rientra in camera. Oggi, caso eccezionale, non andrà a messa. Tra poco deve prendere il treno e arrivare a Salerno, dove pranzerà con il suo amico Diego Cavaliero, da lui ribattezzato «Dieguito», l'ex pm di Marsala, suo pupillo e allievo. Quello è un ateo convinto, figurarsi se lo accompagna in chiesa...

Palermo, martedì 19 maggio 1992

*Manovre diversive al Quirinale*

Squilla il telefono a casa Borsellino. Il dirigente del Msi-Dn in Sicilia, Guido Lo Porto, chiama l'amico magistrato.

– Paolo?
– Sì.
– Sono Guido. Guido Lo Porto, buongiorno.
– Ah, tu sei? Buongiorno. E come va?
– Non mi lamento. E tu?
– Bah, potrebbe andare meglio, ma comunque…
– Senti, Paolo, ti disturbo? Li hai cinque minuti?
– Dimmi, dimmi pure. Non mi disturbi affatto.
– Sono stato incaricato ufficialmente di informarti di una cosa grossa, grossissima. Per sbloccare questa situazione… di stallo… al Quirinale, il partito, il… mio partito, ha intenzione di fare il tuo nome per l'undicesimo scrutinio. Il segretario Fini ha pensato a te come a una candidatura di altissimo prestigio, espressione della società civile, della parte sana del paese e…
– Ma che mi dici, Guido?
– Eh, eh… così è. Sei un simbolo, tu, per il paese. Che ne pensi, Paolo?
– Ma… guarda, mi cogli proprio di sorpresa… io ringrazio Fini, e ringrazio il partito, il tuo partito, per l'alta considerazione in cui tiene il mio nome e la mia persona, ma non posso accettare assolutamente una designazione del genere; tu mi capisci, io faccio il magistrato, io sono un magistrato, io la politica la posso guardare da lontano, non credo…
– Aspetta, Paolo, non precipitare le cose. Ci vuoi pensare? C'è tutto il tempo di…
– No, no. Non ho nulla a cui pensare. Ho già le idee chiarissime. Guido, tu mi devi ringraziare tutti per la stima e la fiducia, ma devi riferire a tutti che io non sono d'accordo. La politica la devono fare i politici, ciascuno deve fare il proprio lavoro, se no, veramente, dove andiamo a finire? Vista la situazione di stallo che si è creata, occorre senso di responsabilità, più del solito. I partiti hanno il dovere di indicare dei candidati veri, qualcuno che rapidamente assuma il timone

del paese, non è il momento di fare manovre dimostrative. Al Quirinale, poi...
– Paolo, io riferisco quello che vuoi, ma mi sa che quelli ti votano lo stesso.
– Guido, basta che tu riferisca la mia posizione a chi sai, il resto non rientra nelle nostre modeste possibilità, mi pare...
– Eh no... Paolino, mi raccomando, prudenza.
– Sì, sì certo.
– E buon lavoro.
– Grazie.
– Ciao.
– Arrivederci.

Palermo, martedì 19 maggio 1992

## *Un cavallo per Marcello*

Un riflettore alogeno illumina la scrivania dello studio di casa Borsellino in via Cilea, a Palermo, trasformato in un set televisivo. Seduto dietro una pila di fascicoli processuali, con l'immancabile sigaretta in mano, quello stesso giorno il magistrato si offre alle domande di due giornalisti francesi, Jean Pierre Moscardo e Fabrizio Calvi. Con i giornalisti Borsellino ha sempre avuto un buon rapporto, con quelli stranieri forse ancora migliore. Si parla dei legami tra la mafia e l'ambiente industriale milanese e del Nord Italia e si arriva, alla fine dell'intervista, ai rapporti tra Marcello Dell'Utri, il boss Vittorio Mangano e Silvio Berlusconi, allora tycoon della tv commerciale non ancora attirato dalle sirene della politica.

I giornalisti ricordano la telefonata di Dell'Utri con Mangano che gli proponeva la vendita di un «cavallo», termine usato dal boss per indicare le partite di droga, si informano sulle inchieste ancora aperte a Palermo, gli domandano dei rapporti del mafioso con Berlusconi. Borsellino conferma soltanto che il giudice istruttore di Palermo continua a indagare, con il vecchio rito processuale, sui rapporti tra Mangano e Dell'Utri.

Di Berlusconi, citato nell'intercettazione, Borsellino sa molto poco, quello che gli ha detto Rosario Spatola in un interrogatorio a Marsala.

Il colloquio originale dura complessivamente cinquanta minuti, ma viene rimontato in una versione più «breve» di circa trenta minuti per la tv.

La versione integrale viene consegnata da Calvi e Moscardo al settimanale «L'espresso» che la pubblica integralmente (comprese le ripetizioni e le esitazioni tipiche del discorso diretto) nel numero 14 dell'8 aprile 1994, a quasi due anni dalla morte del magistrato. La versione ridotta è invece quella trasmessa da RaiNews 24 il 21 settembre 2000, ed è quella riportata dal libro di Elio Veltri e Marco Travaglio *L'odore dei soldi,* al centro della ormai famosa trasmissione *Satyricon* di Daniele Luttazzi.

Palermo, mercoledì 20 maggio 1992

## *Alto gradimento per il Quirinale*

La risposta, chiarissima, di Borsellino all'amico Guido Lo Porto non ferma la designazione al Quirinale ormai decisa dai vertici missini. La decisione del Msi-Dn di votare, nell'undicesimo scrutinio per l'elezione del presidente della Repubblica, per Paolo Borsellino, procuratore aggiunto a Palermo, viene ufficializzata poco dopo mezzogiorno dal segretario del partito Gianfranco Fini. «Dopo la candidatura simbolica di Muccioli, espressione della società civile che lotta contro la droga – dice Fini all'Ansa – il Msi invita a votare, nell'undicesimo scrutinio, il dottor Paolo Borsellino, espressione delle istituzioni e della società civile che lotta contro la mafia.»

La replica ufficiale di Borsellino giunge qualche ora più tardi, a votazione ormai avvenuta. «Avevo già appreso la notizia – ribatte il procuratore aggiunto di Palermo con una dichiarazione al Gr1 – perché il mio vecchio compagno di scuola nonché amico, l'onorevole Guido Lo Porto, mi aveva telefonato dicendo che il Msi aveva l'intenzione di candidarmi e domandandomi se io gradivo una votazione del genere.»

Borsellino non fa mistero di non aver gradito affatto e con la consueta schiettezza spiega il motivo della sua contrarietà. «Sono del tutto convinto che bisognerebbe procedere sollecitamente alla nomina del presidente della Repubblica votando ovviamente per candidati seri e non per dare voti soltanto dimostrativi.»

Forse il suo rifiuto non è stato riferito con la dovuta convinzione agli organi centrali del partito, o forse il Msi ha voluto comunque giocare la carta del candidato a sorpresa. Fatto sta che nell'undicesimo scrutinio il nome di Borsellino a Montecitorio, dove il Parlamento si è riunito in seduta comune, è stato pronunciato quarantasette volte.

Confidandosi con gli amici più intimi, il diretto interessato, a Palermo, si mostra davvero seccato. «Chi so io dovrebbe spiegarmi perché del mio diniego non è stato tenuto alcun conto» si sfoga. E a Diego Cavaliero, che gli telefona per chiedergli scherzosamente di trovargli un posto al Quirinale, Borsellino risponde male, bloccando la comunicazione, offeso. Persino a Giovanni Falcone, che non resiste alla tentazione di prenderlo in giro, e lo chiama per chiedergli «ma adesso, per parlarti, ti dobbiamo chiamare al Quirinale?», Borsellino risponde furibondo: «Giovanni, non è il caso di scherzare, tu non hai capito niente». Agnese, sentendolo rispondere male ai suoi migliori amici, lo rimprovera bonariamente: «Ma che fai? Non puoi essere così duro con loro».

Palermo, sabato 23 maggio 1992

*Addio Giovanni*

Il cielo è limpido e la temperatura è calda nel primo, vero pomeriggio d'inizio estate. Mentre Giuseppe Costanza, in via Notarbartolo, siede alla guida di una Croma azzurra diretta a Punta Raisi, preceduta e seguita da altre due auto di scorta, poco lontano un uomo entra nella bottega di un barbiere. Salvietta bianca intorno al collo, testa reclinata all'indietro, sigaretta accesa tra le dita, Paolo Borsellino ha gli occhi chiusi e prova a rilassarsi mentre Paolo Biondo, da quindici anni il suo barbiere con bottega in via Zandonai, a due passi da casa, gli passa la lozione dopobarba sul viso scavato. Quello del barbiere è uno dei pochi rituali che è riuscito a mantenere: la «seduta» da Paolo gli serve per ritagliarsi una pausa nel vortice degli impegni quotidiani, e per pensare in solitudine. Al salone da barba, questo pomeriggio, lo ha accompagnato in auto sua figlia Fiammetta, ma più tardi tornerà a piedi da solo, come ha sempre fatto. Sono da poco passate le 18, quando squilla il cellulare.

– Sì?
– Paolo?

È un collega. E gli sta dicendo qualcosa di terribile. Paolo Borsellino sbianca in volto, si raddrizza sulla poltrona del barbiere, fa cenno all'artigiano di fermarsi. La voce gli esce strana, lamentosa.

– Ma che dici?
– Sì, è Giovanni. Sappiamo solo che è ferito.

Borsellino si alza, si strappa la salvietta dal collo, senza staccare l'orecchio dal cellulare tira fuori dalla tasca il portafogli, prende due banconote da diecimila lire, quasi le lancia a Paolo Biondo e balza fuori dalla bottega, senza fargli neppure un cenno… Non cammina, adesso, corre. In pochi minuti è a casa, passa dritto e veloce davanti al portiere senza salutare, s'infila in ascensore, arriva alla porta del suo appartamento e bussa una, due volte.

Manfredi gli apre, è sorpreso di quelle scampanellate, suo padre non fa mai più di uno squillo, lo interroga con lo sguardo, ma lui non gli rivolge la parola. Va dritto nel suo studio e si attacca al telefono. Agnese non è in casa, è fuori con un'amica. Lucia e Fiammetta studiano nel soggiorno, ma sentono il trambusto, accorrono nello studio: «Che è successo?». Paolo non risponde. I ragazzi lo guardano turbati, comprendono che è accaduto qualcosa di orribile. Paolo è immobile, non parla, con il dito insiste sulla tastiera del telefono, forse trova occupato. Ha la bocca contratta, cucita. Lucia lo implora: «Papà dimmi cos'hai, dimmelo».

Lui tace. Poi di colpo, con gli occhi da pazzo, Borsellino si sfila la cintura dei pantaloni, la afferra e la sbatte contro un muro, due, tre, dieci volte.

Urla con rabbia: «Un attentato… Giovanni… è ferito, è all'ospedale Civico».

Lucia, Fiammetta e Manfredi sono impietriti.

Lucia è quella che si riprende per prima. Mette una mano sul braccio del padre. Lo ferma, a fatica blocca quelle cinghiate di rabbia.

«Andiamo, papà, ora basta. Andiamo da lui.» Prende le chiavi della A112 di Fiammetta, le passa a suo padre. Borsellino si scuote, sembra tornare in sé, si rimette la cintura: «Sì, andiamo». I due si precipitano alla porta, volano in strada.

Fiammetta esce subito dopo, va in cerca della madre.

Manfredi resta in casa: il cellulare ce l'ha solo papà, qualcuno deve restare accanto a un telefono e coordinare i contatti fra tutti. Si affaccia alla finestra, vede volteggiare gli elicotteri, sul cielo azzurro che sovrasta la via Cilea: si dirigono verso Punta Raisi, il luogo della strage, ma Manfredi non lo sa ancora.

Paolo Borsellino è tra i primi ad arrivare al pronto soccorso del Civico. Ancora non ci sono gli amici, i conoscenti, gli indignati, i curiosi. Ancora non c'è quasi nessuno. Chiede dov'è Falcone, i medici lo riconoscono, lo prendono sotto braccio, lo accompagnano oltre una porta a vetri. Dietro quella porta sparisce per diversi, lunghi minuti.

Lucia lo aspetta fuori, seduta su una panchina e il tempo non passa mai, finché Paolo ricompare pallido, curvo, smarrito. Il giudice abbraccia la figlia, dice poche parole: «È morto così, tra le mie braccia».

Lucia scoppia a piangere. Il padre le sussurra: «Non piangere, non dobbiamo dare spettacolo». Ma di colpo, anche lui si lascia andare, crolla e finalmente piange, piange senza freni.

Alle sue spalle, da quella porta a vetri esce Alfredo Morvillo, il fratello di Francesca, anche lui bianco come un cencio, muto, sconvolto. Paolo capisce che anche per la moglie di Giovanni la speranza è appesa a un filo. I singhiozzi ora lo scuotono come un fuscello. Stretto a Lucia, mormora privo di forze: «No, pure Francesca no...».

Palermo, sabato 23 maggio 1992

*Condoglianze istituzionali*

I primi membri del governo ad arrivare a Palermo sono i ministri Vincenzo Scotti e Claudio Martelli, giunti in elicottero nel pomeriggio. Rimangono per circa venti minuti nell'istituto di medicina legale. Insieme a loro anche il presidente della commissione Antimafia Gerardo Chiaromonte, il procuratore Pietro Giammanco, il prefetto Mario Jovine e il questore Vito Plantone. Nessuno di loro rilascia dichiarazioni all'uscita dalla camera mortuaria.

Palermo, domenica 24 maggio 1992

*Domenica ardente*

Falcone è morto, Borsellino è il suo erede professionale. Amici d'infanzia alla Magione, sono i motori di una fase storica di contrasto a Cosa nostra. Senza di loro, il maxiprocesso non si sarebbe celebrato; i due condividono fatiche, speranze, entusiasmi, delusioni, illusioni e, forse, segreti. Hanno un rapporto d'amicizia pura, fondata su un comune sentire professionale, che non ha bisogno di essere coltivata fuori dal lavoro. Le parole di Kennedy sono la loro religione: «L'uomo deve compiere il proprio dovere fino in fondo, costi quel che costi». Borsellino se ne ricorda subito, davanti al corpo ancora caldo del suo amico. Se c'è un uomo in Italia che ha più elementi per decifrare questo brutale attacco alle istituzioni dello stato, quello è Paolo Borsellino. E la giornata, pesantissima, la trascorre quasi interamente in procura.

Alle 9 del mattino, nell'atrio al pianterreno del Palazzo di giustizia viene allestita la camera ardente. Quando arrivano le bare, tutti i magistrati, con la toga sulle spalle, sfilano in silenzio. Con Borsellino, c'è tutta la famiglia: Agnese, Manfredi, Lucia e Fiammetta.

C'è Antonio Caponnetto, bianco in volto, con un fazzoletto stretto tra le mani, arrivato in volo da Firenze, dove da poco è andato in pensione. «L'attentato a Falcone è un atto eversivo, non si può definirlo altrimenti» dichiara immediatamente. Lui, che nel 1983, dalla Procura generale di Firenze, si trasferì all'ufficio istruzione del Tribunale di Palermo per prendere il posto di Rocco Chinnici, ucciso dalla mafia, con Falcone ha lavorato per quasi cinque anni.

«È come se mi avessero strappato un pezzo di me stesso – sussurra – Giovanni era un uomo eccezionale, un lavoratore instancabile. Vorrei sapere cosa pensano ora quei politici che dicevano che la mafia era con le spalle al muro.»

Palermo, domenica 24 maggio 1992

## *Primi fischi per i ministri*

Una forte contestazione, al Palazzo di giustizia di Palermo, investe il presidente della Repubblica supplente Giovanni Spadolini e i due ministri che lo accompagnano: Scotti e Martelli.

Quando il corteo entra nel vasto atrio del palazzo, dalle transenne dietro alle quali è ammassato un folto pubblico partono fischi e grida: «vergogna», «fuori», «andatevene via», «tornatevene a Roma».

Spadolini e i ministri riescono comunque a raggiungere la camera ardente dove sono esposte le salme del giudice Falcone e della moglie e quelle dei tre agenti della scorta deceduti al momento dell'attentato.

Palermo, domenica 24 maggio 1992

## *Marcia di avvicinamento*

Nel pomeriggio Borsellino torna in procura, è come se non riuscisse a staccarsi dall'ufficio, forse per restare più vicino a Falcone. E si tuffa nelle indagini, iniziando in quello stesso momento la sua marcia di avvicinamento ai misteri di Capaci, alle ragioni per cui Falcone è stato assassinato, e a quelle che, alla fine, cancelleranno anche la sua vita. Parla con i colleghi, legge e rilegge il dossier sull'omicidio di Salvo Lima, assassinato a Mondello due mesi prima.

Riprende il rapporto dei carabinieri del Ros su mafia e appalti, un'inchiesta nata con Falcone procuratore aggiunto e culminata con l'emissione di ordini di cattura firmati dal procuratore Pietro Giammanco, a quel tempo al centro di una nuova polemica: è accusato di avere «insabbiato» la parte che chiama in causa alcuni politici nazionali e regionali.

Gli stessi personaggi che saranno successivamente indagati o arrestati in seguito a nuovi accertamenti.

Palermo, lunedì 25 maggio 1992

*Applausi e fischi ai funerali...*

Se non tutta la città, un pezzo imponente di Palermo onora la memoria di Giovanni Falcone, di sua moglie Francesca Morvillo, e dei tre agenti di scorta Antonio Montinaro, Vito Schifani e Rocco Di Cillo. Migliaia di persone gremiscono la piazza antistante al Pantheon di San Domenico e un quadrilatero di strade per il raggio di almeno un chilometro. Nel tempio, moltissimi i giovani e gli studenti.

Ci sono momenti di tensione quando la gente, che tenta a ogni costo di entrare in chiesa, si vede sbarrare la strada da un massiccio dispositivo di sicurezza formato da polizia, carabinieri e guardie di finanza. Il presidente Spadolini, i ministri Martelli e Scotti, e anche il ministro Carlo Vizzini, per l'impossibilità di accedere a San Domenico attraverso la piazza, entrano dalla sacrestia. Fuori intanto, mentre pioviggina, si ripetono le contestazioni già vissute la sera prima da parte degli uomini delle istituzioni durante l'omaggio alle salme nella camera ardente. Fischi alle autorità, che non hanno saputo proteggere Falcone, fischi alle istituzioni, che sembrano vacillare, sempre più in balia delle centrali destabilizzatrici del paese.

I feretri (quelli degli agenti con il tricolore, quelli di Falcone e della moglie con la toga rossa) sono vegliati dai magistrati palermitani. Fra i tanti amici, ancora prima che colleghi, di Giovanni Falcone, l'espressione tangibile dello sgomento. Spadolini, Martelli e Scotti hanno preso posto nella prima fila di sinistra, mentre Vizzini ha seguito la cerimonia con Giuseppe Ayala a pochi passi dalle bare. Molti i rappresentanti dei partiti e della società civile. Al completo i vertici dei sindacati con Bruno Trentin, Ottaviano Del Turco e Sergio D'Antoni.

A liturgia appena iniziata, arrivano tra gli altri il segretario nazionale del Msi-Dn, Gianfranco Fini, Marco Pannella e Armando Cossutta di Rifondazione comunista. Vicino all'altare, il capo della polizia, Vincenzo Parisi; l'alto commissario per la lotta alla mafia, il prefetto Angelo Finocchiaro, segue il rito tra i fedeli, fra i quali ci sono anche il vicesegretario nazionale della Dc, Sergio Mattarella, ed esponenti politici della regione siciliana.

Moltissime le corone di fiori e numerosi i gonfaloni di varie municipalità. La liturgia è densa di commozione, e viene più volte interrotta dagli applausi, soprattutto durante i passaggi più significativi dell'omelia del cardinale Salvatore Pappalardo. La gente nel tempio risponde con uno dei tanti lunghi applausi quando sull'altare sale una donna poliziotto in divisa, che dice rivolta ai feretri: «Grazie per l'esempio, ce la metteremo tutta».

Nel frattempo, in chiesa sfilano altre personalità, il vicepresidente del Csm, Giovanni Galloni, il presidente della commissione parlamentare Antimafia Gerardo Chiaromonte. Il leader della Rete ed ex sindaco democristiano di Palermo, Leoluca Orlando, segue la funzione dall'esterno.

Palermo, lunedì 25 maggio 1992

## *L'appello di Rosaria*

«Mafiosi, io vi perdono, solo dovete mettervi in ginocchio, se avete il coraggio di cambiare, di cambiare, di cambiare, dovete cambiare, cambiare, cambiare radicalmente i progetti di morte che avete.» È l'urlo straziante di Rosaria Costa, ventidue anni, vedova del poliziotto Vito Schifani, uno dei tre agenti di scorta di Falcone, massacrati nell'attentato.

Rosaria è una donna minuta, vestita di nero, con il volto segnato dal dolore. Con voce che esprime un'immensa dignità, a un tratto sale sull'altare, prende il microfono e lancia il suo sconvolgente appello ai mafiosi, che rimbomba tra le navate della grande chiesa: «A nome di tutti coloro che hanno dato la vita per lo stato – scandisce Rosaria – chiedo innanzitutto che venga fatta giustizia. Adesso, rivolgendomi agli uomini della mafia che sono anche qui dentro, certamente non cristiani, sappiate che anche per voi c'è possibilità di perdono. Io vi perdono».

Rosaria vacilla, è emozionata, contratta, stremata dalle lacrime e dal dolore. Al suo fianco, don Cesare Rattoballi, il cugino sacerdote, che la sostiene quando lei, affranta, sembra venire meno alle sue forze. Nella commozione generale, Rosaria prosegue: «Tornate a essere cristiani, per questo preghiamo in nome del Signore che ha detto sulla croce: "Padre perdona loro perché non sanno quel che fanno"». La giovane donna ha la forza di gridare ancora: «Ti preghiamo per la città di Palermo che avete reso una città di sangue, di operare anche voi per la pace, la giustizia e la speranza».

Quella di Rosaria è una preghiera laica, animata da due sentimenti contrapposti: la speranza che «gli uomini della morte» ascoltino il suo appello e «cambino vita», e la dolorosa convinzione che i mafiosi non siano in grado, non vogliano riappropriarsi della loro dignità di esseri umani. Quasi parlando con se stessa, tra le lacrime, Rosaria Schifani conclude il suo intervento in chiesa mormorando con un filo di voce: «...Ma loro non cambiano, non cambiano».

Palermo, lunedì 25 maggio 1992

*Parte la contestazione*

Mentre Rosaria si accascia fra le braccia di don Rattoballi, numerosi agenti addetti alle scorte non reggono alla tensione e spingono i cordoni di sicurezza per avvicinarsi agli uomini delle istituzioni. I poliziotti avanzano minacciosamente verso Spadolini e Scotti per gridare la propria rabbia e reclamare «giustizia». La urlano più volte, questa parola, mentre i colleghi in divisa faticano non poco a trattenerli e a calmarli.

La tensione sale alle stelle. Il clima di doloroso dissenso si trasmette tra la folla che assiepa le navate e che gremisce la piazza antistante alla chiesa di San Domenico: migliaia e migliaia di persone urlano, spingono e contestano con fischi e insulti l'arrivo dei rappresentanti delle forze politiche e istituzionali. La ressa è enorme, la gente sembra aver perso la testa, qualcuno sputa; i volti dei politici, anche quelli dei vertici delle forze dell'ordine sono tesi, atterriti.

È il momento più critico di tutta la cerimonia. La contestazione dilaga e l'incolumità dei vertici dello stato appare in pericolo. Politici, prefetti, ministri, deputati sembrano in balia della folla inferocita, sono terrorizzati.

Nonostante gli sputi e gli spintoni, i lanci di monetine e gli insulti, le guardie del corpo riescono a erigere saldi cordoni, per impedire incidenti e consentire agli «uomini degli apparati» di guadagnare l'uscita sani e salvi. Non ci sono feriti.

Le bare vengono portate a braccia fuori dalla chiesa tra urla di protesta, fischi e applausi. Gli applausi sono tutti per i servitori dello stato, per le vittime del terrorismo mafioso, quattro uomini e una donna, ormai sigillati in quelle casse di legno avvolte dal tricolore. Le telecamere riprendono tutto, la rabbia della gente, la paura delle istituzioni. È l'immagine di un paese allo sbando.

Palermo, lunedì 25 maggio 1992

*Borsellino muto*

«Il giorno dopo la strage di Capaci – ricorda quindici anni dopo don Cesare Rattoballi, oggi parroco di Godrano, a due passi da Palermo – Borsellino rimase per quasi tutta la notte a vegliare la salma di Falcone e la cosa che mi colpì fu che portò a spalla tutti i feretri, tranne quello del marito di mia cugina, Rosaria Schifani. A lei si avvicinò abbracciandola e restandole vicino anche nei giorni successivi.»

Prosegue don Rattoballi: «I nostri rapporti si intensificarono da quel giorno. Borsellino era convinto che le lacrime di mia cugina dal pulpito di San Domenico avessero smosso i cuori dei mafiosi. A casa sua, mi disse: "Cesare, ho ricevuto segnali dal carcere, anche i più duri stanno crollando, bisogna insistere"».

Quella cerimonia a San Domenico, finita nel caos della contestazione, viene metabolizzata con difficoltà da Borsellino, come un'esperienza altamente traumatica. Pallido, muto, il procuratore aggiunto resta per tutto il tempo della funzione vicino alla bara di Falcone. Guarda quello spettacolo doloroso con angoscia. La crisi di credibilità delle istituzioni, la tremenda crisi che si è manifestata ai suoi occhi tra le navate della chiesa non può che colpire profondamente un uomo di stato come Borsellino, che per quelle istituzioni nutre un'autentica venerazione. Gli errori, certo, sono degli uomini, non dei ruoli. Ma quanto la gente onesta di Sicilia, dopo il «botto» di Capaci, è disposta a fare distinzioni tra uomini e ruoli?

La sera, tornando a casa, Borsellino è sconvolto, affranto, rifiuta persino di parlare con suo figlio di quello che ha visto a San Domenico. Ricorda Manfredi: «Mio padre rimase sotto choc per quello che aveva visto in chiesa quella mattina. La contestazione dei palermitani, le urla, il lancio di monetine contro gli esponenti del governo, la rabbia trattenuta a stento dai cittadini, lo avevano turbato profondamente, a tal punto che la sera, tornando a casa, non volle neanche rispondere alle mie domande».

Manfredi, quel giorno, non è andato ai funerali di Falcone. Li ha seguiti in tv, e vuole sapere dal padre come si è sentito, stretto nel cortocircuito creato dalla sovrapposizione del dolore privato e del cordoglio pubblico, immobilizzato tra le bare allineate di Falcone, di Francesca e degli agenti di scorta, e la pressione della folla disperata, imbestialita. Manfredi gli fa domande, lo incalza. E lui? «Lui non parlava, non voleva parlarne» ricorda il ragazzo. «Lo spettacolo di un apparato istituzionale così fragile, ma nello stesso tempo così distante dal sentimento popolare sembrava averlo annientato.»

Palermo, lunedì 25 maggio 1992

## *Piagnisteo da coccodrilli*

«È una cosa formale, che senso ha?» Se lo chiede persino il sostituto procuratore di Palermo Giusto Sciacchitano, «magistrato non estremista, anzi prudente e misurato», come lui stesso si definisce, camminando in fretta sotto la pioggia verso il Palazzo di giustizia, dopo i funerali. Che senso ha una seduta straordinaria del plenum del Csm, convocata stamattina nell'aula magna del palazzo di giustizia a Palermo e presieduta dal presidente Spadolini? Dalla chiesa di San Domenico, il ministro di Grazia e Giustizia Martelli, il vicepresidente Galloni e tutti gli altri componenti del plenum arrivano al Palazzaccio in pochi minuti, facendo sfilare un lungo corteo di auto blu. L'aula magna è piena zeppa di magistrati palermitani e giornalisti.

Che senso ha? È, davvero, solo una riunione formale? Il clima è polemico, il ricordo di un Csm ostile a Falcone è troppo fresco, le manovre sotterranee e i ritardi per l'elezione del capo della Superprocura pesano come una cappa di piombo nella grande, immensa sala dove si riuniscono, ancora una volta troppo tardi, i «pezzi grossi» dello stato per tessere le lodi di un Falcone ormai gradito a tutti solo perché cadavere.

Spadolini legge il suo discorso, poi parla Martelli. Il ministro di Grazia e Giustizia afferma che «se nella babele delle polemiche, delle insinuazioni, dei sospetti, delle contestazioni, altri sbagliano, la mafia non sbaglia nell'individuare i suoi veri nemici e Giovanni Falcone era il nemico numero uno».

Martelli ricorda ai togati del Csm che «le amarezze più sofferte a Falcone gliele hanno inflitte i suoi colleghi che lo hanno, talvolta, legittimamente criticato e talvolta calunniato», e definisce «tecnici improvvisati, magistrati di parte, politici faziosi», coloro che non lo volevano a dirigere la Superprocura.

Non manca la contestazione, che proviene dal pubblico numerosissimo e attento. «Ma è possibile che da quarant'anni al ministero degli Interni c'è sempre un democristiano? Questa è una repubblica delle banane!», grida dal pubblico quello che si definisce «un cittadino». È un giovane magistrato, si chiama Lorenzo Matassa, diventerà anche lui un pm della Procura di Palermo. È un coro di applausi, fischi, mugugni.

Prende la parola il vicepresidente del Csm Galloni, prima ricorda che «via Fani è stata l'inizio della fine del terrorismo», poi auspica che «la morte di Falcone sia l'inizio della fine della mafia». Galloni precisa poi che il plenum del Csm non si era ancora potuto pronunciare su chi fosse più adatto a fare il superprocuratore, poiché non era ancora giunto il «concerto» del ministro sulla rosa di nomi indicata dalla commissione. La palla ripassa a Martelli. È solo l'inizio del piagnisteo dei coccodrilli.

### *Il retroscena*

E Borsellino? Sul tema, in un primo momento, non la pensa come l'amico Falcone e firma, insieme alla maggioranza dei colleghi, un documento contro l'istituzione della Superprocura. Anche lui teme una riduzione dell'indipendenza del pm prevista nel progetto iniziale di Superprocura (più centralizzata e dipendente dal ministro di Grazia e Giustizia). E tra le correnti della magistratura, per tutta la primavera è scontro sotterraneo.

Ma la Superprocura nasce, e la commissione incarichi direttivi del Csm, all'inizio di aprile, designa alla sua guida Agostino Cordova, procuratore di Palmi.

Il motivo? A differenza di Falcone, scrivono in un documento di sedici righe i componenti del Csm, Cordova è «lontano da qualsiasi centro di potere».

Borsellino non ci sta, e in aprile, accetta di scambiare quattro chiacchiere sull'argomento con il giornalista Umberto Lucentini, suo vecchio amico, e a lui apertamente dichiara: «Il miglior candidato per quell'incarico? Non c'è dubbio: è Giovanni Falcone. Premesso che la Superprocura è stata istituita per legge, e che noi magistrati dobbiamo far applicare la legge dello stato, abbiamo il dovere di farla funzionare al massimo. La Superprocura è un'istituzione che riguarda la criminalità organizzata, e la mafia ne è l'espressione più pericolosa. Ecco perché occorre che sia diretta da chi ha più esperienza e numeri nella lotta alla mafia. Va da sé che gli altri aspiranti sono magistrati di ottimo valore, ma con una visione limitata della criminalità organizzata».

Lucentini chiede: è il caso del procuratore di Palmi Cordova? E Borsellino risponde senza peli sulla lingua: «Sì, è un bravo giudice che ha un'ottima conoscenza della 'ndrangheta. Però ha lavorato solo in Calabria».

Il giornalista ribatte: ma Falcone è un alto dirigente del ministero... E a questo punto Borsellino ruggisce: «Si vuol per questo mettere in dubbio la sua indipendenza? Credo sia pretestuoso avanzare sospetti su un giudice che, per una parte minima della sua carriera, ha lavorato nel ramo amministrativo del ministero. Il curriculum di Falcone è lungo e autorevole in tema di lotta alla criminalità organizzata, non dimentichiamolo».

Come andrà a finire? «Il Csm ha discusso la nomina con l'elezione dell'Associazione nazionale magistrati alle porte. Ora le elezioni sono passate, e mi auguro che i membri del Consiglio possano decidere in piena libertà e per il meglio. E il meglio, credetemi, si chiama Falcone.» Tanto rumore per nulla.

A fermare la «scomoda» candidatura di Falcone, cancellando la Prima Repubblica, ci penseranno i «manovratori della strage infinita».

Roma, lunedì 25 maggio 1992

## *La Falange armata*

La prima rivendicazione della strage di Capaci era arrivata alle 19.30, un'ora e mezza dopo l'esplosione, con telefonate alle sedi Ansa di Genova e Bari, a nome della Falange armata, firma che nasconde un impasto indefinito (e mai scoperto) di mafiosi e agenti dei servizi deviati. Lo rivela Giulio Andreotti, presidente del Consiglio, riferendo al Parlamento sulla strage. Un volantino è stato anche segnalato alla redazione del «Messaggero».

Andreotti informa che il giorno dell'esplosione sull'autostrada, era pervenuta al «Giornale di Sicilia» anche una telefonata anonima, che riferendosi al «botto», diceva: «È un regalo di matrimonio di Salvino Madonia». Il presidente del Consiglio spiega che il riferimento era «presumibilmente diretto al pregiudicato Salvatore Madonia, sposatosi lo stesso giorno della strage nel carcere dell'Ucciardone e figlio del boss Francesco Madonia, condannato all'ergastolo nel maxiprocesso e ritenuto il mandante dell'uccisione di Libero Grassi».

Andreotti, infine, illustra ai parlamentari il complesso sistema di sicurezza che lo stato aveva steso attorno al giudice antimafia. «Per i servizi di sicurezza effettuati a Palermo venivano impiegati complessivamente, lungo l'arco delle ventiquattr'ore, sessanta unità di personale della Ps, di cui trenta per la vigilanza fissa e trenta per la scorta.» Andreotti, alla fine, dedica al caduto parole commosse: «Non facciamo certo discriminazioni fra le vittime, ma quando cadono uomini come Falcone, siamo colpiti in modo tutto particolare».

Roma, lunedì 25 maggio 1992

## *Lo scrutinio più lungo*

A Montecitorio, intanto, dopo quindici scrutini andati a vuoto, il Parlamento riunito in seduta comune elegge finalmente il presidente della Repubblica. È il democristiano Oscar Luigi Scalfaro, che nella sedicesima votazione raccoglie 672 consensi. Magistrato, deputato fin dalla Costituente, dirigente della Dc, più volte sottosegretario e ministro, presidente della Camera dal 24 aprile 1992.

La strage è già servita a qualcosa. Il paese, in stallo da settimane per il rinnovo della più alta carica dello stato, ha come uno scossone di orgoglio. La politica si stringe attorno al nome di Scalfaro, le istituzioni ritrovano una parvenza di unità e dignità. Sotto la pressione al tritolo del terrorismo mafioso, un'agonizzante Prima Repubblica erige, con l'elezione di Scalfaro al Quirinale, l'ultimo baluardo per resistere alle confuse spinte eversive che minacciano in modo sotterraneo di travolgere il paese.

La sua elezione è quella che ha richiesto il maggior numero di ore. Per quattro minuti l'elezione di Scalfaro ha infatti battuto il record precedente: le quarantasei ore e quarantacinque minuti che furono necessari nel 1964 per l'elezione di Giuseppe Saragat. Il totale delle ore di seduta necessarie per arrivare all'elezione di Scalfaro (quarantasei-quarantanove) si è distribuito nei sedici scrutini svoltisi da mercoledì 13 maggio a oggi.

Da tenere presente che gli scrutini necessari per l'elezione di Saragat furono ventuno, cinque in più di quelli che hanno portato all'elezione di Scalfaro. Il record degli scrutini appartiene all'elezione di Giovanni Leone, nel 1971: allora i «grandi elettori» furono chiamati a votare ventitré volte ma la durata complessiva fu solo di trentaquattro ore e quaranta minuti.

Falcone è morto. Evviva il presidente.

## *Andrò a Caltanissetta a dire quello che so*

Sollecitato dai microfoni di tutte le testate giornalistiche, catapultate a Palermo nei giorni successivi al «botto» sull'autostrada, Paolo Borsellino appare frenetico nel rilasciare a destra e a manca dichiarazioni e interviste. A Giuseppe D'Avanzo, in un'intervista per «la Repubblica» racconta: «Ho conosciuto Giovanni Falcone che avevamo i pantaloni corti siamo entrati insieme in magistratura. Per tutta la vita, o quasi, abbiamo lavorato gomito a gomito. Conoscevo sua moglie, Francesca, che era ancora una ragazzina. Ho imparato a fare il magistrato nell'ufficio del padre e ricordo che insieme dopo il lavoro l'andavamo a prendere a scuola. È comprensibile che io mi limiti, dopo solo due giorni, a fare un ragionamento elementare, basato sulle poche cose che so. Purtroppo la Procura di Palermo non è titolare delle indagini. Dico "purtroppo", perché se avessi avuto la possibilità di seguire questa indagine, avrei trovato un sollievo al mio dolore. Quando si è verificato il primo omicidio che mi ha coinvolto emotivamente (l'omicidio del capitano dei carabinieri Emanuele Basile) sono riuscito, facendo il mio dovere di magistrato, a superare la paura enorme e a spezzare il blocco emotivo. Per indagare sulla morte di Giovanni ho sollecitato la mia applicazione a Caltanissetta, ma mi hanno ricordato che in quella città non c'è la funzione di procuratore aggiunto. In ogni caso, andrò a Caltanissetta». L'intervistatore gli chiede a quale scopo andrà in procura. «Ci andrò come testimone. Per raccontare piccole cose che possono aiutare l'inchiesta.» A proporre un ragionamento? «No. I ragionamenti non fanno parte di una testimonianza, possono essere materiale per un'intervista. Al procuratore Celesti racconterò fatti, episodi, circostanze. Gli racconterò gli ultimi colloqui avuti con Giovanni... Va osservato che c'è una coincidenza tra l'omicidio e una notizia che io avevo appreso qualche giorno fa: Giovanni Falcone aveva ormai nel Csm la maggioranza per essere nominato procuratore nazionale antimafia. Avevo detto a Giovanni che ormai queste condizioni c'erano. Dell'esistenza di questa maggioranza avevo saputo durante un convegno a Napoli, la domenica prima dell'attentato, da alcuni membri del Consiglio. Nonostante la fortissima opposizione della magistratura alla sua candidatura, dunque, Giovanni ce l'aveva fatta. Era una sensazione ormai diffusa in questo palazzo. Voglio dire che non so se la notizia che Falcone sarebbe stato il nuovo procuratore antimafia fosse conosciuta fuori.»

Palermo, martedì 26 maggio 1992

## *Scalfaro a Palermo*

Nel primo pomeriggio, il neopresidente della Repubblica, Oscar Luigi Scalfaro, sbarca a Palermo.

Appena sceso dall'aereo presidenziale, il capo dello stato va a Capaci, per una prima sosta sul luogo della strage, dove depone una corona di fiori sul bordo dell'autostrada, raccogliendosi per alcuni minuti in preghiera.

A Villa Withaker, il presidente incontra i parenti di Montinaro e Schifani, due degli agenti rimasti uccisi a Capaci, e una delegazione di componenti delle scorte di polizia, carabinieri e guardia di finanza.

Ai colloqui partecipa solo il prefetto di Palermo Mario Jovine. Nessun incontro è previsto con i giornalisti, che pure affollano il giardino della Villa.

Palermo, martedì 26 maggio 1992

*Piccole cose*

Non trova pace, in procura, Paolo Borsellino che legge, studia, riflette, analizza e poi riferisce ai giornalisti alcune «piccole cose» sulle quali ha fondato le sue valutazioni sull'attentato di Capaci. Si tratta di convincimenti, precisa, che derivano da conversazioni avute di recente con Falcone. «Negli ultimi tempi – spiega il procuratore aggiunto – circolava la voce, formalizzata da La Malfa in una vera e propria proposta, che Giovanni sarebbe diventato ministro degli Interni in un governo di tecnici. Non rivelo un segreto: la notizia era stata perfino pubblicata dai giornali.»

Poi Borsellino torna a parlare della candidatura di Falcone alla Superprocura: «Ho avuto la netta sensazione parlando con i colleghi, che al Csm stava maturando un orientamento a lui favorevole».

New York, martedì 26 maggio 1992

*Il massacro è made in Italy*

Il procuratore distrettuale di Brooklyn Charles Rose dichiara: «Il massacro è tutto made in Italy. È la filiale siciliana di Cosa nostra che ha voluto, ordinato e organizzato l'assassinio. La mafia americana, lo so per certo, disapprova. Perché le famiglie americane non avrebbero mai né tollerato né tantomeno ordinato un gesto terroristico così vistoso e simbolico. La mafia non vuole simboli, vuole potere e soldi. Neppure i boss più feroci di Cosa nostra hanno mai voluto colpire personalità dello stato così visibili come era Giovanni, perché essi sanno benissimo quali rischi comporta attaccare frontalmente lo stato».

Per il procuratore Rose, «quell'attentato terroristico è un gesto di paura. In più è un atto di solitudine della mafia siciliana, perché in questo momento nelle centrali americane di Cosa nostra, nelle ville dei boss colombiani, dovunque la mafia faccia affari, sono in molti a scuotere la testa e a preoccuparsi di quello che la filiale siciliana ha fatto. Se i boss di Sicilia avessero chiesto a quelli americani la loro opinione, qui gli avrebbero chiesto se si fossero ammattiti».

Palermo, mercoledì 27 maggio 1992

## *Non era delegittimato*

Anche il giorno dopo, Paolo Borsellino torna a parlare pubblicamente di Falcone, come se non riuscisse a tenere per sé le riflessioni, come se avesse bisogno di condividere con l'opinione pubblica la sua ansia spasmodica di sapere, di capire, di conoscere. E a chi sostiene che Falcone fosse stato delegittimato e lasciato solo, replica: «Non condivido affatto l'opinione che Falcone fosse persona delegittimata», dichiara al giornalista del Tg1-Linea notte, e di questa intervista il Tg1 delle 20.30 trasmette uno stralcio.

«Falcone – ammette Borsellino – aveva sicuramente degli avversari all'interno della magistratura, ma manteneva tutta la sua legittimazione e voglio dire di più; ammesso che gli fosse fallito l'intento di essere nominato procuratore nazionale, come tutti sanno, anche recentemente, grossi esponenti politici avrebbero addirittura fatto l'ipotesi che Falcone avrebbe potuto approdare alla carica ancora più prestigiosa finanche come ministro degli Interni.»

A pochi giorni dalla strage, le indagini girano ancora a vuoto, si fatica a ricostruire la dinamica dell'attentato sull'autostrada, ma l'insistenza sulla carica autorevole mantenuta al ministero da Falcone, rivela la convinzione di Borsellino che questa autorevolezza, insita nel ruolo di favorito al vertice della Superprocura, o addirittura di candidato *in pectore* per il ruolo di ministro degli Interni, possa in qualche modo avere costituito un movente per gli stragisti decisi a fermare a tutti i costi questa progressione di carriera.

Caltanissetta, mercoledì 27 maggio 1992

## *Peggio di Fort Apache*

Ma non è Borsellino a dover indagare sulla morte dell'amico. È la procura di Caltanissetta, competente quando la vittima è un magistrato del distretto di corte d'Appello di Palermo. Una procura quasi inesistente della quale il presidente del tribunale Placido Dall'Orto denuncia le gravi carenze di organico: «Qui è molto peggio di Fort Apache, siamo allo sbando. In una situazione come la nostra la lotta alla mafia è solo una vuota parola, lo abbiamo detto tante volte al Csm».

Solo il procuratore Salvatore Celesti e il sostituto Francesco Polino sono titolari dell'indagine sulla strage di Capaci. Tutte le inchieste riguardanti i giudici di Palermo, Trapani e Agrigento vengono trasmesse a Caltanissetta, che diventa il terminale più delicato del sistema giudiziario siciliano. Eppure i posti liberi restano senza aspiranti, i concorsi vanno deserti. Per esempio per la carica di procuratore capo è pendente una sola domanda, quella di Giovanni Tinebra, già capo della Procura di Nicosia.

La Superprocura voluta da Falcone, invece, è in dirittura di arrivo. Le domande sono giunte, i termini sono chiusi. Ma quel giorno durante la trasmissione televisiva *L'istruttoria*, condotta da Giuliano Ferrara su Italia 1, il ministro di Grazia e Giustizia Martelli dichiara: «Bisogna riaprire i termini del concorso alla carica di superprocuratore. Ci sono decine di magistrati validi e capaci che non avevano presentato domanda per concorrere alla carica. Non lo avevano fatto perché davano per scontato che nessuno meglio di Falcone fosse adatto per quel ruolo. È necessario ora dare loro la possibilità di concorrere».

Roma, mercoledì 27 maggio 1992

## *Scotti: effetto destabilizzante*

L'uccisione del giudice Falcone, della moglie e della loro scorta, ha un «effetto che è terroristico e destabilizzante». Sono parole del ministro degli Interni Scotti, anche lui ospite della trasmissione *L'istruttoria*. Prima di Martelli e di Scotti, della strage di Capaci ha parlato anche il deputato Pds Luciano Violante. Riferendo una convinzione maturata anche in seguito a incontri con «tecnici», Violante ha dichiarato di ritenere che «ci aspetti una fase di vera guerra» e di pensare che «il più probabile futuro bersaglio della mafia sia un politico».

Secondo Violante, la strage è caduta in un momento particolarmente delicato della vita politica, perché la mafia ha voluto «spingere a una scelta d'urgenza e impedire quindi possibilità fortemente innovative».

Roma, giovedì 28 maggio 1992

*La fuga in avanti di Scotti*

A Roma, in una libreria affollata fino all'inverosimile il sociologo Pino Arlacchi presenta il suo libro: *Gli uomini del disonore*, che racconta la storia del pentito catanese Antonino Calderone. Davanti ai ministri Scotti e Martelli, al giudice Paolo Borsellino e al capo della polizia Vincenzo Parisi, l'evento si trasforma presto in una conferenza stampa sulla strage di Capaci.

«La pista toscana?» chiedono i giornalisti. «La segnalazione risale al 1989» risponde Scotti, sgonfiandola del tutto. E l'omertà? «Sta finendo» esordisce Borsellino. «Centinaia di segnalazioni su "anomalie" registrate lungo l'autostrada nei minuti precedenti alla strage, stanno giungendo agli organi investigativi da parte dei cittadini di Palermo.»

E la Superprocura? Lei, dottor Borsellino, è interessato? «No», risponde secco il magistrato. Ma accanto a lui, da un microfono acceso, la voce arriva improvvisa, a sorpresa, senza tentennamenti: «Lo candido io», dice Scotti, sostenendo di parlare anche a nome di Martelli.

«La decisione di riaprire i termini per la presentazione delle candidature per il ruolo di Superprocuratore – specifica il ministro – così come l'intenzione di proporre il giudice Borsellino, è stata presa assieme dal ministro degli Interni e da quello della Giustizia, ed è quindi del governo».

La reazione immediata di Paolo Borsellino è il silenzio. Un silenzio, si saprà dopo, carico di rabbia e sgomento. Ma già da quel pomeriggio, il pallore del suo volto tradisce il fastidio che quella «fuga in avanti» gli ha provocato. Non è stato consultato, la proposta non gli è stata neppure anticipata. In una libreria di Roma è diventato il candidato del governo al massimo vertice giudiziario della lotta alla mafia, in una pericolosa sovrapposizione di ruoli con la magistratura. Deve essere il Csm, infatti, a decidere la riapertura dei termini. E Borsellino sa che le resistenze sono forti. Ma, a parte il difetto formale, fare il suo nome come successore ideale di Falcone al vertice della Superprocura è un'operazione altamente rischiosa, che lo indica pubblicamente come bersaglio agli autori della strage. Lui stesso, nei giorni precedenti, ha proposto come possibile chiave di lettura dell'eliminazione di Falcone, la strada spianata alla nomina di capo della Superprocura.

All'uscita, il magistrato è furibondo, non risponde più alle domande dei giornalisti.

Il presidente della commissione parlamentare antimafia, Gerardo Chiaromonte, cerca di gettare acqua sul fuoco: «Il problema principale è che la Direzione nazionale antimafia sia fatta e presto».

Roma, giovedì 28 maggio 1992

### *Tinebra nuovo procuratore*

Il Csm nomina procuratore capo di Caltanissetta il magistrato Giovanni Tinebra.

Roma, venerdì 29 maggio 1992

*La risposta del governo*

Nessuno, l'indomani, nota il turbamento di Borsellino per la «sparata» di Scotti. L'Italia è in piena emergenza antimafia, figuriamoci chi bada ai distinguo delle nomine, in un momento, peraltro, in cui il governo mostra il suo pugno di ferro. Al tritolo di Capaci il ministro di Grazia e Giustizia Martelli risponde con un decreto legge, perché sia «chiaro ed evidente – dice davanti alle bare – che l'uccisione di Falcone, della sua compagna, dei tre agenti della scorta si dimostri per la mafia il peggiore affare della sua storia».

Il decreto contiene misure «rivoluzionarie»: modifiche al nuovo codice sulla formazione della prova, prolungamento delle indagini preliminari per delitti di mafia, maggiore autonomia investigativa alle forze di polizia, nuove norme a tutela dei pentiti, revisione della normativa sulle indagini patrimoniali, interventi di politica penitenziaria.

Le annuncia lo stesso Martelli, al termine di una lunga riunione svolta di mattina al ministero di via Arenula con Scotti, Parisi, i responsabili del Sisde e del Sismi, Alessandro Voci e Luigi Ramponi, il comandante dei carabinieri, generale Antonio Viesti, il capo della Dia, generale Giuseppe Tavormina.

«Già nel Consiglio dei ministri previsto per la prossima settimana – annunciano Martelli e Scotti – verranno presentati una serie di decreti legge.»

Ma sulla nomina del Superprocuratore, arriva, improvvisa e a sorpresa, la prima marcia indietro: «Non ho avanzato nessuna candidatura – dice Martelli – mi sono limitato a suggerire al Consiglio superiore della magistratura l'opportunità di riaprire i termini per la presentazione delle candidature». Anche, se occorre, «per via legislativa».

Ma in quella libreria Scotti non aveva detto di parlare anche a nome suo?

Roma, venerdì 29 maggio 1992

## *Indietro tutta*

La marcia indietro di Martelli è contagiosa. Scotti, seduto a pochi metri, sfidando il ricordo dei testimoni e i nastri della registrazione della conferenza stampa, precisa serafico di non avere presentato candidature: «Ma come responsabile dell'ordine e della sicurezza, posso auspicare che la Dna sia messa quanto prima in condizione di operare e nel modo migliore». Poi capisce di averla detta grossa e aggiusta il tiro: «Ho sollecitato Borsellino a candidarsi, mi sono augurato e mi auguro che lo faccia».

Dunque la frase «lo candido io» era solo un auspicio, una sollecitazione, una speranza, la speranza del governo di una Prima Repubblica in liquidazione che si stringe attorno al grande amico di Falcone per fronteggiare un nemico che alla luce del sole fa brillare un'autostrada e dai retrobottega istituzionali briga per ottenere legittimazione e riconoscimento.

Quando arriva la domanda finale dei giornalisti, se cioè l'uccisione del giudice Falcone sia da mettere in relazione al «piano destabilizzante» sul quale aveva lanciato l'allarme nei mesi scorsi e se questo allarme sia ancora vivo, Scotti risponde sibillino: «Quando ho dato l'allarme sono stato considerato un visionario, se non peggio».

Roma, venerdì 29 maggio 1992

## *Imbarazzo del Csm*

A Palazzo dei Marescialli, sede del Consiglio superiore della magistratura, i magistrati assistono con fastidio al balletto delle ingerenze istituzionali sulla Superprocura, tra riapertura dei termini, candidature e smentite.

«La gravità della situazione impone determinate scelte, ma certe regole vanno rispettate», avverte Ernesto Stajano, presidente della Commissione incarichi direttivi. La candidatura «anomala» di Borsellino è stroncata. «Se non è certo discutibile il valore dell'uomo, non immagino in quale ordinamento giuridico possa inquadrarsi l'eventuale riapertura del concorso – gli fa eco Giuseppe Gennaro, sostituto procuratore a Catania – inoltre rimangono immutate le perplessità sull'utilità di una struttura come la cosiddetta Superprocura.» Si schiera con il governo, invece, il procuratore di Nicosia Giovanni Tinebra, che a breve sostituirà il procuratore Celesti a Caltanissetta: è «l'occasione – dice – per non disperdere e utilizzare al meglio l'esperienza maturata da Borsellino accanto a Giovanni Falcone in più di un decennio di lotta alla mafia. Il paese chiede una risposta forte e credo che il Csm saprà darla nell'ambito delle sue responsabilità istituzionali».

Firenze, venerdì 29 maggio 1992

## *Caponnetto per Borsellino*

Da Firenze, ignaro di tutto, Caponnetto si schiera subito per Borsellino: «Chiederò al presidente della Repubblica che sia Paolo Borsellino a ricoprire la carica di capo della

Superprocura», proclama l'ex capo del pool antimafia intervenendo a una manifestazione della Rete a Firenze.

Caponnetto, che ribadisce le sue perplessità sulla struttura voluta da Falcone («Giovanni rimase addolorato, ma capì le nostre obiezioni»), punta il dito contro il Consiglio superiore della magistratura «che ha già cominciato a sbandare, questa volta per tagliare la strada a Borsellino, anche lui nel mirino da dodici anni».

Il magistrato dice di avere però «piena fiducia nel nuovo presidente della Repubblica»: «Una garanzia di autonomia per tutta la magistratura».

Roma, venerdì 29 maggio 1992

## *Profezia di Calderone*

Il collaboratore della giustizia Antonino Calderone rilascia un'intervista al quotidiano «la Repubblica»: «La condanna a morte di Falcone era programmata da tempo. È stata anche rinviata a un certo punto. Poi è diventata improrogabile. E questo per due motivi: la decisione della Cassazione a gennaio di confermare gli ergastoli ai capi della cupola [Michele Greco, Salvatore Riina, Francesco Madonia e Pippo Calò] e la quasi certa nomina di Falcone a Superprocuratore. Va precisato che una strage come quella di Capaci, così eclatante, così spettacolare, non è mai nell'interesse della mafia. Chi sta in galera e l'ha ordinata non corre rischi, ma a venire assediati dalla reazione dello stato sono i mafiosi che stanno fuori e questo altera equilibri e alleanze. Non ho dubbi che dovremo aspettarci altri delitti eccellenti. Potrà toccare a un magistrato, a un ministro, a un poliziotto. Ci sarà la guerra adesso, un terremoto che potrebbe rovesciare il patto di ferro dei vincenti che dura ormai da quindici anni. E adesso ci saranno sicuramente molte azioni diversive nel resto d'Italia per allentare la pressione dello stato su Palermo».

Palermo, venerdì 29 maggio 1992

*Superprocura? No, grazie. Ma come dirlo?*

Mentre impazza la bufera dei commenti, tornato a Palermo Borsellino appare gravemente angosciato. Pensa e riflette: l'azione di Scotti e Martelli lo ha turbato e medita su come tirarsi fuori senza fare da sponda a polemiche politico-istituzionali che, da uomo delle istituzioni, non vuole provocare. Epperò lui, proprio perché uomo delle istituzioni, deve respingere, senza mezzi termini, una proposta che viene dal governo.

Una proposta che giudica scorretta, che in primo luogo lo mette intimamente a disagio, rendendolo il destinatario di una sorta di promozione derivante dalla scomparsa di un caro amico come Giovanni; che lo imbarazza profondamente, visto che lui stesso nei mesi precedenti, per sponsorizzare Falcone, ha bocciato la candidatura di altri colleghi che ora sarebbero i suoi diretti concorrenti; che lo espone enormemente, come candidato del governo, simbolo unico della lotta a Cosa nostra, come lo fu Falcone saltato in aria a Capaci una settimana prima; che insomma deve a tutti i costi rifiutare, anche se sa benissimo che una sua eventuale nomina al vertice della Superprocura sarebbe l'unica strada per permettergli di indagare in prima persona sull'eccidio di Capaci.

E decide dunque di consultare i colleghi più fidati.

Palermo, sabato 30 maggio 1992

*L'appello abortito*

Il rischio enorme di sovraesposizione, infatti, non sfugge nel Palazzo di giustizia ai colleghi di Borsellino, che decidono di non stare al gioco, rendendo pubblico il rifiuto. Racconta Antonio Ingroia: «Dopo essermi consigliato con altri colleghi più vicini (non solo della procura, ricordo anche Leonardo Guarnotta, dell'ufficio istruzione), suggerii a Paolo un'alternativa: saremmo stati noi magistrati a fare un appello pubblico con il quale gli chiedevamo di restare a Palermo e rifiutare l'offerta di Scotti perché il suo posto era a Palermo e non a Roma. In questo modo Paolo avrebbe potuto, altrettanto pubblicamente, aderire al nostro appello e rifiutare l'offerta degli esponenti del governo». Ingroia prosegue ricordando: «Era l'unico modo, gli dissi, con il quale poteva sottrarsi a quell'intollerabile pubblica sovraesposizione senza apparire poco coraggioso o poco istituzionale». Borsellino, dopo una lunga riflessione, accetta. «Ricordo benissimo – ricostruisce Ingroia – che trascorremmo l'intera mattinata di sabato con Guarnotta, Natoli, Scarpinato, Teresi e altri a scrivere e limare l'appello che io sottoposi a Paolo; lui chiese delle modifiche e le facemmo; finalmente l'appello fu partorito e si decise che sarebbe stato dato alla stampa il lunedì, e poi sarebbe seguita la sua adesione».

Palermo, domenica 31 maggio 1992

*Il circolo vizioso*

Leggendo l'appello Borsellino, all'inizio, appare soddisfatto.

«Bene, così va bene.»

Ma poi, domenica sera, cambia idea. E telefona a sorpresa a Ingroia: «Sai Antonio, ci ho pensato bene; è meglio non far nulla».

«Ma perché?», chiede Ingroia.

«Giammanco mi ha dato un consiglio che penso vada seguito» gli spiega Borsellino. «Questa vostra lettera potrebbe diventare il parafulmine del contrasto tra il ministero di Grazia e Giustizia e il Csm sulla scelta del superprocuratore.»

«Non sono d'accordo» ribatte Ingroia. «Devi pubblicizzare il tuo no a Scotti, la tua candidatura lanciata e mai smentita è un'ulteriore sovraesposizione che non ti puoi consentire in questo momento. Falla una dichiarazione, spiega pubblicamente che quel posto non ti interessa, esci allo scoperto...»

«No, assolutamente» Borsellino è categorico. «Il mio rifiuto potrebbe essere strumentalizzato nel braccio di ferro tra Csm e Martelli sulla candidatura di Cordova.»

«Ma tu alla Superprocura, lo so bene, non ci vuoi andare. Non vuoi abbandonare di nuovo Palermo, non vuoi lasciare la famiglia, so che a casa tua sono contrari...»

«No, Antonio, ti prego, non insistere. Dimentica quella lettera. E spiega agli altri il perché è meglio non pubblicizzarla. La vostra presa di posizione potrebbe dar spunto ad altri per insistere sul mio nome, è un circolo vizioso in cui non voglio entrare.»

## *Il consiglio di Giammanco*

Oggi, a quindici anni di distanza, Ingroia riflette: «Con voce quasi imbarazzata e perplessa, Borsellino mi disse che aveva parlato quella domenica con Giammanco e che il capo lo aveva convinto a non rendere pubblica la cosa perché si sarebbero innescate delle polemiche politiche contro Martelli, Scotti e il governo che andavano evitate».

Aggiunge poi Ingroia: «Con mia somma sorpresa anche perché Paolo non aveva mai tenuto in grande considerazione i "consigli" di Giammanco di cui non si fidava affatto, mi disse che aveva, invece, deciso di scrivere una lettera privata a Scotti; provai a insistere ma la risposta di Paolo fu di quelle che non consentono repliche. Mi è sempre rimasto il rimpianto di non avere insistito ancora: avremmo potuto influire sul corso degli eventi?».

Perché Giammanco insisté per impedirgli di rendere pubblica la lettera? E perché Borsellino, con cui non ha un buon rapporto, gli dà ascolto? E poi: è Giammanco a cercarlo quella domenica? Sa già dell'iniziativa dei pm o gliela comunica Borsellino? E perché Borsellino avrebbe dovuto farlo? Domande che dopo quindici anni restano ancora sospese senza risposta nel Palazzo di giustizia di Palermo.

Palermo, domenica 31 maggio 1992

## *La lettera a Scotti*

Così, la domenica sera, Paolo Borsellino, dopo essersi consultato con il suocero Angelo Piraino Leto, ex presidente del tribunale, con fama di insigne giurista, prende carta e penna e scrive al ministro degli Interni:

> Onorevole signor ministro,
> mi consenta di rispondere all'invito da Lei inaspettatamente rivoltomi nel corso della riunione per la presentazione del

libro di Pino Arlacchi. I sentimenti della lunga amicizia che mi hanno legato a Giovanni Falcone mi renderebbero massimamente affittiva l'eventuale assunzione dell'ufficio al quale non avrei potuto aspirare se egli fosse rimasto in vita. La scomparsa di Giovanni Falcone mi ha reso destinatario di un dolore che mi impedisce, infatti, di rendermi beneficiario di effetti comunque riconducibili a tale luttuoso evento. Le motivazioni addotte da quanti sollecitano la mia candidatura alla Direzione nazionale antimafia mi lusingano, ma non possono tradursi in presunzioni che potrebbero essere contraddette da requisiti posseduti da altri aspiranti a detto ufficio, specialmente se fossero riaperti i termini del concorso. Molti valorosissimi colleghi, invero, non posero domanda perché ritennero Giovanni Falcone il naturale destinatario dell'incarico, ovvero si considerarono non legittimati a proporla per ragioni poi superate dal Consiglio superiore della magistratura. Per quanto a me attiene, le suesposte riflessioni, cui si accompagnano le affettuose insistenze di molti dei componenti del mio ufficio, mi inducono a continuare a Palermo la mia opera appena iniziata, in una procura della repubblica che è sicuramente quella più direttamente e aspramente impegnata nelle indagini sulla criminalità mafiosa.
Lascio ovviamente a Lei, onorevole signor ministro, ogni decisione relativa all'eventuale conoscenza da dare a terzi delle mie deliberazioni e di questa mia lettera.
RingraziandoLa sentitamente

Paolo E. Borsellino

## *Il segreto del ministro*

Scotti riceve la lettera, ma non ne fa parola. Il ministro che ha lanciato a sorpresa la candidatura di Borsellino al vertice della Superprocura trasforma il documento in un foglio «riservato», e neppure una volta fa pubblicamente cenno al rifiuto del magistrato siciliano. Il procuratore aggiunto di Palermo rimane ufficialmente candidato, l'azione giudiziaria antimafia di un paese intero si concentra simbolicamente sul nome di un uomo solo.

## *La Dna che voleva Falcone*

Borsellino ha rifiutato, e nessuno lo sa. Contesta il metodo, ma ora inizia a difendere nel merito quella stessa struttura che, vivo Falcone, aveva criticato insieme con la grande maggioranza dei suoi colleghi. La strage di Capaci è lo spartiacque che ribalta i ragionamenti, scardina le convinzioni più solide, costringe a guardare in faccia una Cosa nostra mai vista prima, che con il tritolo punta al cuore dello stato.

Borsellino è solo, non c'è più Falcone con cui scambiare notizie e impressioni, ma del suo amico, adesso, si sente in dovere di difendere pubblicamente le strategie antimafia. Intervistato dal Gr1 dice: la Superprocura voluta da Giovanni Falcone «avrebbe, anche se per via diversa, ricreato le condizioni in cui operò nel suo periodo migliore il pool antimafia di Palermo».

Borsellino sottolinea la continuità tra il pool antimafia e la Superprocura, nella metodologia di lavoro adottata da Falcone, e ricorda come erano state proprio le conseguenze della gestione «del tutto insoddisfacente» delle rivelazioni del pentito Antonino Calderone, dopo la dissoluzione del pool, ad avere «inciso enormemente sulla decisione di Giovanni Falcone di lasciare la Procura di Palermo, perché si era reso conto che con una visione così parcellizzata del fenomeno mafioso [il procedimento che ne scaturì venne diviso in dodici tronconi, *N.d.A.*] da un'unica sede giudiziaria non fosse possibile ripetere quello che era successo nella fase originaria e di sviluppo del maxiprocesso».

# Giugno di misteri

Metabolizzata l'uccisione di Falcone, compreso fino in fondo il suo potente significato intimidatorio, i pentiti battono in ritirata e fanno scattare a raffica le ritrattazioni. Al Csm, togati e laici si avvitano in un gioco al massacro, sempre più autoreferenziale, sulla riapertura dei termini del concorso per il vertice della Superprocura. E Borsellino? Vive giorni plumbei. Si sente solo e si avvicina sempre più ai suoi collaboratori di polizia giudiziaria, agenti e carabinieri, anonimi servitori dello stato senza stellette e senza onori, dei quali ammira la tenacia e la voglia di continuare a lottare. Sono i giorni in cui il magistrato accetta con piacere gli inviti a cena di alcuni amici carabinieri, e si commuove quando il cuoco di un locale di Carini lo abbraccia a nome degli «onesti».

Lo stato, intanto, mostra il pugno di ferro e risponde alla strage di Capaci con il decreto Martelli, che prevede una serie di misure legislative anticosche: tra queste anche una serie di restrizioni per i mafiosi detenuti, con l'introduzione del 41 bis che, però, non verrà reso operativo, se non dopo la morte di Borsellino. Così dopo l'annuncio di nuove norme penitenziarie arriva, puntuale, il solito comunicato anonimo che minaccia i direttori delle carceri perché i detenuti «non si toccano», e «certe cose non sono state rispettate».

È la prima allusione alla trattativa tra stato e mafia, di cui ancora non si sa nulla, ma che viene avviata proprio in quei giorni dal colonnello Mario Mori e dal capitano Giuseppe De Donno, che incontra per la prima volta Vito Ciancimino.

I due ufficiali, alla fine del mese, vengono convocati da Paolo Borsellino. L'appuntamento è quasi carbonaro, fissato in un luogo non istituzionale da Borsellino che, secondo i due carabinieri, vuole segnare la natura privata delle sue richieste: informazioni sull'uccisione di Falcone, un delitto sul quale non ha alcuna competenza, e una richiesta di collaborazione per indagare sul filone mafia-appalti.

L'incontro, che non viene annotato nell'agenda grigia di Borsellino, è rivelato dagli stessi ufficiali del Ros, ma solo sei anni dopo, durante un lungo interrogatorio. Nella sua deposizione, Mori sostiene che in quell'incontro si parlò soprattutto di appalti e che Borsellino gli prospettò nuove ipotesi di lavoro e la richiesta di una collaborazione. A Palazzo di giustizia rimane però sospesa una domanda senza risposta: come mai né Mori né De Donno riferiscono in quell'occasione a Borsellino dell'incontro di De Donno, avuto qualche giorno prima con il mafioso Vito Ciancimino, che si proponeva come infiltrato proprio nel mondo degli appalti per collaborare con il Ros?

Quegli incontri (sei fino alla fine dell'anno), cominciati appunto un giorno di giugno, vengono promossi dai due militari ufficialmente per spingere Ciancimino a rivelare il nascondiglio del superlatitante Totò Riina (arrestato, sette mesi dopo, nel centro di Palermo). Fin dal primo colloquio, però, quelle conversazioni riservate con don Vito assumono i contorni di una vera e propria «trattativa» (termine utilizzato dallo stesso Mori nel suo verbale di interrogatorio) sotterranea tra stato e mafia. È la stessa raccontata dai pentiti Giovanni Brusca e Totò Cancemi durante la quale i boss di Cosa nostra consegnano a rappresentanti delle istituzioni un «papello» di richieste per ottenere concessioni legislative e carcerarie, in cambio della promessa di fermare le stragi e restituire la pace al paese?

Lo ipotizza il pm Luca Tescaroli, che ha coordinato le indagini sulla strage di Capaci, secondo cui quella data del 25 giugno è fondamentale: il magistrato sostiene che quell'incontro tra Borsellino e i vertici del Ros, alla caserma Carini, segna il momento esatto nel quale i boss di Cosa nostra maturano la certezza dell'efficacia dello stragismo, e la necessità di intensificarne le strategie d'attacco. E Borsellino? Secondo il pentito Giovanni Brusca costituisce un serio ostacolo lungo la strada della trattativa e per questo deve essere eliminato.

Ma a sentire Mori e De Donno, nella caserma Carini quel pomeriggio si parla solo di appalti. La stessa sera Borsellino, nell'atrio della Biblioteca comunale, dichiara apertamente di sapere «delle cose» che dovrà riferire «a chi di competenza», ovvero all'autorità giudiziaria di Caltanissetta. Nessun magistrato, però, lo chiamerà per ascoltare le cose che ha da dire.

Nel frattempo il ministro degli Interni Scotti proclama più volte che la strage di Capaci è stata decisa fuori dai confini nazionali, e che si tratta di un episodio criminale con finalità di destabilizzazione istituzionale. Si rincorrono i rapporti «riservati» sulle minacce rivolte da Cosa nostra a numerosi esponenti delle istituzioni, tra cui Salvo Andò, ministro della Difesa, il magistrato Antonio Di Pietro, eroe di Tangentopoli, e soprattutto Borsellino, quello che tutti, anche l'ex presidente Francesco Cossiga, definiscono ormai apertamente «l'erede di Falcone».

Sovraesposto, isolato, Borsellino scopre, per caso, che Giammanco gli ha taciuto di un rapporto del Ros che lo indica come bersaglio di nuovi attentati. La sua amarezza diventa sconforto, paura, angoscia.

Il rapporto con Giammanco è ormai scontro aperto, così come era stato per Falcone, che aveva affidato le sue amarezze agli appunti consegnati alla giornalista Liana Milella. È Giuseppe Ayala, deputato del Pri, ed ex pm di Palermo, a rivelare che Falcone aveva un diario. Borsellino dapprima nega, ma poi quando se lo ritrova pubblicato sul «Sole 24 Ore», non può che confermare: «Non è un vero e proprio diario, Falcone non teneva diari. Sono appunti e sono autentici».

Siamo intanto alla fine di giugno: a Palermo centomila sfilano in piazza in ricordo di Falcone. A Roma nasce il governo tecnico di Giuliano Amato. Scotti, l'uomo che ha denunciato per primo la natura eversiva della strage di Capaci, viene misteriosamente trasferito agli Esteri. Al suo posto arriva Nicola Mancino. A Roma comincia a collaborare con la giustizia il pentito Leonardo Messina, l'uomo che per primo parlerà ai magistrati siciliani del golpe, ordito da centrali massoniche, servizi deviati e manovalanza mafiosa, che punta a trasformare l'Italia in una federazione di regioni asservite ai poteri criminali. Con il tritolo delle stragi.

# Giugno 1992

Glielo dissi chiaro e tondo, è inutile che si agiti: lei è il successore di Falcone, lei e nessun altro.

*Francesco Cossiga, presidente emerito della Repubblica, a Paolo Borsellino, un mese e sei giorni prima della strage*

Roma, lunedì 1° giugno 1992

## *Il pentito che ritratta*

Il clima è pesante, ora ritrattano anche i pentiti. La strage di Capaci ha l'effetto di terrorizzarli, non si sentono più tutelati dallo stato. Totuccio Contorno e Antonino Calderone, due collaboratori «storici», annunciano di non essere più disponibili a parlare. Con due lettere inviate al ministro di Grazia e Giustizia, all'Alto commissario e alla corte d'Assise d'Appello di Palermo, Vincenzo Calcara ritratta le sue rivelazioni sull'omicidio di Vito Lipari, ex sindaco Dc di Castelvetrano assassinato il 13 agosto 1980.

Calcara ha accusato il successore di Lipari, ma ora scrive: «Nessuno è mafioso. Tutti sono innocenti a cominciare da Mariano Agate, Francesco Mangion e l'ex sindaco Tonino Vaccarino che è il primo a essere innocente. È un'anima pia».

A Borsellino, Calcara è legato in modo singolare. Fu proprio lui a rivelare al magistrato, un mese prima, abbracciandolo, che era stato incaricato di ucciderlo.

Palermo, martedì 2 giugno 1992

## *Allarme in via D'Amelio*

All'indomani della strage di Capaci, per Borsellino è scattato il piano di protezione. In prefettura si studiano le abitudini del magistrato e si scopre che durante la settimana ha tre appuntamenti fissi: il Palazzo di giustizia, la chiesa di Santa Luisa di Marillac e la visita all'anziana madre. Viene rafforzata la vigilanza in via Cilea, davanti all'abitazione di Borsellino, dov'è impossibile posteggiare, così come davanti alla chiesa. Al magistrato viene assegnata un'altra auto di scorta. Ma gli agenti addetti alla sicurezza sollecitano invano l'istituzione di una zona rimozione in via D'Amelio, dove il magistrato va spesso a trovare la madre. In quella strada, un budello chiuso tra due palazzi, restano parcheggiate tre file di auto: ai bordi dei due marciapiedi e persino al centro della carreggiata.

E quella mattina di giugno, affacciata al balcone al quarto piano di via Mariano D'Amelio, dove abita con la figlia Rita, Maria Lepanto, l'anziana madre del giudice Borsellino, si accorge di movimenti sospetti di «gente strana» nel giardino adiacente al palazzo, oltre un muro di cinta non molto alto. Con una telefonata avverte il figlio Paolo che invita la polizia a dare un'occhiata. All'alba del giorno dopo arriva sul posto una squadra di agenti guidati dal capo della Mobile Arnaldo La Barbera. Scoprono alcuni cunicoli nascosti sotto il manto stradale con tracce di presenze recenti.

L'allarme in via D'Amelio è costante, i familiari di Borsellino, nei giorni successivi all'attentato di Capaci, vivono in tensione, sono preoccupati, stanno all'erta. Ricorda Rita Borsellino: «Subito dopo la strage Falcone, io stessa avevo avvertito le forze dell'ordine della presenza in via D'Amelio di una macchina abbandonata, con i finestrini abbassati; dovetti segnalarlo due o tre volte prima che venisse un carro attrezzi a portarla via. Ricordo che una volta andai a trovare Paolo e mi resi conto che in via Cilea, in quella strada deserta, dove nessuna automobile poteva parcheggiare, dove era stata edificata una torretta per la mitragliatrice, dove c'era perennemente piazzato un autoblindo dei carabinieri, davanti al cancello era stato lasciato un cassonetto dell'immondizia. Gli dissi: "Paolo, fallo levare 'sto cassonetto, dentro ci possono mettere qualunque cosa". Lui mi rispose, molto severo: "Non sono io che devo pensare alla mia sicurezza, c'è chi è addetto a questo compito". Noi eravamo preoccupati, stavamo attenti ai segnali di pericolo, ma chi era adibito a garantire la sicurezza di Paolo evidentemente non lo era altrettanto, era distratto o pensava ad altro. È una cosa che mi ha sempre colpita dolorosamente e che mi ha sempre fatto molta rabbia. Nonostante tutti sapessero che il prossimo sarebbe stato Paolo, nonostante lui stesso avesse confidato a un paio di persone che a Palermo era arrivato l'esplosivo per lui, qui, in via D'Amelio (l'unico posto, oltre alla sua casa, dove si recava regolarmente) non era stata presa nessuna misura precauzionale, anche se questo era stato sollecitato, sia dagli uomini della scorta sia da altre segnalazioni».

Roma, mercoledì 3 giugno 1992

## *Mea culpa del Csm*

Con l'eco del tritolo di Capaci ancora nelle orecchie, il Csm si spacca sulla riapertura dei termini del concorso a superprocuratore. Ma prima di affrontare la questione, magistrati e laici si scambiano accuse roventi sulla precedente bocciatura a superprocuratore di Falcone, e sulla scelta di Agostino Cordova. Una scelta che il governo chiede adesso di mettere in discussione.

Due, sostanzialmente, gli schieramenti: i togati garantisti, contrari alla riapertura, accusati di non avere voluto Falcone perché «troppo vicino ai centri di potere». E i laici, pronti a sostenere le scelte del governo.

Le parole sono di fuoco. Afferma Pio Marconi (Unicost): «Asserire che un giudice soggiaccia a centri di potere significa demonizzarlo, rappresentarlo come nemico dello stato».

A Marconi risponde Elvio Fassone (Md): «Riserve e critiche sull'istituto della Dna non hanno mai investito l'indiscussa capacità professionale di Giovanni Falcone, ma hanno semplicemente condotto una parte del Consiglio a ritenere preferibile che un istituto dotato di tali potenzialità, fosse affidato a magistrati più lontani dal potere politico che lo ha voluto».

E allora perché, si chiede Mario Patrono, laico del Psi, sebbene Falcone fosse da tutti ritenuto un «eroe della giustizia», larga parte del Csm «gli ha preferito un altro candidato al momento della decisione sulla Superprocura, con la motivazione che Cordova era più lontano da qualsiasi centro del potere»?

E conclude: «È stato come dire che Giovanni Falcone era prossimo, contiguo, a quei centri di potere, e non forniva garanzie d'indipendenza dal potere politico, dal governo».

Ma quando mai, sostiene Gianfranco Viglietta (Md), «in questa vicenda, se c'è un magistrato veramente delegittimato, questo è Cordova».

Benché su di lui, in più occasioni, lo stesso ministro

avesse espresso il più alto apprezzamento, all'annuncio della decisione della commissione, «il precedente capo dello stato ha definito Cordova un "illustre sconosciuto" e nessuno se ne è minimamente preoccupato» sottolinea Viglietta.

Questi ritiene poi di essere stato a sua volta delegittimato, perché definito «infame, calunniatore, magistrato di parte», e perché «considerato come una sorta di mandante dell'assassinio». E, anticipando il suo voto, conclude: «Il principio costituzionale della separazione dei poteri è ormai diventato carta straccia, ora che Martelli chiede la riapertura dei termini del concorso e propone subito dopo il nome di Borsellino».

Al termine del dibattito, che si esaurisce solo a tarda sera, il plenum, per mancanza del numero legale, rinvia ogni decisione.

Palermo, giovedì 4 giugno 1992

## *Stop alla rogatoria*

Dopo l'uccisione dell'eurodeputato Salvo Lima, per «capire», per esplorare le informazioni di coloro che all'interno di Cosa nostra hanno vissuto per anni, la Procura della repubblica di Palermo decide di interrogare negli Stati Uniti i pentiti Tommaso Buscetta e Francesco Marino Mannoia. Giammanco decide che due sostituti procuratori, i cui nomi non vengono resi noti, partiranno alla volta degli Usa, dove Buscetta e Mannoia sono sotto regime di protezione da parte delle autorità federali.

La decisione assunta in procura, finalizzata non soltanto a un tentativo di lettura del delitto «dall'interno» del sistema di relazioni di Cosa nostra, ma anche alla ricognizione di come questo sistema si rapporti con la politica, si concretizza dopo la strage di Capaci. Ma poi subisce uno stop improvviso.

Borsellino si propone a Giammanco per effettuare personalmente la rogatoria. L'obiettivo è superare le reticenze di don Masino sui rapporti tra mafia e politica. Il procuratore di Palermo inizialmente esita: Borsellino, formalmente, ha solo la competenza per indagare sulla mafia di Trapani. Ma l'aggiunto insiste: è convinto che don Masino ha da raccontare molte cose utili sull'uccisione del proconsole di Andreotti in Sicilia.

Poi, a un tratto, Giammanco cede: una mattina di inizio giugno chiama Borsellino e lo autorizza alla partenza. Lui è stupito di avere ottenuto la possibilità di partecipare alla rogatoria. Prenota il volo per le prime ore del pomeriggio dell'indomani, fissa la camera in albergo, si prepara per il viaggio. La sera, a casa, riempie una valigia, appronta una serie di appunti, legge, si documenta. Il giorno dopo, però, si ferma tutto.

Borsellino torna a casa all'ora di pranzo e chiede ad Agnese: «Che si mangia?». Lei resta interdetta: «Ma come? Stai per partire e vuoi sederti a tavola?». E lui, laconico: «Non parto più». Non dice nient'altro, non fornisce spiegazioni. «Mio marito – ricorda Agnese – si sedette a tavola, e guardando il tg che dava già la notizia della sua partenza per gli Stati Uniti, sorrise amareggiato.»

La rogatoria negli Usa per sentire Buscetta si farà molti mesi più tardi, quando Borsellino sarà già morto, Giammanco non sarà più procuratore, e a Palermo si sarà insediato ormai Gian Carlo Caselli. Ancora una volta, l'intuizione di Borsellino si rivelerà esatta: le nuove dichiarazioni di don Masino verranno considerate «esplosive» e apriranno uno squarcio inedito sul connubio mafia-politica, dando origine all'inchiesta giudiziaria su Giulio Andreotti.

Palermo, venerdì 5 giugno 1992

*La cena degli onesti*

Sono giorni plumbei, Borsellino li trascorre con il cuore in pena, sempre alla ricerca di tracce che possano portarlo sulla pista più vicina alla verità della strage di Capaci. Eppure, di tanto in tanto, qualcosa lo conforta, ed è la sensazione che la gente di Sicilia sia dalla sua parte, dalla parte dei giudici onesti, dalla parte di chi cerca, disperatamente, di salvare il paese dalla deriva del terrore, di restituirlo alla legalità. Racconta Ingroia che una sera, durante una cena a Terrasini, organizzata dai carabinieri, il calore della gente lo raggiunge in pieno.

«Si parlava di Falcone, delle indagini su Capaci, dei nuovi equilibri dentro Cosa nostra. Terminiamo di cenare, e il proprietario del locale si avvicina a Paolo, gli sussurra in un orecchio che il cuoco vorrebbe conoscerlo, nulla di più. Paolo mi sembra imbarazzato dalla insolita richiesta, ma dice di sì. Si alza, va incontro al cuoco, un uomo anziano, dal viso buono. Appena gli stringe la mano, questi si mette a piangere come un bambino. Paolo resta pietrificato per pochi secondi. Poi, commosso, lo abbraccia. I due escono dal ristorante, cominciano a passeggiare parlando fitto fitto, come vecchi amici, in palermitano stretto. "Sai Antonio," mi racconta in auto mentre rientriamo a Palermo, "stavo per mettermi a piangere anch'io. Ha voluto dirmi che i palermitani onesti, i padri di famiglia, sono al nostro fianco."»

Quella cena con i carabinieri, Borsellino, la ricorderà per sempre. La chiamerà «la cena degli onesti».

Roma, domenica 7 giugno 1992

*Vitalone difende Andreotti*

Ai funerali di Falcone, di Francesca Morvillo e dei tre agenti di scorta c'è stato un grande assente: il presidente del Consiglio Giulio Andreotti. Lo fa notare il deputato del Pri Giuseppe Ayala, ex pm di Palermo, nel corso di una cerimonia di commemorazione di Falcone, organizzata a Milano. Il senatore Claudio Vitalone, sottosegretario agli Esteri, non perde tempo e lo attacca: «Ayala ha inspiegabilmente dimenticato che proprio quel giorno il presidente Andreotti era impegnato davanti al Parlamento per rispondere alle interrogazioni presentate da tutti i gruppi politici sul criminale agguato. Ma quel che più addolora e sorprende è che proprio Ayala, nell'odiosa sortita, abbia mostrato di dimenticare quanto l'opera di Falcone sia stata sostenuta, incoraggiata e valorizzata dal governo Andreotti che a essa ha legato numerosissime iniziative per la lotta alla criminalità mafiosa, affidando a Falcone nel medesimo ambito compiti e responsabilità di primario rilievo anche sul piano internazionale».

Roma, lunedì 8 giugno 1992

*Mr Sessions e Martelli*

Dagli Usa arrivano in Italia i riconoscimenti al lavoro di Falcone. Da Washington giunge a Roma il direttore del Fbi William Sessions, che incontra il ministro Martelli e poi visita l'ufficio al ministero che fu del direttore generale degli Affari penali assassinato nella strage di Capaci. Il direttore del Fbi annuncia che l'amministrazione Bush senior ha deciso di dedicare a Falcone una lapide commemorativa; verrà sistemata nello stesso ufficio di Washington dove, proprio alla presenza di Falcone, fu istituito il gruppo di cooperazione italoamericano per la lotta alla criminalità mafiosa.

Roma, martedì 9 giugno 1992

*Et voilà, il decretone!*

«Ci siamo ispirati alle parole pronunciate in chiesa dalla vedova dell'agente Schifani: perdoneremo alla mafia se la mafia si inginocchierà.» Lo dice il ministro Martelli, nella sala di Palazzo Chigi affollata di giornalisti e reporter, sottolineando il carattere premiale del superdecreto nei confronti dei pentiti.

I grandi lampadari illuminati, i faretti delle telecamere accesi, i flash dei fotografi che sparano fiammate di luce a ritmo continuo. Martelli e Scotti, a poco più di due settimane dalla strage di Capaci, mostrano il pugno di ferro dello stato, in una conferenza stampa che ha i toni solenni della storia. Martelli definisce il superdecreto «una replica all'altezza dell'offensiva della mafia», ma anche un atto «coerente con i provvedimenti presi nel corso dell'ultimo anno» che «non sconvolge i cardini del nostro ordinamento» e «non è frutto di scelte emozionali o emergenziali».

Per chi collabora con la giustizia restano aperte, anzi lo sono più di prima, le porte del carcere, ed è assicurata la protezione e l'aiuto economico. Per chi, imputato o condannato per mafia, non si pente, sono in sostanza aboliti tutti i benefici e anzi è «reintrodotto temporaneamente (per tre anni) l'articolo 90 del vecchio ordinamento penitenziario, in base al quale il ministro può sospendere il normale trattamento penitenziario quando sussistano particolari esigenze di sicurezza».

Roma, martedì 9 giugno 1992

*Il 41 bis*

Tra le misure del decreto Martelli c'è anche l'introduzione, per legge, del 41 bis, il regime di carcere duro riservato ai detenuti per reati di mafia. Un'introduzione che resta, almeno per ora, sulla carta. I penitenziari di Pianosa e Asinara accoglieranno centinaia di mafiosi solo la notte tra il 19 e il 20 luglio, a poche ore dal «botto» di via D'Amelio. Ma quelle predisposte da Martelli sono comunque norme che restringono i diritti dei detenuti, limitando totalmente l'accesso ai benefici carcerari a tutti coloro che sono reclusi per reati di mafia. «Quando ricorrano gravi motivi di ordine e di sicurezza pubblica – recita il testo, che aggiunge un comma a una norma preesistente – anche a richiesta del ministro degli Interni, il ministro di Grazia e Giustizia ha altresì la facoltà di sospendere, in tutto o in parte, nei confronti dei detenuti per taluno dei delitti di cui al comma 1 dell'art. 4 bis, l'applicazione delle regole di trattamento e degli istituti previsti dalla presente legge che possano porsi in concreto contrasto con le esigenze di ordine e di sicurezza.» Ma non solo. Il testo limita notevolmente i diritti dei detenuti protagonisti di atti eversivi. A parte i collaboratori di giustizia, tutti gli altri potranno ottenere i benefici « solo se non vi sono elementi tali da far ritenere la sussistenza di collegamenti con la criminalità organizzata o eversiva». Esclusa ovviamente qualsiasi possibilità di concessione delle misure «quando il procuratore nazionale antimafia o il procuratore distrettuale comunica, d'iniziativa o su segnalazione del comitato provinciale per l'ordine e la sicurezza pubblica, l'attualità di collegamenti con la criminalità organizzata».

Dopo avere elencato alcune nuove disposizioni in materia di colloqui a fini investigativi con detenuti di ufficiali di polizia giudiziaria, del procuratore nazionale antimafia e di funzionari dell'Alto commissariato per la lotta alla mafia, il decreto stabilisce l'aumento di duemila unità dell'organico del Corpo di polizia penitenziaria. Con questo provvedimento il governo pone le premesse per un duro giro di vite nelle carceri, che scatterà, tuttavia, solo dopo il sacrificio di Paolo Borsellino.

Palermo, martedì 9 giugno 1992

## *Qualcuno non rispetta i patti*

La manovalanza criminale, però, manifesta già tutto il suo scontento. La Falange armata, sigla che già rivendicò la strage di Capaci, riappare in una misteriosa intimidazione ai direttori delle carceri. Una telefonata anonima giunge alla redazione dell'Ansa di Palermo. Un uomo, con uno spiccato accento catanese, riferendosi ai provvedimenti adottati dal governo, dice: «Quelli della Falange armata, i politici, hanno ottenuto quello che volevano, noi no».

Alla domanda «Noi chi?», l'anonimo risponde: «E ora lei lo capisce; certe cose non sono state rispettate, perciò noi non rispetteremo più i loro interessi».

L'anonimo aggiunge che il carcere non si doveva «toccare» e quindi rivolge una minaccia a quattro direttori di carceri. Gli investigatori non attribuiscono particolare importanza alla telefonata. E forse, stavolta, sbagliano. Le restrizioni carcerarie, quelle che non sono ancora operative e che diventeranno (ma solo più avanti) la materia del 41 bis, sono, da subito, lo spauracchio che gli strateghi occulti dello stragismo, in combutta con i capi di Cosa nostra, agitano davanti agli occhi dei manovali mafiosi per manipolarli, farli infuriare e spingerli a portare avanti l'offensiva di sangue.

Ma alcuni interrogativi meritano qui di essere posti: a cosa si riferisce l'anonimo telefonista quando allude alle «cose» che «non sono state rispettate», ovvero il carcere che non si doveva «toccare»? A quale patto? Siglato tra quali interlocutori? Chi aveva promesso qualcosa? E che cosa? Chi aveva promesso che il carcere non si doveva toccare, e cioè che dopo la strage di Capaci non vi sarebbe stato un trattamento più duro per i mafiosi detenuti? E a chi era stata fatta questa promessa?

Palermo, martedì 9 giugno 1992

## *Scarpinato: legge insanguinata*

Dalla Procura di Palermo i primi commenti al decreto Martelli non sono positivi. Dichiara il pm Roberto Scarpinato: «Questa è una legge sporca di sangue, non mi sembra che tutto questo segni un salto di qualità nella lotta alla mafia, sono leggi che noi chiediamo da anni. Come avevamo chiesto la legge La Torre, la legge sui pentiti dopo l'omicidio del giudice Livatino, non è che noi giudici abbiamo cominciato a riflettere su queste cose solo dopo la strage di Capaci. Ecco perché dico che queste leggi sono sporche di sangue, sono profondamente indignato…».

Scarpinato chiede anche la rimozione del questore di Catania che aveva inviato a Palermo, il giorno successivo alla strage di Capaci, una segnalazione fatta il 21 maggio su un possibile attentato dinamitardo da effettuarsi su un'autostrada siciliana. «La cosa che mi scandalizza di più» dice Scarpinato, «è che questa persona resti al suo posto, qui nessuno paga per qualcosa, ci troviamo di fronte a persone assolutamente incapaci e queste restano al loro posto.»

Roma, martedì 9 giugno 1992

## *Anche l'Anm critica il decreto*

Ma anche il giudizio dell'intera magistratura italiana è negativo.

«La positiva valutazione di singole disposizioni contenute nel recente decreto antimafia non può far dimenticare le responsabilità di chi ha atteso una strage per assumere iniziative da tempo suggerite dagli operatori del settore» affermano Mario Cicala, Franco Ippolito e Giovanni Tamburino, rispettivamente presidente, segretario generale e vicepresidente dell'Associazione nazionale magistrati (Anm), in un comunicato diffuso alla stampa.

Secondo la linea del sindacato dei magistrati, il «necessario presupposto di un'efficace lotta alla mafia è la rescissione degli intrecci tra settori politici, affari e criminalità organizzata».

L'Anm parla sulla base delle «concrete esperienze dei

magistrati impegnati in processi di criminalità organizzata» e sottolineando che «tale giudizio è oggi autorevolmente ribadito dal Parlamento europeo», ricorda che l'Associazione, «sin dalle assemblee seguite all'uccisione di Rosario Livatino e di Antonio Scopelliti, ha elaborato un insieme di puntuali proposte, di cui solo una parte viene oggi recepita nel decreto legge».

Palermo, martedì 9 giugno 1992

### *Il Comitato dei lenzuoli*

Nessun commento, invece, di Paolo Borsellino, che quel giorno è a Roma. Di mattina va alla Dia, e poi all'Alto commissariato antimafia, di pomeriggio vede il sociologo Pino Arlacchi e la sera, alle 19, rientra a Palermo. Qui, un gruppo di cittadini organizza una prima resistenza civile antimafia.

Nasce il Comitato dei lenzuoli, un'associazione di persone che espongono alle finestre e ai balconi di casa lenzuoli bianchi con scritte antimafia. È un movimento sorto spontaneamente dopo la strage di Capaci per evitare che «il tragico evento venga riassorbito nella normalità e nell'indifferenza». Dietro la sua organizzazione, c'è Giuliana Saladino, ex giornalista a «L'Ora» in pensione, scrittrice di libri inchiesta, spirito battagliero e appassionato.

Il Comitato chiede che l'arcivescovo di Palermo, Salvatore Pappalardo, alle 17.58 del 23 giugno, a un mese esatto dalla strage, faccia suonare a lutto le campane di tutte le chiese di Palermo; che il sindaco, in occasione del Festino, il 15 luglio, modifichi il percorso del carro della patrona con una sosta davanti al Palazzo di giustizia; che il ministro delle Poste disponga l'emissione di un francobollo commemorativo; che l'Università di Palermo nell'anno accademico 1992-93 organizzi un seminario sul tema: «Il silenzio e la rimozione».

Il Comitato propone anche la realizzazione, a proprie spese, di tre spot contro la mafia da trasmettere alla Rai e alla Fininvest, oltre che alle tv locali, da mandare in onda nelle fasce d'ascolto dei bambini e inventa un piccolo logo da apporre sulle magliette e sulle automobili per ricordare la strage.

Roma, mercoledì 10 giugno 1992

*Scotti: accuse ingiuste*

Il ministro Scotti difende il suo decreto e dichiara: «Dire che sia sporco di sangue è un'accusa volgare e soprattutto ingiusta. Questi provvedimenti sono il completamento di una strategia inaugurata un anno e mezzo fa [...]. Sì, lo so, qualche questore e qualche prefetto vanno cambiati [...] ma non è possibile buttare per aria prefetti e questori a ogni piè sospinto. Gli uomini sono importanti fino a un certo punto se non si cambia cultura e metodo di lavoro [...]. Avevamo l'obiettivo di portare dentro trecento persone, ci siamo riusciti per duecentoquaranta».

Roma, venerdì 12 giugno 1992

*Altri siluri contro il superdecreto*

Ci sono i deputati Luciano Violante (Pds), ex componente del Csm e membro della commissione antimafia, Alfredo Galasso (Rete) e Massimo Brutti (Pds), giurista, anch'egli membro del Csm, e infine il giornalista del «manifesto» Carmine Fotia. Tutti all'Università La Sapienza, a Roma, per discutere di mafia, in una mega assemblea di studenti. È l'occasione per lanciare altri «siluri», più squisitamente politici, contro il superdecreto di Martelli e Scotti.

La linea della sinistra è: applicare le leggi esistenti senza ricorrere a provvedimenti speciali e colpire gli interessi economici dei boss perché «il mafioso lo si indebolisce non mettendolo in galera, ma impoverendolo».

Tutti gli intervenuti criticano i provvedimenti antimafia del governo. Per Violante si tratta di azioni clamorose all'apparenza, ma in pratica di poca sostanza. Di stampo garantista anche l'intervento di Galasso sull'aspetto processuale della lotta alla mafia «perché essa teme le sentenze che nascono da processi condotti secondo le regole dello stato di diritto e non di polizia». Secondo Brutti «dietro ogni omicidio di mafia ci sono calcoli finanziari di costi e ricavi, ma anche politici, il che dimostra l'evoluzione del fenomeno mafioso come sistema di potere più che come organizzazione criminale».

Palermo, venerdì 12 giugno 1992

## *L'incontro con Aliquò*

Borsellino incontra il collega Vittorio Aliquò, anche lui procuratore aggiunto di Palermo, fuori dall'orario di lavoro, alle 20.30, e soprattutto fuori dall'ufficio: lo va a trovare a casa, per una chiacchierata a quattr'occhi. Di cosa parlano? Dice Aliquò: «Solo di ferie. Si approssimava il periodo delle vacanze e dovevamo metterci d'accordo sui turni. Paolo mi disse: parti tu, e quando torni, vado in ferie io».

Proprio in quei giorni, intanto, ha annunciato la sua decisione di collaborare Leonardo Messina, l'ex picciotto di San Cataldo, che nei mesi successivi svelerà ai magistrati il piano di un golpe messo a punto da una cupola di corleonesi, esponenti della massoneria deviata, e uomini dei servizi, per trasformare l'Italia, dopo il crollo dei partiti tradizionali, in una federazione di regioni asservita ai poteri criminali. I due aggiunti vengono incaricati di incontrare il detenuto per raccoglierne le dichiarazioni. Aliquò ricorda: «Con Paolo, quella sera, parlammo anche degli imminenti interrogatori del nuovo pentito, cercando di stilare un calendario». Borsellino segna l'incontro nella sua agenda.

Palermo, sabato 13 giugno 1992

*Dall'agenda grigia di Paolo Borsellino*

Ore 17 Falcone (Cossiga).

Palermo, sabato 13 giugno 1992

*L'erede di Falcone*

Agnese Borsellino non ricorda bene cosa accade quel pomeriggio di sabato.

E quando, anni dopo durante il processo Borsellino ter, le viene chiesto di commentare l'appunto con il nome di Cossiga, ritrovato sull'agenda grigia, si limita a formulare un'ipotesi: «Quel giorno mio marito si doveva incontrare con il presidente Cossiga. Forse era incerto, non sapeva se si sarebbe incontrato o meno, allora l'ha messo tra parentesi».

Francesco Cossiga, invece, quell'incontro con Paolo Borsellino se lo ricorda bene. Lui, che da sole tre settimane aveva smesso i panni di capo dello stato, quel pomeriggio è a Palermo per visitare, in forma strettamente privata, la tomba di Giovanni Falcone e Francesca Morvillo, nel cimitero di Sant'Orsola. Cossiga, accompagnato dal prefetto Mario Jovine, depone prima un mazzo di fiori sulla tomba dei due magistrati, quindi su quella dell'agente Vito Schifani. Qui si inginocchia a pregare accanto alla vedova del poliziotto ucciso, Rosaria Costa, che a un certo punto gli dice: «Presidente preghi forte, voglio sentire cosa dice...» Poi, insieme, ad alta voce, recitano il De Profundis, un Pater e un'Ave Maria.

Cossiga si reca poi in visita a casa dei parenti di Falcone, dove lo attendono anche quelli di Francesca Morvillo. Prima di lasciare Palermo, per rientrare a Roma, l'ex presidente della Repubblica si trattiene per trenta minuti a Villa Paino, che è la sede della prefettura, ma anche la residenza del governo a Palermo. Lì, alle 17, incontra Borsellino. I due si stringono la mano, si accomodano su un divanetto, scambiano alcune considerazioni sull'attacco stragista che ha colpito il paese. E soprattutto, sull'antimafia dopo Falcone.

«Glielo dissi chiaro e tondo – ricostruisce oggi Cossiga – è inutile che si agiti: lei è il successore e l'erede di Falcone. Lei e nessun altro.» Borsellino, tornando a casa, segna l'appuntamento sull'agenda.

Palermo, martedì 16 giugno 1992

## *Le rivelazioni di Caponnetto*

Nell'estate del 1985 una segnalazione permette di sventare un piano della mafia per uccidere, contemporaneamente, Giovanni Falcone e Paolo Borsellino. L'obiettivo delle cosche è di interrompere la stesura della sentenza-ordinanza che costituirà la base del primo maxiprocesso. Per questo, dunque, non per dedicarsi meglio al lavoro, i due magistrati del pool antimafia, per quindici giorni, sono costretti al «soggiorno obbligato» nell'isola dell'Asinara. Con loro, i familiari.

La circostanza è rivelata per la prima volta da Antonio Caponnetto, ex consigliere istruttore di Palermo in un articolo pubblicato dal trimestrale agrigentino «Sudovest».

Caponnetto ricorda di avere deciso di sottrarre Falcone e Borsellino «a grave e incombente pericolo», perché una segnalazione ricevuta «da persona di assoluta fiducia e credibilità» lo induce ad allontanare i colleghi da Palermo.

«Per lungo tempo – scrive Caponnetto – questo episodio rimase sconosciuto ai più e quando la notizia trapelò riuscimmo a mantenere il segreto sulla drammatica motivazione di quell'improvviso trasferimento, che la stampa ha sempre attribuito alla decisione dei due colleghi di appartarsi in luogo sicuro e isolato per meglio dedicarsi alla stesura delle parti della sentenza-ordinanza a loro assegnate.»

Nell'articolo, poi, Caponnetto rivela: «In realtà, avendo lasciato Palermo con la massima urgenza, a poche ore dalla segnalazione ricevuta, essi non avevano avuto alcuna possibilità di scegliere e portare con sé alcuna parte dell'immenso materiale raccolto, con la conseguenza che, per quindici giorni, dovettero forzatamente sospendere il proprio lavoro. Per tale motivo insistevano ogni giorno per poter ritornare in ufficio e riprendere il lavoro interrotto: ma ciò fu loro consentito solo quando fummo sufficientemente tranquilli sul "cessato pericolo". Si sa che, per quel "soggiorno obbligato", Falcone e Borsellino dovettero "pagare il conto allo stato" nel senso che fu loro presentato il conto per i pasti consumati sull'isola».

Roma, giovedì 18 giugno 1992

*Scotti: strage decisa fuori dai confini nazionali*

Vi ricordate del procuratore Usa Charles Rose, che sosteneva che la strage di Capaci era un'azione pensata e realizzata da Cosa nostra italiana, senza l'intervento dei mafiosi americani? Scotti, il ministro degli Interni, invece la pensa diversamente. Anzi, in modo diametralmente opposto. «È stato un delitto di mafia che ha trasceso i confini nazionali.» È la sua rivelazione riportata dall'agenzia Reuter, e fatta durante una conferenza stampa riservata ai giornalisti stranieri accreditati a Roma, per sottolineare la stretta collaborazione che il giudice Falcone intratteneva con gli inquirenti americani per la lotta alla mafia.

«Il tipo di delitto, il modo in cui è stato perpetrato, le tecniche che sono state usate [...] tutto punta verso una matrice non esclusivamente siciliana» rivela Scotti. «Falcone aveva dato un grande contributo alla comprensione del fenomeno mafioso da parte degli americani. Sapeva capire come la lavora mafia e la mafia ne era ben consapevole», afferma il ministro.

Che la pensa, appunto, all'opposto di Rose: in America Falcone era la personalità italiana più nota per quanto riguarda la lotta a Cosa nostra e, presso le famiglie mafiose d'oltreoceano, «era una persona molto temuta». Considerazioni che non lo lasciano per nulla tranquillo: «Sono convinto che questi episodi non sono finiti», conclude Scotti, con una profezia da brivido: secondo lui il delitto Falcone «non è stato né l'ultimo né il più sensazionale» delitto di mafia.

Palermo, venerdì 19 giugno 1992

## *Il rapporto 541*

Lo dice il ministro degli Interni e c'è da credergli. Anche perché i segnali vanno proprio in quella direzione. Il rapporto è il numero 541 e si intitola «Minacce nei confronti di personalità e inquirenti». Lo trasmette il giorno dopo il generale Antonio Subranni, comandante del Ros di Palermo, al comando generale dei carabinieri di Roma.

Il rapporto descrive le confidenze di numerose fonti, mafiose e no, tutte concordi nel rivelare la decisione di Cosa nostra di eliminare fisicamente Paolo Borsellino. Altri possibili obiettivi sono il maresciallo Carmelo Canale, il ministro della Difesa Salvo Andò e l'ex ministro Calogero Mannino. Il rapporto afferma che nell'ultimo anno gli organi dello stato hanno esercitato un'indiscutibile pressione sulla criminalità organizzata, sia in termini di inasprimento normativo, sia in termini di positivo impegno investigativo... «nelle ultime settimane abbiamo proceduto a un'analisi dei dati disponibili, con l'obiettivo di ottenere un quadro delle strategie operative di Cosa nostra e di individuare il movente e gli esecutori di eclatanti delitti di mafia riconducibili anche a una precisa strategia di attacco allo stato».

Il documento cita l'uccisione del maresciallo Guazzelli, di Giovanni Falcone, sua moglie Francesca e degli uomini della scorta, dell'eurodeputato Salvo Lima.

Il rapporto mette in rilievo un panorama molto preoccupante: le informazioni raccolte sia in ambienti estranei al crimine organizzato, sia all'interno di quel mondo hanno consentito di ottenere, da più fonti di fiducia, notizia sull'esistenza di una volontà dei vertici di Cosa nostra di opporsi con determinazione all'offensiva dello stato, agendo contemporaneamente su due fronti. Il primo consiste nel fare pressioni, in forme indirette, su esponenti politici per ridurre l'impegno dello stato contro la criminalità. Il secondo invece nell'eliminare fisicamente alcuni inquirenti che si sono messi in evidenza nella recente proficua attività di repressione di Cosa nostra.

Il rapporto, quindi, prosegue mettendo in rilievo le caratteristiche dei possibili obiettivi: gli onorevoli Calogero Mannino e Salvo Andò potrebbero essere future vittime di Cosa nostra... il maresciallo Carmelo Canale potrebbe correre pericolo per la sua incolumità poiché si è distinto in operazioni antimafia e per avere in particolare contattato alcuni esponenti di spicco della criminalità siciliana successivamente colpiti da provvedimenti della magistratura. Il capitano Umberto Sinico correrebbe pericolo di vita per l'attività di contrasto di una delle maggiori famiglie mafiose palermitane.

E ancora: il procuratore aggiunto Paolo Borsellino correrebbe seri pericoli per la sua incolumità a causa delle ultime inchieste sulla mafia trapanese che, colpita dai recenti successi investigativi, ha visto ridursi la propria credibilità ai vertici di Cosa nostra.

Genova, sabato 20 giugno 1992

## *Ayala rilancia: Falcone aveva un diario*

Come in ogni delitto di mafia sbuca puntuale il diario segreto della vittima. Spunta nelle parole di Giuseppe Ayala, che a Genova denuncia: «Falcone aveva un diario puntualissimo, della cui esistenza ha messo a conoscenza soltanto me e forse una volta Paolo Borsellino; in quel diario scriveva tutto. Tutto era riportato in un dischetto, perché scriveva su un computer».

Poi, commosso prosegue: «Questa cosa non l'ho mai detta a nessuno, ma mentre parlo sto pensando che ormai posso riferirla. Non so se questo dischetto è stato trovato dagli investigatori, e se è stato trovato naturalmente sarà letto. Ma se si è smarrito si è perduta l'occasione per ricostruire con la fonte più autorevole quello che è accaduto attorno a Falcone, dentro e fuori il Palazzo di giustizia di Palermo». Tra la sorpresa del pubblico e di fronte a un uditorio in completo silenzio, Giuseppe Ayala prosegue con voce sommessa il suo racconto-rivelazione. «Se per caso un giorno questo dischetto dovesse emergere dal segreto delle indagini, io sin da ora prendo formalmente l'impegno a confermare tutte le circostanze che sono annotate e che io ho vissuto. E con me ci sono altri magistrati di Palermo che sono pronti a farlo». E conclude: «Se il dischetto non viene fuori sarebbe un modo per dare un contributo alle polemiche che certamente Giovanni non gradirebbe. Ma se viene fuori, la sua parola non rimarrà sola, perché un dovere morale ci imporrà di raccontare che è vero quello che lui ha scritto, perché c'è chi era presente e può confermare che quel diario è una cronaca di storia vera vissuta».

Palermo, sabato 20 giugno 1992

*Dov'è questo diario?*

Ma il diario, purtroppo, non salta fuori. Del dischetto di cui parla Ayala ha ricevuto notizia, subito dopo la strage, il magistrato titolare dell'inchiesta, Salvatore Celesti. Ma le ricerche fatte nell'ufficio di Falcone al ministero, e nelle abitazioni di Palermo e di Roma, nel corso delle perquisizioni formali, non hanno dato alcun risultato.

Tra i colleghi, le parole di Ayala provocano scetticismo: «Non ho mai sentito parlare di questo diario – afferma Gioacchino Natoli, che di Falcone fu collaboratore all'ufficio istruzione – i diari sono sempre fatti privati. Andrei molto cauto nel fare certe affermazioni. A meno che non si vogliano scambiare appunti di carattere professionale per appunti privati.» E Giacomo Conte, che ha lavorato con Falcone a partire dal 1985, aggiunge: «Non sono al corrente dell'esistenza di un diario, se vi fosse potrebbe essere una validissima chiave di lettura delle drammatiche vicende cominciate con la nomina del consigliere istruttore nel 1987 e conclusesi con la strage di Capaci».

Altri, invece, confermano, aprendo uno scenario di veleni nei rapporti tra Falcone e le forze investigative palermitane.

«Confermo le dichiarazioni del giudice Ayala sull'esistenza della memoria storica del giudice Falcone in cui venivano annotate le percezioni o i segni della sua vita di magistrato e le percezioni e i segni del malessere esistente nella città di Palermo», dichiara il senatore Maurizio Calvi (Psi), già vicepresidente della Commissione antimafia. «Me lo disse – precisa Calvi – lo stesso Falcone in occasione del viaggio della Commissione a Vienna. Mi parlò dell'intreccio tra mafia, città di Palermo e pezzi importanti delle istituzioni nel senso che lo stesso non si fidava in alcun modo né della questura di Palermo né del comando dei carabinieri di Palermo né tantomeno di alcuni pezzi importanti all'interno della prefettura di Palermo.»

Calvi è un fiume in piena: «Già in quell'epoca, prima dell'importante attentato nella sua villa al mare, il giudice Falcone presentiva sensi del suo malessere e della sua morte; di un giudice cioè che sarebbe saltato in aria a seguito dell'esistenza di questi intrecci. Falcone riferiva in quella occasione che qualsiasi operazione nella città di Palermo doveva avvenire all'oscuro di questi apparati e la stessa gestione del pentito Contorno avveniva fuori da quell'ambiente». Calvi sostiene anche che «il giudice Falcone, proprio per la delicatezza della situazione, ogni qualvolta aveva necessità di assumere informazioni andava direttamente presso gli uffici della questura o dei carabinieri a ritirare personalmente fascicoli proprio perché non si fidava in alcun modo di questi apparati».

Il delitto Falcone «è potuto avvenire all'interno di questi intrecci e di questo sistema». «Sono a disposizione – conclude Calvi – per chiarire i termini di queste delicate questioni che possono aprire spaccati importanti di verità, qualora si rintracciasse questo memoriale».

E Borsellino?

Palermo, sabato 20 giugno 1992

*Borsellino si cuce la bocca*

Per ora non si sbottona: «Non conosco le dichiarazioni di Ayala nei suoi esatti termini, l'eventuale esistenza di appunti riservati di Giovanni Falcone non può in senso assoluto essere oggetto di mie dichiarazioni. Se si trattasse di appunti personali solo i suoi familiari potrebbero decidere di renderli pubblici. Se si trattasse di appunti utili alle indagini solo l'autorità giudiziaria procedente sarebbe arbitra della loro pubblicazione».

E a Calvi replica così: «Mi auguro che Calvi e tutti quelli che sono a conoscenza di elementi utili alle indagini vadano a riferirli al procuratore della Repubblica di Caltanissetta Salvatore Celesti, invece di rilasciare dichiarazioni alla stampa».

Roma, sabato 20 giugno 1992

*Incarico ad Amato*

Le rivelazioni di Ayala (e le polemiche che ne seguono) rischiano di oscurare la notizia di apertura dei giornali dell'indomani: il capo dello Stato Oscar Luigi Scalfaro incarica il socialista Giuliano Amato di formare il nuovo governo.

Inizia il guado istituzionale tra Prima e Seconda Repubblica, e Amato, indicato da Craxi nella sua rosa di nomi insieme a De Michelis e Martelli, ma estraneo ai maneggi della Prima Repubblica, inaugura di fatto la serie di governi tecnici incaricati di fronteggiare l'emergenza mafiosa e di riaggiustare i conti dello stato. Sarà lui, seguito a ruota da Carlo Azeglio Ciampi, a risanare il debito pubblico che durante l'estate del 1992 raggiunge dimensioni colossali.

Palermo, sabato 20 giugno 1992

*Una veglia di preghiera*

Si avvicina intanto il trigesimo di Capaci e i gruppi cattolici organizzano una veglia di preghiera e una fiaccolata per ricordare Giovanni Falcone, Francesca Morvillo, Antonio Montinaro, Rocco Di Cillo e Vito Schifani. La manifestazione si svolgerà contemporaneamente, la sera del 23 giugno, alle ore 21, a Palermo, Roma, Napoli, Milano, Firenze, Perugia, Genova, Trento, Piacenza, Modena, Verona e Venezia.

La veglia sarà celebrata nella chiesa di Sant'Ernesto a Palermo, la parrocchia di molti magistrati impegnati nella lotta alla mafia. Il programma prevede anche una testimonianza di Paolo Borsellino.

Palermo, martedì 23 giugno 1992

*Una catena umana attraversa la città*

Dal portico del Palazzo di giustizia, alle 17.30 si snoda la catena umana che attraversando Palermo raggiunge la casa di Giovanni Falcone e Francesca Morvillo, in via Notarbartolo.

È una calda giornata estiva. Migliaia di persone, soprattutto giovani, si affollano sin dal primo pomeriggio a piazza V.E. Orlando. Un ragazzo suona note tristi sulla tastiera di una fisarmonica, da un furgoncino vengono srotolati alcuni striscioni che la «catena» sciorinerà contro mafia e violenza lungo il suo percorso di circa cinque chilometri.

Tanti giovani indossano magliette bianche sulle quali si legge «Ora basta». Gli slogan che scandiscono la manifestazione sono i più disparati: «Mafiosi in ginocchio», «Fuori i mafiosi dalle istituzioni», « Mafiosi, oggi la città è nostra».

Sulla gradinata del Palazzo di giustizia è stato attaccato un manifesto lungo come se ne vedono soltanto negli stadi: «Per una civiltà della pace, contro la mafia», c'è scritto. E per l'occasione sono stati realizzati anche tanti adesivi: «Un mese dopo ancora rabbia, dolore, vogliamo giustizia».

È una manifestazione certamente diversa dalle tante che hanno accompagnato gli altri grandi delitti della mafia. Diversa perché la partecipazione non viene incanalata da nessuna organizzazione in particolare. Le mani che si stringono sono indifferentemente quelle della Palermo dei «quartieri alti» e quelle delle borgate, giovani e vecchi, professionisti e operai, studenti e disoccupati. E la catena, un istante dopo l'altro, in modo composto si aggancia ed entra, occupa il centro di Palermo, rasenta i muri dove i manifesti firmati da numerose associazioni ricordano la strage di Capaci, accostando ai nomi di Falcone e di sua moglie quelli dei tre agenti della scorta: Vito Schifani, Rocco Di Cillo, Antonio Montinaro. «Falcone vive», grida un graffito, e «Falcone vive» diventa per qualche minuto la cantilena che come un brivido attraversa la catena e dilaga per la città.

Alle 17.58 tutto tace per un istante, quindi migliaia di mani battono freneticamente, per ricordare l'attimo in cui trenta giorni prima a Capaci un'altra mano, assassina, premendo un comando radio ha ucciso. Il corteo si scioglie al tramonto. I palermitani si salutano e si danno appuntamento per rivedersi in serata: c'è grande attesa per la commemorazione organizzata nella chiesa di San Domenico. Ci sarà Paolo Borsellino a ricordare pubblicamente l'amico Giovanni Falcone.

Palermo, martedì 23 giugno 1992

## *Il discorso di San Domenico*

I boyscout organizzano un raduno a piazza Magione, nel cuore del quartiere della Kalsa, da dove parte una imponente fiaccolata diretta alla chiesa di San Domenico. Da tutta Italia sono arrivati a Palermo trentamila giovani, una folla che fa scoppiare la piazza. Borsellino arriva in ritardo, quando il sole è già tramontato, e la città è immersa nel buio. Scende dall'auto blindata proprio mentre la fiaccolata sta per partire e si incammina, tallonato dagli agenti di scorta. Al suo fianco c'è la sorella Rita. Le aveva chiesto di rappresentarlo, di parlare lei agli scout arrivati da tutta Italia, convinto di non riuscire ad arrivare. Alla fine ce la fa, non vuole mancare all'appuntamento con i giovani e quando entra in chiesa, il procuratore aggiunto è invitato a prendere la parola per un ricordo di Falcone.

Tra gli applausi scroscianti che riempiono le navate, Borsellino si avvicina al pulpito, prende il microfono e di colpo cala il silenzio, un silenzio assoluto, perfetto. Con la voce commossa, tra le fiaccole accese, in un'atmosfera carica di passione civile, di religioso turbamento ed emozione, comincia a parlare, trovando parole che toccano il cuore dei presenti.

> Giovanni Falcone lavorava con perfetta coscienza che la forza del male, la mafia, lo avrebbe un giorno ucciso. Francesca Morvillo stava accanto al suo uomo con perfetta coscienza che avrebbe condiviso la sua sorte. Gli uomini della scorta proteggevano Falcone con perfetta coscienza che sarebbero stati partecipi della sua sorte. Non poteva ignorare, e non ignorava, Giovanni Falcone, l'estremo pericolo che correva, perché troppe vite di suoi compagni di lavoro e di suoi amici

sono state stroncate sullo stesso percorso che egli si imponeva. Perché non è fuggito, perché ha accettato questa tremenda situazione, perché non si è turbato, perché è stato sempre pronto a rispondere a chiunque della speranza che era in lui? Per amore! La sua vita è stata un atto d'amore verso questa sua città, verso questa terra che lo ha generato. Perché se l'amore è soprattutto ed essenzialmente dare, per lui, e per coloro che gli sono stati accanto in questa meravigliosa avventura, amare Palermo e la sua gente ha avuto e ha il significato di dare a questa terra qualcosa, tutto ciò che era ed è possibile dare delle nostre forze morali, intellettuali e professionali per rendere migliore questa città e la patria cui appartiene. Qui Falcone cominciò a lavorare in modo nuovo. E non solo nelle tecniche di indagine. Ma anche consapevole che il lavoro dei magistrati e degli inquirenti doveva porsi sulla stessa lunghezza d'onda del sentire di ognuno. La lotta alla mafia [...] non doveva essere soltanto una distaccata opera di repressione, ma un movimento culturale e morale, anche religioso, che coinvolgesse tutti, che tutti abituasse a sentire la bellezza del fresco profumo di libertà che si oppone al puzzo del compromesso morale, dell'indifferenza, della contiguità, e quindi della complicità. Ricordo la felicità di Falcone, quando in un breve periodo di entusiasmo, conseguente ai dirompenti successi originati dalle dichiarazioni di Buscetta, mi disse: la gente fa il tifo per noi. E con ciò non intendeva riferirsi soltanto al conforto che l'appoggio morale della popolazione dà al lavoro del giudice. Significava soprattutto che il nostro lavoro, il suo lavoro, stava anche sommovendo le coscienze, rompendo i sentimenti di accettazione della convivenza con la mafia, che costituiscono la sua vera forza. Questa stagione del «tifo per noi» sembrò durare poco, perché ben presto sopravvennero il fastidio e l'insofferenza per il prezzo che la lotta alla mafia, la lotta al male, costringeva la cittadinanza a pagare. Insofferenza alle scorte, insofferenza alle sirene, insofferenza alle indagini, insofferenza a una lotta d'amore che costava però a ciascuno non certo i terribili sacrifici di Falcone, ma la rinuncia a tanti piccoli o grandi vantaggi, a tante piccole o grandi comode abitudini, a tante minime o consistenti situazioni fondate sull'indifferenza, sull'omertà o sulla complicità. Insofferenza che finì per provocare e ottenere, purtroppo, provvedimenti legislativi che, fondati su un'ubriacatura di garantismo, ostacolarono gravemente la repressione di Cosa nostra e fornirono un alibi a chi, dolorosamente o colposamente, di lotta alla mafia non ha mai voluto occuparsi. In questa situazione Falcone andò via da Palermo. Non fuggì. Tentò di ricreare altrove, da più vasta prospettiva, le condizioni ottimali per il suo lavoro. Per poter continuare a dare. Per poter continuare ad amare. Venne accusato di essersi avvicinato troppo al potere politico. Menzogna! Qualche mese di lavoro in un ministero non può far dimenticare il lavoro di dieci anni. E Falcone lavorò incessantemente per rientrare in magistratura. Per fare il magistrato, indipendente come lo era sempre stato, mentre si parlava male di lui, con vergogna di quelli che hanno malignato sulla sua buona condotta. Muore, e tutti si accorgono di quali dimensioni ha questa perdita. Anche coloro che per averlo denigrato, ostacolato, talora odiato e perseguitato hanno perso il diritto di parlare. Nessuno tuttavia ha perso il diritto, e anzi il dovere sacrosanto, di continuare questa lotta. Se egli è morto nella carne, è vivo nello spirito, come la fede ci insegna; le nostre coscienze, se non si sono svegliate, devono svegliarsi! La speranza è stata vivificata dal suo sacrificio, dal sacrificio della sua donna, dal sacrificio della sua scorta. Molti cittadini, è vero, ed è la prima volta, collaborano con la giustizia nelle indagini concernenti la morte di Falcone. Il potere politico trova, incredibilmente, il coraggio di ammettere i suoi sbagli e cerca di correggerli, almeno in parte, restituendo ai magistrati gli strumenti loro tolti con stupidi pretesti accademici. Occorre evitare che si ritorni di nuovo indietro, occorre dare un senso alla morte di Giovanni, alla morte della dolcissima Francesca, alla morte dei valorosi uomini della sua scorta. Sono morti per tutti noi, per gli ingiusti, abbiamo un grande debito verso di loro e dobbiamo pagarlo gioiosamente, continuando la loro opera; facendo il nostro dovere, rispettando le leggi, anche quelle che ci impongono sacrifici, rifiutando di trarre dal sistema mafioso i benefici che potremmo trarre (anche gli aiuti, le raccomandazioni, i posti di lavoro); collaborando con la giustizia, testimoniando i valori in cui crediamo, in cui dobbiamo credere, anche dentro le aule di giustizia: troncando immediatamente ogni legame di interesse, anche quelli che ci sembrano più innocui, con qualsiasi persona portatrice di interessi mafiosi, grossi o piccoli; accettando in pieno questa gravosa e bellissima eredità di spirito. Dimostrando a noi stessi e al mondo che Falcone è vivo.

Roma, mercoledì 24 giugno 1992

## *Ecco il diario di Falcone*

A sorpresa, spunta il diario di Falcone. Non il dischetto informatico (del quale non si è più trovata traccia) ma una serie di appunti. Li pubblica il quotidiano «Il Sole 24 Ore» in un articolo a firma di Liana Milella, secondo cui il magistrato glieli consegnò personalmente intorno alla metà di luglio del 1991. Vengono citati tutta una serie di episodi che testimoniano le difficoltà che il procuratore di Palermo Pietro Giammanco aveva creato a Falcone nello svolgimento delle indagini all'interno dell'ufficio. Vengono riportati fatti accaduti tra la fine del 1990 e l'inizio del 1991. (Falcone si trasferisce a Roma nel mese di marzo 1991.)

Eccoli.

Primi di dicembre 1990: si è lamentato con il maggiore Inzolia di non essere stato avvertito del contrasto fra Ps e Cc a Corleone su Riina.

7 dicembre 1990: ha preteso che Rosario Priore gli telefonasse per incontrarsi con me e gli ha chiesto di venire a Palermo anziché andare io da lui.
Si è rifiutato di telefonare a Giudiceandrea (Roma) per la Gladio, prendendo pretesto dal fatto che il procedimento non era stato assegnato ancora ad alcun sostituto.

10 dicembre 1990: sollecitato la definizione di indagini riguardanti la regione al capitano De Donno (procedimento affidato a Enza Sabatino), assumendo che altrimenti la regione avrebbe perso finanziamenti. Ovviamente qualche uomo politico gli ha fatto questa sollecitazione ed è altrettanto ovvio che egli prevede un'archiviazione e che solleciti l'ufficiale dei Cc in tale previsione.

13 dicembre 1990: nella riunione del pool per la requisitoria Mattarella, mi invita in maniera inurbana a non interrompere i colleghi infastidito per il fatto che io e Lo Forte ci eravamo alzati per andare a fumare una sigaretta. Rimprovera aspramente il Lo Forte.

18 dicembre 1990: dopo che ieri pomeriggio si è deciso di riunire i processi Reina, Mattarella e La Torre, stamattina gli ho ricordato che vi è l'istanza della parte civile nel processo La Torre (Pci) di svolgere indagini sulla Gladio. Ho suggerito, quindi, di richiedere al G.I. di compiere noi le indagini in questione, incompatibili con il vecchio rito, acquisendo copia dell'istanza in questione. Invece, sia egli sia Pignatone, insistono per richiedere al G.I. soltanto la riunione riservandosi di adottare una decisione soltanto in sede di requisitoria finale. Un modo come un altro per prendere tempo.

19 dicembre 1990: altra riunione con lui, con Sciacchitano e con Pignatone. Insistono nella tesi di rinviare tutto alla requisitoria finale e, nonostante io mi opponga, egli sollecita Pignatone a firmare la richiesta di riunione dei processi nei termini di cui sopra.
Non ha più telefonato a Giudiceandrea e così viene meno la possibilità di incontrare i colleghi romani che si occupano di Gladio.
Ho appreso per caso che qualche giorno addietro ha assegnato un anonimo su Partinico, riguardante tra gli altri l'onorevole Avellone, a Pignatone, Teresi e Lo Voi, a mia insaputa (gli ultimi due non fanno parte del pool).

10 gennaio 1991: i quotidiani riportano la notizia del proscioglimento da parte del G.I. Grillo dei giornalisti Bolzoni e Lodato, arrestati per ordine di Curti Giardina tre anni addietro con imputazione di peculato. Il G.I. ha rivelato che poteva trattarsi soltanto di rivelazione di segreti di ufficio e che l'imputazione di peculato era cervellotica. Il pm Pignatone aveva sostenuto invece che l'accusa in origine era fondata ma che le modificazioni del codice penale rendevano il reato di peculato non più configurabile. Trattasi di altra manifestazione di furbizia di certuni che, senza averne informato il pool, hanno creduto, con una ««ardita» ricostruzione giuridica, di sottrarsi a censura per un'iniziativa (arresto di due giornalisti) assurda e faziosa di cui non può non esser ritenuto responsabile certamente il solo Curti Giardina, procuratore capo dell'epoca.

16 gennaio 1991: apprendo oggi che, durante la mia assenza ha telefonato il collega Moscati, sostituto procuratore della Repubblica a Spoleto, che avrebbe voluto parlare con me per una vicenda di traffico di sostanze stupefacenti nella quale era necessario procedere a indagini collegate; non trovandomi, il

collega ha parlato con il capo che, naturalmente, ha disposto tutto e ha proceduto all'assegnazione della pratica alla collega Principato, naturalmente senza dirmi nulla. Ho appreso quanto sopra solo casualmente telefonando a Moscati.

17 gennaio 1991: solo casualmente, avendo assegnato a Scarpinato il fascicolo relativo a Ciccarelli Sabatino, ho appreso che Sciacchitano aveva proceduto alla sua archiviazione senza dirmi nulla. Ho riferito quanto sopra al capo che naturalmente è caduto dalle nuvole. Sul Ciccarelli, uomo d'onore della famiglia di Napoli, il capo mi ha esternato preoccupazioni derivanti dal fatto che teme di contraddirsi con le precedenti, note, prese di posizione della Procura di Palermo in tema di competenza nei processi riguardanti Cosa nostra.

26 gennaio 1991: apprendo oggi, arrivato in ufficio, da Pignatone, alla presenza del capo, che egli e Lo Forte quella stessa mattina si erano recati dal cardinale Pappalardo per sentirlo in ordine a quanto riferito al processo Mattarella da Lazzarini Nara. Protesto per non essere stato preventivamente informato sia con Pignatone sia con il capo, al quale faccio presente che sono prontissimo a qualsiasi diverso mio impegno ma che, se si vuole mantenermi al coordinamento delle indagini antimafia, questo coordinamento deve essere effettivo. Grandi promesse di collaborazione e lealtà per risposta.

6 febbraio 1991: oggi apprendo che Giammanco segue personalmente un'indagine affidata da lui stesso a Vittoria Randazzo e riguardante dei Cc di Partinico coinvolti in attività illecite. Uno dei Cc è stato arrestato a Trapani e l'indagine sembra abbastanza complessa.

## *Il computer dei misteri*

Lavorando sul pc portatile di Falcone, il tecnico informatico della procura Gioacchino Genchi conclude le sue perizie con la convinzione che il computer sia stato «consultato» da ignoti, nelle settimane successive alla morte del magistrato. Quattro anni dopo, nel processo per la strage di Capaci, deponendo all'udienza del 9 gennaio 1996, Genchi afferma che i computer a disposizione di Falcone sono stati «usati», dal momento che il 6, il 9 e il 10 giugno del 1992 alcuni file erano stati aperti e «quantomeno letti».

Genchi, riesce a recuperare anche un file di nome Orlando.bak. Che c'è dentro quel file custodito nell'ufficio di via Arenula, sequestrato e sigillato dopo la morte di Falcone? Accenni a vecchie polemiche con l'ex sindaco di Palermo (i cosiddetti «processi nei cassetti»)? Tuttavia l'esistenza di un Orlando.bak presuppone quella di un Orlando.doc, cancellato da qualcuno.

Racconta oggi Genchi: «Possiamo ritenere che il file Orlando.bak fosse incompleto, oppure che qualcuno lo abbia fatto trovare apposta. Certo è che qualcuno è andato a curiosare nel computer violando i sigilli».

Ma le sorprese più grosse arrivano dall'esame del databank Casio. Sentiamo sempre Genchi: «Anche lì alcuni file erano stati cancellati, e in uno recuperato riuscimmo a trovare le tracce di un viaggio compiuto negli Stati Uniti da Falcone tra il 26 e il 29 aprile del 1992, un mese prima di morire. Falcone partì da Roma diretto a Vienna, partecipò a un convegno in cui incontrò il suo collega Agostino Cordova, e poi volò a Washington». A fare che?

Le conclusioni di Genchi consentono di chiarire che il misterioso viaggio negli Stati Uniti fu effettivamente compiuto. Il ministro Martelli, nella trasmissione tv *Samar-*

*canda*, lo confermò anche se poi davanti ai giudici cambiò versione dicendo di essersi sbagliato. Nessuna traccia di quel viaggio venne trovata sul passaporto di Falcone, ma dopo la rivelazione del ministro, anche il procuratore di Brooklyn Charles Rose confermò il viaggio. Perché tanti misteri su quella trasferta Usa?

I pm del processo di Capaci, Paolo Giordano e Luca Tescaroli, sostengono, alla fine, che dalle perizie eseguite sui computer «non si evince manipolazione dei supporti informatici» e aggiungono che i materiali ritrovati nei supporti informatici erano «appunti di Falcone, ma senza giudizi».

## *Il file Orlando*

Su incarico della Procura di Caltanissetta, il perito Luciano Petrini esegue le indagini relative a tutti i supporti informatici a disposizione di Falcone. Anche lui testimonia, quattro anni dopo, il 9 gennaio 1996, nel corso del processo ai mandanti ed esecutori della strage di Capaci. L'indagine svolta da Petrini non fornisce elementi tali da mettere in discussione l'integrità dei supporti esaminati. Un unico punto della sua indagine e della successiva testimonianza offre l'occasione per un approfondimento dibattimentale.

Anche Petrini sottolinea infatti che un file, denominato «Orlando», risulta essere stato letto in una data successiva alla morte di Falcone. Il fatto viene riferito a un esame preliminare sugli archivi eseguito in tempo antecedente alla perizia giudiziaria.

Petrini è ritrovato senza vita, nel suo appartamento di via Pallavicini, nel quartiere Portuense, a Roma, con il cranio fracassato, il 9 maggio del 1996. Gli investigatori ipotizzano a caldo che l'omicidio possa essere maturato in ambienti gay romani.

Il pm Tescaroli, informato dell'uccisione di Petrini, sostiene che per quanto concerne la sua perizia a Caltanissetta non emergono elementi tali da fare ritenere che essa possa costituire «movente del delitto».

Palermo, giovedì 25 giugno 1992

### *Magistrati negli Stati Uniti per sentire Mannoia*

Anche il Fbi, come Scotti e al contrario di Charles Rose, crede che la strage sia stata decisa da un grumo di interessi mafiosi non solo siciliani.

Lo si apprende nell'ambito della trasferta americana dei pubblici ministeri Carmelo Carrara e Giusto Sciacchitano, volati negli Stati Uniti per interrogare il pentito Francesco Marino Mannoia e suo padre Rosario nel quadro dell'indagine in corso per individuare altri forzieri delle cosche siciliane e colombiane, oltre che i loro collegamenti operativi.

Gli affari tra mafiosi e colombiani furono disegnati per la prima volta nel 1990 da Giovanni Falcone che raccolse la deposizione di un oriundo siciliano, Joe Cuffaro, di Miami, arrestato dalla Dea e convinto a collaborare.

Secondo un'agenzia di stampa, il lavoro di Carrara e Sciacchitano potrebbe avere punti di contatto con le indagini sulla strage di Capaci, che esula però dalla competenza dei giudici palermitani.

Palermo, giovedì 25 giugno 1992, mattina

## *Altre minacce di morte*

Gli allarmi sulla sorte di Paolo Borsellino, sempre più esposto, intanto, si moltiplicano. E «radio carcere» lo dà per morto. L'ennesimo segnale lo raccoglie il maresciallo dei carabinieri Antonino Lombardo, morto suicida tre anni dopo in una caserma di Palermo, che insieme agli ufficiali Umberto Sinico e Giovanni Baudo dei carabinieri di Palermo si reca al carcere di Fossombrone per interrogare il detenuto Girolamo D'Adda, sulla strage di Capaci e i possibili sviluppi futuri. Sinico e Baudo non partecipano al colloquio, ma apprendono dal maresciallo Lombardo che «negli ambienti carcerari si dà il dottor Borsellino per morto». Non appena rientrato a Palermo il capitano Sinico riferisce la notizia a Borsellino che afferma di essere a conoscenza di questo progetto di attentato ai suoi danni, ma fa capire che preferisce accentrare su di sé i pericoli per risparmiarli alla propria famiglia.

Palermo, giovedì 25 giugno 1992, pomeriggio

## *Un incontro carbonaro*

Sono le 15.30, circa, due ufficiali dei carabinieri varcano il portone della caserma Carini, a piazza Massimo, salotto di Palermo. Sia per il comandante del reparto criminalità organizzata del Ros Mario Mori, sia per il capitano Beppe De Donno, si tratta di un ritorno nel capoluogo siciliano: il primo in quella caserma ha guidato il reparto operativo, il secondo è stato uno dei suoi fedelissimi.

Gli ufficiali arrivano da Roma e hanno un appuntamento con il giudice Paolo Borsellino, che ha chiesto di vederli «fuori dalla procura» per ragioni di riservatezza, stando a quanto hanno dichiarato loro stessi ai magistrati sei anni dopo l'incontro. Che vuole il procuratore aggiunto di Palermo dai due alti ufficiali del Ros? Parlare di mafia e appalti, di un'inchiesta cominciata bene e finita malissimo, di un'indagine che lui stesso, in gran segreto, avrebbe definito come «insabbiata» dalla Procura di Palermo. Borsellino, che a quanto pare in quei giorni si fida soltanto di pochi pm della procura palermitana, avrebbe chiesto a Mori e a De Donno di avviare un'indagine segreta coordinata solo da lui.

Sul summit alla caserma Carini, lo stesso Mori è fecondo di dettagli. «L'incontro avvenne nel primo pomeriggio del 25 giugno 1992», racconta l'ufficiale del Ros il 29 gennaio 1998 al pm della procura di Caltanissetta Nino Di Matteo, «portavoce della volontà di incontrarmi del dottor Borsellino fu il maresciallo Canale, che si mise in contatto con il maggiore Obinu. Borsellino desiderava incontrarsi con me e desiderava altresì che fosse presente il capitano De Donno. Mi dissero che desiderava incontrarci in una struttura dei carabinieri e non in procura. Rimasi a parlare quindici-venti minuti a quattr'occhi con il dottor Borsellino, introducendo successivamente per una decina di minuti il capitano De Donno. Mi chiese se c'erano novità investigative sull'omicidio di Falcone, subito dopo portò l'argomento su quello che compresi essere il vero oggetto dell'incontro, e cioè la sua volontà di prospettare nuove ipotesi di lavoro in relazione alla vicenda mafia-appalti. Borsellino mi assicurò che delle indagini voleva occuparsene in prima persona, cosa che per lo sviluppo che la vicenda aveva avuto in precedenza costituiva per me un presupposto irrinunciabile per un nuovo impegno operativo del Ros [Mori si riferisce alle polemiche sorte in procura dopo la presentazione del suo rapporto su mafia e appalti, *N.d.A.*]. Di questo incontro non parlai con nessuno, non escludo di avere fatto qualche cenno al generale Subranni solo dopo la strage di via D'Amelio e comunque escludo di avergli anticipato le prospettive operative.»

Nove giorni prima, il 20 gennaio, a Caltanissetta, ai pm Nino Di Matteo, Anna Palma e Carmelo Petralia, il capitano De Donno aveva sostanzialmente fornito la stessa versione aggiungendo un particolare: «Non so, né chiedemmo a Borsellino in che modo pensasse di gestire il tutto, stante la ben nota assegnazione ad altri magistrati. Noi parlavamo con il procuratore aggiunto e non ci ponemmo il problema. Ci chiese di affiancarlo con grande riservatezza e direttamente alle sue dipendenze in questa attività che si prefiggeva di svolgere».

Palermo, giovedì 25 giugno 1992

## *Mafia e appalti*

A un mese di distanza dalla strage di Capaci, dunque, stando alle parole dei due carabinieri, Borsellino imbocca con decisione una pista nelle indagini sul suo amico Falcone: mafia e appalti. Lo fa riservatamente, con un incontro quasi «carbonaro», chiedendo l'avvio di un rapporto quasi personale con i due ufficiali. Formalmente, infatti, non poteva farlo: procuratore aggiunto a Palermo, la sua competenza si fermava alle cosche delle province di Trapani e Agrigento. E la delega a occuparsi di Cosa nostra palermitana gli arriverà solo il giorno dell'eccidio di via

D'Amelio, alle sette del mattino, con una telefonata del procuratore Giammanco. La sua sete di verità e giustizia, il suo affetto per Giovanni Falcone e Francesca Morvillo lo aveva portato a scavalcare le regole del suo ufficio; ragione sufficiente per la quale morire a Palermo? La ricostruzione dei due ufficiali viene contestata un anno dopo dal pm Antonio Ingroia, braccio destro di Borsellino, venutone a conoscenza dalla stampa. Il 28 febbraio 1999, intervistato al riguardo dal settimanale «Avvenimenti» sulle parole di Mori e sul rapporto mafia-appalti, Ingroia dice: «So che Borsellino aveva buoni rapporti investigativi con i carabinieri, ma non mi risulta che attorno a quel rapporto sia mai andato oltre incontri ricognitivi e per capire. Non ebbe sul punto, per quanto ne so, incontri investigativi». «Dunque Borsellino non si occupava di quel rapporto?», chiede l'intervistatore. «Per quanto ne so è così. E dunque mi pare improprio che Borsellino si fosse convinto di quella pista come del movente della bomba di Capaci. Lo dico per cognizione diretta: negli ultimi giorni prima di morire Borsellino si occupava d'altro... Se si fosse occupato di quel rapporto del Ros me lo avrebbe detto. E invece quel rapporto e quella verità sul movente di via D'Amelio esce fuori adesso. Mi chiedo: perché, se c'era quella verità già nel 1992 si è atteso tanto tempo per tirarla fuori? E le mie diffidenze su questa storia aumentano». Anche alla luce di un dato inedito: nella pagina dell'agenda grigia di Borsellino, relativa al 25 giugno 1992, quell'incontro non è segnato. C'è su quell'agenda, la radiografia di ogni sua giornata, di ogni suo spostamento e di ogni incontro, ma su quella pagina il magistrato annotò un normale pomeriggio in procura, iniziato alle 16 e concluso alle 20 con il rientro a casa.

Palermo, giovedì 25 giugno 1992

*Silenzi senza perché*

Quel 25 giugno, un'ora dopo l'incontro con Borsellino, i due ufficiali lasciano la caserma Carini. Con il procuratore aggiunto, che avrebbe appena affidato loro un incarico investigativo sul versante del rapporto mafia e appalti, non parlano d'altro. Per esempio, fanno notare i colleghi di Borsellino, non gli dicono che appena qualche giorno prima De Donno ha scambiato quattro chiacchiere interessanti con l'ex sindaco di Palermo condannato per mafia, Vito Ciancimino, nel primo di una serie di incontri finalizzati alla cattura del boss Totò Riina, che lo stesso Mori definirà una «trattativa». Eppure in quel primo incontro nel suo attico dietro piazza di Spagna, don Vito Ciancimino ha proposto, a sorpresa, a De Donno di fare l'infiltrato in Cosa nostra per conto dei carabinieri. Dove? Proprio nel mondo degli appalti. Lo rivela lo stesso Mori, interrogato dal procuratore di Palermo Pietro Grasso e dal pm di Firenze Gabriele Chelazzi il primo agosto 1997: «Dice [Ciancimino, *N.d.A.*]: voi volete fare un'operazione nel campo dell'imprenditoria, benissimo; io con il mio indiscusso prestigio [...] io posso inserirmi in questo mondo imprenditoriale e vi posso dare notizie».

La coincidenza temporale tra l'avvio dei colloqui di Ciancimino con gli ufficiali del Ros e il vertice segreto di Borsellino con gli stessi carabinieri non sfugge al pm Luca Tescaroli, pubblico accusatore nel processo per la strage di Capaci, che attribuisce al 25 giugno, un significato fondamentale. Secondo Tescaroli, «quella data» segna lo spartiacque nell'evoluzione della cosiddetta «trattativa» tra mafia e stato, quella avviata tra don Vito e il Ros di Mori e De Donno: una sorta di punto di non ritorno che addirittura fa scattare una nuova accelerazione della linea stragista. Dopo «quella data – scrive Tescaroli nel suo libro *Perché fu ucciso Giovanni Falcone* (edizioni Rubbettino) – i vertici di Cosa nostra ricevettero un segnale istituzionale che nella loro prospettiva suonava come una riprova dell'idoneità dell'azione stragista a raggiungere l'obiettivo di aprire nuovi canali relazionali, capaci di individuare nuovi referenti politico-istituzionali».

Colpito dalla coincidenza temporale Tescaroli sostiene che, certamente poco dopo quell'incontro segreto tra Borsellino, Mori e De Donno, il boss Totò Riina venne a sapere (dal medico Antonino Cinà, suo informatore, o dallo stesso Ciancimino) che le richieste di Cosa nostra per far cessare le stragi erano giudicate «troppo alte», che lo stato non ci stava, e che quindi era conveniente intraprendere una nuova azione stragista, affrettando il piano sanguinario di via D'Amelio.

## *Le spiegazioni di Brusca*

Il pentito Giovanni Brusca darà una sua interpretazione di questi eventi nell'interrogatorio del 19 marzo 1999 reso ai magistrati palermitani.

«...Borsellino probabilmente è stato ucciso come una conseguenza della trattativa. Mi spiego meglio. Una volta che Riina stava trattando con esponenti delle istituzioni e, principalmente, voleva ottenere la revisione del maxiprocesso, il dottor Borsellino avrebbe seriamente costituito un serio ostacolo lungo tale strada in quanto, in caso di esito favorevole della trattativa, si sarebbe opposto con tutte le sue forze a un'eventuale revisione della sentenza del processo. Con ciò non voglio dire che i carabinieri del Ros abbiano precise responsabilità nella strage di via D'Amelio, ma segnalare che da parte di qualcuno di loro se ne sia avvertito il peso morale e che, dunque, la mancata perquisizione della casa di Salvatore Riina avesse, come ho già detto in altre occasioni, lo scopo di far sparire ogni traccia della trattativa da cui derivò, sempre a mio avviso, la straordinaria accelerazione nell'esecuzione dell'omicidio del dottor Paolo Borsellino.»

Quale che sia la verità, una cosa è certa: dopo quell'incontro alla caserma Carini, la tradizionale, granitica, riservatezza di Paolo Borsellino sulle indagini comincia a incrinarsi. Quella stessa sera, nell'atrio della Biblioteca comunale, il procuratore aggiunto di Palermo si definisce apertamente un testimone, e rivela di essere a conoscenza di «alcune cose» che riferirà direttamente «a chi di competenza», all'autorità giudiziaria. Sono elementi utili a chiarire l'intreccio criminale che in quei giorni minaccia la tenuta delle istituzioni democratiche in Italia? Non lo sapremo mai. Oggi Rita Borsellino sottolinea come mai, nella sua lunga carriera di magistrato, il fratello Paolo avesse lanciato «un avvertimento così esplicito». A chi? E perché? La moglie Agnese, che da casa segue l'intervento della Biblioteca comunale su un'emittente locale, impallidisce e salta su dalla sedia: «Ma che dice Paolo?» mormora con un filo di voce: «Se fa così, lo ammazzano...»

Palermo, giovedì 25 giugno 1992, sera

## *Io sono testimone*

Il dibattito l'ha organizzato la rivista «Micromega». Tra gli invitati ci sono l'ex sindaco Leoluca Orlando, il sociologo

Nando Dalla Chiesa, l'avvocato Alfredo Galasso, il leader dell'associazione antiracket di Capo d'Orlando Tano Grasso. L'atrio dell'ex convento dei gesuiti è affollato all'inverosimile, la gente, in piedi, per terra, giovani e adulti seduti in due sulle sedie, appoggiati alle colonne, tutti attenti e concentrati. Borsellino arriva quando l'incontro è già iniziato, e un applauso lunghissimo accompagna il suo passaggio attraverso il corridoio che conduce al tavolo degli interventi. Quando comincia a parlare il silenzio si fa assoluto, la tensione palpabile. Sarà l'ultimo discorso pubblico, e non l'ha preparato. Come al solito, sta improvvisando.

> Questa sera sono venuto soprattutto per ascoltare perché ritengo che mai, come in questo momento, sia necessario che io ricordi a me stesso e a voi che sono un magistrato. In questo momento, inoltre, oltre che magistrato, io sono testimone. Sono testimone perché, avendo vissuto a lungo la mia esperienza di lavoro accanto a Giovanni Falcone – non voglio dire più di ogni altro [...] – e avendo raccolto comunque, come amico di Giovanni Falcone, tante sue confidenze, prima di parlare in pubblico delle opinioni, delle convinzioni che mi sono fatto raccogliendo tali confidenze, questi elementi che io porto dentro di me devo per prima cosa assemblarli e riferirli all'autorità giudiziaria, l'unica in grado di valutare quanto queste cose che io so possono essere utili alla ricostruzione dell'evento che ha posto fine alla vita di Giovanni, e che, soprattutto nell'immediatezza di questa tragedia, ha fatto pensare a me, e non soltanto a me, che era finita una parte della mia e della nostra vita.
>
> Quindi questa sera io devo astenermi rigidamente [...] dal riferire circostanze che molti si aspettano che io riferisca, a cominciare da quelle che in questi giorni sono arrivate ai giornali e che riguardano i cosiddetti diari di Falcone. Per prima cosa ne parlerò all'autorità giudiziaria, poi [...] in pub-

blico. Posso dire soltanto, per evitare che si possano, anche su questo punto, innestare speculazioni fuorvianti, che questi appunti che sono stati pubblicati dalla stampa, sul «Sole 24 Ore», dalla giornalista [...] Milella, li avevo letti in vita di Giovanni Falcone. Sono proprio appunti di Giovanni Falcone, perché non vorrei che un giorno potessero essere avanzati dei dubbi.
Ho letto giorni fa, ho ascoltato alla televisione [...] un'affermazione di Antonino Caponnetto secondo cui Giovanni Falcone cominciò a morire nel gennaio del 1988. Io condivido questa affermazione di Caponnetto. Con questo non intendo dire che so il perché dell'evento criminoso avvenuto a fine maggio, per quanto io possa conoscere qualche elemento che possa aiutare a ricostruirlo, e come ho detto ne riferirò all'autorità giudiziaria, non voglio dire che cominciò a morire nel gennaio del 1988 e che questa strage del 1992 sia il naturale epilogo di questo processo di morte.
Però quello che ha detto Caponnetto è vero, perché oggi tutti ci rendiamo conto di quale sia stata la statura di quest'uomo, ripercorrendo queste vicende della sua vita professionale, ci accorgiamo come in effetti il paese, lo stato, la magistratura, che forse ha più colpe di chiunque altro, cominciò a farlo morire il 1° gennaio del 1988, se non forse l'anno prima, in quella data che ora ha ricordato Leoluca Orlando: cioè quella dell'articolo di Leonardo Sciascia sul «Corriere della Sera» che bollava me come un professionista dell'antimafia, l'amico Orlando come un professionista della politica, dell'antimafia nella politica. Ma nel gennaio del 1988, quando Falcone, solo per continuare il suo lavoro, propose la sua candidatura a succedere ad Antonino Caponnetto, il Csm con motivazioni risibili, gli preferì il consigliere Antonino Meli. C'eravamo tutti resi conto che c'era questo pericolo e a lungo sperammo che Caponnetto potesse restare e passare ancora gli ultimi due anni della sua vita professionale a Palermo. Ma

quest'uomo, Caponnetto, il quale rischiava, perché anziano, perché conduceva una vita sicuramente non sopportabile da nessuno già da anni, rischiava di morire a Palermo, temevamo che non avrebbe superato lo stress fisico cui da anni si sottoponeva.

E a un certo punto fummo noi stessi, Falcone in testa, pur estremamente convinti del pericolo che si correva così convincendolo, che lo convincemmo, lui riottoso, molto riottoso, ad allontanarsi da Palermo. Si aprì la corsa alla successione dell'ufficio istruzione del Tribunale di Palermo. Falcone concorse, qualche giuda si impegnò subito a prenderlo in giro, e il giorno del mio compleanno il Csm ci fece questo regalo: preferì Meli. Falcone, dimostrando l'altissimo senso delle istituzioni che egli aveva, e la sua volontà di continuare comunque a fare il lavoro che aveva inventato e nel quale ci aveva tutti trascinati, cominciò a lavorare con Meli nella convinzione che, nonostante lo schiaffo datogli dal Csm, egli avrebbe potuto continuare il suo lavoro. E continuò a crederlo nonostante che io [...] mi resi subito conto che nel giro di pochi mesi Falcone sarebbe stato distrutto. E ciò che più mi addolorava era il fatto che Falcone sarebbe morto professionalmente nel silenzio, e senza che nessuno se ne accorgesse.

Questa fu la ragione per cui io, nel corso della presentazione del libro sulla mafia di Agrigento, denunciai quello che stava accadendo a Palermo, con un intervento che venne subito commentato da Leoluca Orlando [...] dicendo che quella sera l'aria ci stava pesando addosso per quello che era stato detto.

Orlando ha ricordato cosa avvenne subito dopo: per avere denunciato questa verità io rischiai conseguenze personali gravissime, ma quel che è peggio, il Csm immediatamente scoprì qual era il suo vero obiettivo: proprio approfittando del problema che io avevo sollevato, Falcone poteva essere eliminato al più presto.

E forse questo io l'avevo messo pure nel conto, perché ero convinto che l'avrebbero eliminato comunque; almeno, dissi, se deve essere eliminato, l'opinione pubblica lo deve sapere, il pool antimafia deve morire davanti a tutti, non deve morire in silenzio.
L'opinione pubblica fece il miracolo, perché ricordo quella caldissima estate dell'agosto 1988; l'opinione pubblica si mobilitò e costrinse il Csm a rimangiarsi in parte la sua precedente decisione dei primi di agosto, tant'è che il 15 settembre, seppur zoppicante, il pool antimafia fu rimesso in piedi.
La protervia del consigliere istruttore, l'intervento nefasto della Cassazione, cominciato allora e continuato fino a ieri (perché nonostante quello che è successo in Sicilia, la corte di Cassazione insiste sostanzialmente ad affermare che la mafia non esiste), continuarono a far morire Falcone. E Falcone, uomo che sentì sempre di essere uomo delle istituzioni, con un profondissimo senso dello stato, nonostante tutto questo, continuò incessantemente a lavorare. Approdò alla Procura della repubblica di Palermo, dove a un certo punto ritenne [...] che lì non poteva continuare a operare al meglio. Falcone è andato al ministero di Grazia e Giustizia (e questo lo posso dire, sì, prima di essere ascoltato dai giudici) non perché aspirasse a trovarsi a Roma in un posto privilegiato, non perché si era innamorato dei socialisti, non perché si era innamorato di Claudio Martelli, ma perché a un certo punto della sua vita ritenne, da uomo delle istituzioni, di poter continuare a svolgere a Roma un ruolo importante, e nelle sue convinzioni decisivo, con riferimento alla lotta alla criminalità mafiosa.
Dopo che ebbi appreso dalla radio della sua nomina a Roma [...], Falcone, alla presenza del collega Leonardo Guarnotta e di Ayala, prese l'ordinamento interno del ministero di Grazia e Giustizia e [...] cominciò fin da allora, fin dal primo

giorno, a illustrare quel che lì egli poteva fare e che riteneva di poter fare per la lotta alla criminalità mafiosa. Certo, anche io talvolta ho assistito, con un certo disagio, a quella che è la vita, o alcune manifestazioni della vita e dell'attività di un magistrato, improvvisamente sbalzato in una struttura gerarchica diversa da quelle che sono le strutture, anch'esse gerarchiche ma in un altro senso, previste dall'ordinamento giudiziario. Si trattava di un lavoro nuovo, di una situazione nuova, di vicinanze nuove, ma Falcone è andato lì solo per questo: con la mente a Palermo, perché sin dal primo momento mi illustrò quello che riteneva di potere e volere fare per Palermo. E in fin dei conti, se vogliamo fare un bilancio di questa sua permanenza al ministero di Grazia e Giustizia, il bilancio, anche se contestato, anche se criticato, è un bilancio che riguarda soprattutto la creazione di strutture che, a torto o a ragione, lui pensava che potessero funzionare, specialmente con riferimento alla lotta alla criminalità organizzata e al lavoro che aveva fatto a Palermo. Cercò di ricreare, in campo nazionale, e con leggi dello stato, quell'esperienza del pool antimafia che era nata artigianalmente e senza che la legge la prevedesse e senza che la legge, anche nei momenti di maggior successo, la sostenesse. Questo, a torto o a ragione, ma comunque sicuramente nei suoi intenti, era la Superprocura, sulla quale anch'io ho espresso nell'immediatezza delle perplessità, firmando la lettera sostanzialmente critica sulla Superprocura predisposta dal collega Marcello Maddalena, ma mai, neanche un istante, ho dubitato che questo strumento sulla cui creazione Falcone aveva lavorato, servisse nei suoi intenti, nelle sue idee, per ritornare.
Soprattutto per consentirgli di ritornare a fare il magistrato, come egli voleva. Il suo intento era questo, e l'organizzazione mafiosa [...] quando ha preparato e attuato l'attentato del 23 maggio, l'ha preparato e attuato proprio nel momento in cui, a mio parere, si erano concretizzate tutte le condizioni perché Falcone, nonostante la violenta opposizione di buona

parte del Csm, fosse ormai a un passo (secondo le notizie che io conoscevo, che gli avevo comunicato e che egli sapeva e che ritengo fossero conosciute anche al di fuori del palazzo) dico ormai a un passo dal diventare il direttore nazionale antimafia.
Ecco perché forse, ripensandoci, quando Caponnetto dice «cominciò a morire nel gennaio del 1988», aveva proprio ragione, anche con riferimento all'esito di questa lotta che egli fece soprattutto per poter continuare a lavorare. Poi possono essere avanzate tutte le critiche, se avanzate in buona fede, e se avanzate riconoscendo questo intento di Falcone, si può anche dire che si prestò alla creazione di uno strumento che poteva mettere in pericolo l'indipendenza della magistratura, si può anche dire che per creare questo strumento egli si avvicinò troppo al potere politico, ma quello che non si può contestare è che Giovanni Falcone, in questa sua breve, brevissima esperienza ministeriale, lavorò soprattutto per poter al più presto tornare a fare il magistrato. Ed è questo che gli è stato impedito, perché è questo che faceva paura.

Palermo, giovedì 25 giugno 1992

## *«I miei assassini saranno altri»*

Cosa sa Borsellino della strage Falcone? Cosa ha capito? Cosa vuole riferire ai colleghi di Caltanissetta, titolari delle indagini su Capaci? Agnese Piraino Leto nella sua deposizione al Borsellino ter dice che il marito, nei giorni precedenti alla morte, sosteneva di avere «capito tutto» della morte di Falcone. «Così diceva: ho capito tutto.» Oggi, a quindici anni di distanza, Agnese è più precisa: «Paolo era come uno che ha il cancro, sapeva di dover morire presto, aspettava di morire da un momento all'altro. Mi diceva:

mi uccideranno, ma mi diceva anche: non sarà una vendetta della mafia, la mafia non si vendica. Forse saranno mafiosi quelli che materialmente mi uccideranno, ma quelli che avranno voluto la mia morte saranno altri».

Catania, giovedì 25 giugno 1992

### *Ma è solo mafia?*

«È delitto di mafia? Tutti dicono così. Ma è intelligente cercare anche altre piste. È prudente toccare anche altri tasti. È saggezza investigativa affacciarsi anche su altre sponde. Mafia, terrorismo e destabilizzazione della democrazia potrebbero andare a braccetto in cupa sinistra connivenza.» Lo scrive l'arcivescovo di Catania, Luigi Bommarito, in un appassionato ricordo dell'amico Giovanni Falcone («Ricordo di Falcone: riflessione e preghiera»), che il quotidiano della Cisl «Conquiste del Lavoro», pubblica integralmente il sabato successivo. Nel darne notizia l'ufficio stampa Cisl sottolinea che il giornale sarà distribuito in occasione della marcia dei centomila, organizzata anche da Cgil e Uil.

Palermo, venerdì 26 giugno 1992

### *Corsa contro il tempo*

Dopo la denuncia della biblioteca, Borsellino si rituffa nelle indagini, che per l'area ristretta delle sue competenze sono quelle sulle cosche di Trapani e Agrigento.

«In quei giorni accade una cosa mai verificatasi a casa nostra – racconta Agnese Borsellino – Paolo non riesce a trovare il tempo per occuparsi della famiglia. Carte, solo carte. Finisce in ufficio e torna a casa con la borsa piena di documenti da leggere, telefonate da fare, appuntamenti da riordinare. Con me e i miei figli parla solo di notte, quando tutti gli altri dormono. È diventato quasi una macchina. No, nessuno di noi gliene fa una colpa. Se trascura moglie e figli, ha motivi gravissimi, lo sappiamo bene. In gioco ci sono cose troppo importanti. Si è reso conto, pur nella sua umiltà, che in quel momento è l'unico ad avere la capacità e la volontà di lavorare con questi ritmi massacranti.»

Lucia ricorda lo sforzo di mantenere alto il livello del suo impegno contro la mafia, nonostante i mille ostacoli messi sulla sua strada dal procuratore capo Giammanco. «Pur di continuare il suo lavoro è disposto ad accettare certi limiti che gli pone sempre più spesso Giammanco. Gli costa un sacrificio doppio sapere che per motivi gerarchici è tenuto a raccontare al suo superiore i passi delle sue indagini, senza però ricevere in cambio, ne è convinto, lo stesso flusso di informazioni. Capisce che gli vengono nascoste conoscenze acquisite dall'ufficio, episodi che potrebbero interessarlo, anche fatti gravi.»

Roma, venerdì 26 giugno 1992

## *Interpellanza Pds sulla Procura di Palermo*

Si accendono i riflettori del Parlamento sulla Procura di Palermo e sulla gestione Giammanco. Con un'interpellanza al presidente del Consiglio, al ministro di Grazia e Giustizia e al ministro degli Interni, alcuni deputati del Pds, tra cui Luciano Violante e Pietro Folena, prendendo spunto «dal testo degli appunti del diario di Giovanni Falcone pubblicati dal "Sole 24 Ore"», chiedono di sapere di «quali informazioni il governo disponga sull'episodio della mancata cattura di Totò Riina e quali iniziative intenda assumere per chiarire la situazione della Procura della repubblica di Palermo, compresa l'azione disciplinare da parte del ministro di Grazia e Giustizia nei confronti del procuratore capo della repubblica di Palermo, Pietro Giammanco».

Nell'interpellanza i parlamentari affermano che «da tali brani si evincono episodi inquietanti che segnalano uno stato di malessere e di isolamento di Giovanni Falcone nel periodo tra il dicembre 1990 e il febbraio 1991 dovuto ai comportamenti del procuratore capo di Palermo Giammanco, tra cui una lamentela di Giammanco per la mancata informazione su un contrasto tra polizia e carabinieri a Corleone sul latitante Totò Riina. Emerge inoltre – continua l'interpellanza – l'indisponibilità di Giammanco a estendere per i grandi delitti politico-mafiosi le indagini sulla Gladio, come chiesto dalla parte civile nel processo La Torre, e la sua spinta a una rapida definizione di indagini cui sarebbe poi seguita l'archiviazione, riguardanti la regione».

Giovinazzo (Bari), venerdì 26 giugno 1992

## *Borsellino: gli appunti di Falcone sono veri*

«Sento di dover escludere che Falcone tenesse un diario del tipo di quelli di Chinnici o di Insalaco.» Borsellino, conversando con i giornalisti a margine di un convegno di Magistratura indipendente, che si tiene a Giovinazzo, in provincia di Bari, torna a parlare del diario di Falcone, e di nuovo conferma l'autenticità degli scritti pubblicati dal «Sole 24 Ore», anche se precisa che non si tratta di un vero e proprio diario, bensì di appunti «con date e riferimenti a fatti di natura processuale o comunque legati al lavoro del suo ufficio».

Il magistrato ricorda di aver letto quegli appunti in occasione del trasferimento di Falcone al ministero di Grazia e Giustizia e conclude di non volere esprimere nel merito alcun giudizio «perché se dovrò farlo, lo farò all'autorità giudiziaria».

Napoli, sabato 27 giugno 1992

## *La paura quotidiana*

Lei è «cosciente di essere ormai l'obiettivo numero uno della mafia? Ha paura?», domanda il giornalista. «Con la paura ormai ci convivo. È inutile nascondere le apprensioni quotidiane per la mia incolumità e la sopravvivenza fisica. Il problema è quello di far convivere la paura con il coraggio.»

Il quotidiano «Il Mattino» pubblica un'intervista con Borsellino dal titolo: «Sono nel mirino come Falcone». Il giudice considera la «pista colombiana», non diversa da quella mafiosa, «poiché comunque è un'ipotesi di indagine attinente a quelli che sono i naturali corrispondenti della mafia siciliana nel commercio della cocaina». Dopo avere ricordato che nel 1985 insieme con Falcone era stato inviato all'Asinara perché si temeva un attentato, Borsellino conferma nell'intervista che il pentito Calcara ha dichiarato che il prossimo bersaglio della mafia sarebbe stato proprio lui. Il giudice afferma, infine, di non avere l'abitudine di tenere diari.

Palermo, sabato 27 giugno 1992

*La speranza non muore: centomila in piazza a Palermo*

Oltre centomila persone, secondo la questura, partecipano alla manifestazione antimafia promossa a Palermo da Cgil, Cisl e Uil. I sindacati contano molta più gente in piazza, oltre centocinquantamila. Un autentico muro di folla. La partecipazione è così massiccia che migliaia di manifestanti non riescono neppure a raggiungere piazza Politeama, punto di confluenza di cinque cortei, e si assiepano lungo le strade circostanti.

L'afflusso ininterrotto di persone prosegue anche dopo gli interventi dei segretari Pietro Larizza, Sergio D'Antoni e Bruno Trentin. Con navi, aerei e treni di linea, ordinari e speciali, con pullman e automobili i partecipanti alla manifestazione sindacale contro la mafia cominciano a giungere a Palermo poco prima delle 7 del mattino.

Lo slogan scelto è «Palermo parte civile», e manifesta i sentimenti di rabbia e opposizione alla violenza dopo la strage di Capaci. I cinque cortei si muovono poco dopo le 9.30 da punti diversi della città per convergere in piazza Politeama. Uno parte dal porto, altri due dalle stazioni ferroviarie Centrale e Notarbatolo, uno da piazza Indipendenza dove ha sede la Presidenza della regione (alla testa anche il presidente della regione Vincenzo Leanza, con assessori e dipendenti regionali), il quinto da piazza Vittorio Veneto. Il corteo che si snoda dalla stazione Notarbartolo, fa una sosta presso l'abitazione dei coniugi Falcone davanti alla quale vengono deposti fiori e scanditi slogan in memoria del giudice e della moglie. Un grande striscione, alla testa del corteo, recita: «La speranza non muore». In piazza anche i dipendenti della fabbrica di tessuti Sigma di Libero Grassi, assassinato il 29 agosto dell'anno prima dai mafiosi del racket delle estorsioni, chiusa da due mesi perché in liquidazione e affidata alla Gepi.

Palermo, sabato 27 giugno 1992

*Anche il cardinale Pappalardo in piazza*

È il cardinale Salvatore Pappalardo ad aprire gli interventi in piazza Politeama. L'arcivescovo, più volte applaudito, parla a braccio e conclude esortando al coraggio. «Fra i doni dello Spirito santo che il cristiano ha ricevuto nel giorno della cresima – dice – c'è quello della fortezza e da esso deriva la capacità di avere coraggio nel volere sempre il bene, nell'affrontare le difficoltà che vi si oppongono, di avere pazienza nelle prove, resistenza al male, costanza e perseveranza nel ricominciare daccapo, fiducia e speranza di potercela fare, impulso a mettersi con gli altri per vincere la propria debolezza, per essere più forti, per vincere. Coraggio dunque Palermo, Sicilia, Italia tutta nel nome della verità, della giustizia, della bontà, di Dio. Avanti.»

Roma, domenica 28 giugno 1992

*Nuovo governo*

Il 28 giugno è il giorno del giuramento del nuovo governo Amato. Martelli è confermato alla Giustizia, nonostante le

ostilità di Craxi che egli stesso racconterà anni dopo ai giudici del processo di Capaci.
L'ex ministro degli Interni Scotti va agli Esteri, Nicola Mancino al Viminale. Sul perché dell'avvicendamento al ministero degli Interni non c'è molta chiarezza. Nella Dc era passata la proposta Forlani di chiedere ai ministri di rinunciare al mandato parlamentare nel caso risultassero fra gli eletti.

Autore di una serie di proclami sulla necessità di continuare sulla linea tracciata insieme a Martelli nella precedente legislatura, Scotti non è d'accordo: «A Forlani e De Mita avevo detto subito e chiaramente che secondo me non era giusto, per motivi istituzionali, che il ministro degli Interni – che deve guidare tutte le forze di polizia e ha responsabilità enormi – non fosse un parlamentare. E così sabato sera sono andato a dormire sapendo di non essere più ministro. Poi in nottata è successo qualcosa che mi ha cambiato la vita»...

Che cosa? Secondo la ricostruzione del quotidiano «la Repubblica», Forlani e De Mita insistono con Scotti perché resti al governo e gli propongono la Farnesina. Scotti dice loro di parlarne con Gava, e quest'ultimo dà il via libera all'operazione che porta Scotti appunto al ministero degli Esteri, Mancino agli Interni e Gava alla guida dei senatori Dc.

Bari, domenica 28 giugno 1992

*Dall'agenda grigia di Paolo Borsellino*

Giovinazzo (Bari)

Fiumicino, domenica 28 giugno 1992

*L'ennesima minaccia di morte*

Di ritorno da Bari, a Fiumicino, Borsellino con la moglie Agnese e Liliana Ferraro aspettano di imbarcarsi per Palermo nella saletta vip. A un tratto, arriva il ministro della Difesa Salvo Andò, socialista, che lo saluta, si avvicina e gli dice che deve parlargli. Borsellino si allontana e si apparta con Andò, che subito gli racconta preoccupato dell'informativa del Ros, stavolta spedita alla Procura di Palermo, che li indica entrambi, come possibili bersagli di un attentato mafioso.

Un terzo obiettivo indicato dal Ros è il pm di Milano Antonio Di Pietro. Andò gli chiede informazioni ulteriori, pareri, consigli. Borsellino impallidisce, poi va su tutte le furie: non ne sa nulla. È persino imbarazzato, ma deve confessare ad Andò di essere totalmente all'oscuro dell'informativa.

Il procuratore di Palermo Pietro Giammanco, destinatario ufficiale della nota riservata del Ros, non gli ha comunicato niente.

New York, domenica 28 giugno 1992

*Il «New York Times»: crolla l'omertà?*

Comincia a crollare il codice del silenzio? Se lo chiede il «New York Times» in un lungo servizio sulla grande manifestazione del giorno prima a Palermo contro la mafia «e contro la corruzione ufficiale». La protesta «sembra avere fatto crollare il mito che la mafia sia accettata dai siciliani come parte immutabile della loro cultura», scrive il giornale di New York ricordando la strage di Capaci.

Per il giornale statunitense, la protesta di Palermo «ha dimostrato quanto gli italiani considerino la mafia un male dell'anima della nazione, che ha eroso la dignità e le istituzioni del paese».

«Dall'uccisione di Falcone non è trascorso giorno senza che a Palermo non vi sia stata una qualche forma di protesta», fa notare il quotidiano statunitense, ricordando la catena umana, le veglie alla luce delle fiaccole, i fiori inviati ogni giorno alla casa del giudice assassinato.

Palermo, lunedì 29 giugno 1992

*Una lite con Giammanco*

Appena arrivato a Palermo, Borsellino si precipita nell'ufficio di Giammanco e protesta: «Lo so bene che da una minaccia ci si può difendere poco, ma è mio diritto conoscere tutte le notizie che mi riguardano». Urla, si indigna. Per la rabbia, sferra un gran pugno sul tavolo, e si ferisce la mano.

E Giammanco? «Farfugliava, farfugliava qualcosa», racconterà la sera Borsellino ai familiari. «Farfugliava. Diceva: ma che c'entra, la competenza è di Caltanissetta.»

Ricorda Lucia Borsellino: «Quando papà ci parla di quell'episodio, sfoga tutta la sua amarezza. Raccontandoci di Giammanco, si chiede mille volte il motivo di quel silenzio, giungendo però alla conclusione che niente potrà giustificarlo».

Palermo, lunedì 29 giugno 1992

## *Superprocura? Non me lo sogno nemmeno*

Nel primo pomeriggio Borsellino si imbarca da solo su un Super80 diretto a Roma. Sull'aereo incontra l'inviato dell'«Unità» Saverio Lodato. I due si siedono accanto.

Ecco il racconto del giornalista: «Chiacchierammo di quella sera alla biblioteca comunale [...]. Mi disse che a settembre i giornali avrebbero avuto di che scrivere. Ma precisò che non si stava occupando della strage di Capaci. Confermò ancora una volta l'autenticità dei diari di Falcone. E tornammo a parlare della Superprocura. Intende accettare la candidatura? Gli chiesi. Non me lo sogno nemmeno, rispose».

Palermo, martedì 30 giugno 1992

## *Aldo Rizzo nuovo sindaco di Palermo*

Il magistrato Aldo Rizzo è il primo sindaco eletto a Palermo nelle file degli indipendenti di sinistra, a capo di un pentapartito. Il Pds annuncia un'«opposizione seria ma costruttiva» a livello comunale, mentre a livello regionale appoggia direttamente la giunta formata dai tradizionali partiti di governo.

Due i principali obiettivi indicati dal neosindaco che subentra al democristiano Domenico Lo Vasco, che presiedeva una giunta Dc-Psi-Psdi: la possibilità di nominare assessori tecnici, anche non consiglieri comunali e l'approvazione di varianti al piano regolatore. Rizzo prevede inoltre un forte impegno contro la mafia e per la correttezza e la trasparenza amministrativa.

«Il manuale Cencelli con questa giunta non ha niente a che vedere», afferma il neosindaco. E aggiunge: «Sono indipendente in senso assoluto, provengo dal Pds che può svolgere un grosso ruolo nel nostro paese. Questa mia posizione di indipendente è un punto di forza».

Nel marzo precedente, dopo tre legislature come indipendente di sinistra a Montecitorio, durante le quali fra l'altro era stato membro delle commissioni antimafia e P2, Rizzo, per dissensi sulla formazione della lista per le elezioni del 5 e 6 aprile, aveva lasciato il Pds di cui nel frattempo era diventato presidente regionale in Sicilia.

Roma, martedì 30 giugno 1992

*Parla anche Messina*

In un appartamento segreto a Roma Paolo Borsellino, Vittorio Aliquò e il questore Antonio Manganelli iniziano a stilare un verbale delle dichiarazioni del collaboratore di giustizia Leonardo Messina. Il pentito illustra la centralità degli appalti pubblici nel sistema che lega in Sicilia i mafiosi, i politici e gli imprenditori. In questo settore un ruolo chiave è rivestito da Angelo Siino, detto «il ministro dei Lavori pubblici di Cosa nostra». Messina, inoltre, cita esplicitamente il gruppo Ferruzzi come uno dei punti referenti imprenditoriali di Cosa nostra: «Riina è interessato alla Calcestruzzi SpA, che agisce in campo nazionale».

# Luglio di paura

Scotti insiste: il terrorismo mafioso punta a scardinare le istituzioni democratiche del paese. Ma non è più ministro degli Interni. Al suo posto c'è Mancino e nello stesso giorno del suo insediamento al Viminale, Borsellino viene convocato al ministero.

Da chi? Ancora oggi resta un mistero, forse il più inquietante dei cinquantasei giorni che hanno segnato la marcia di avvicinamento di Paolo Borsellino verso la morte.

Il procuratore aggiunto di Palermo è seduto in una stanza della Dia di Roma: sta interrogando Gaspare Mutolo, il nuovo pentito che gli ha anticipato rivelazioni clamorose; parlerà delle collusioni mafiose di Bruno Contrada, numero tre del Sisde e di Domenico Signorino, ex pm del maxiprocesso. Con Borsellino, a Roma è andato anche il collega Vittorio Aliquò: improvvisamente al cellulare di Borsellino giunge una telefonata, insieme interrompono l'interrogatorio del pentito e si recano al Viminale. Mutolo racconterà che, al ritorno, Borsellino era così nervoso che fumava due sigarette alla volta.

Chi incontrò quel giorno Borsellino? Con chi parlò?

Nella sua agenda grigia, sono annotati due nomi: Mancino e Parisi. Aliquò racconta di avere accompagnato Borsellino fin sulla soglia del gabinetto del ministro. Di aver visto entrare Borsellino, di averlo visto poco dopo uscire e di essere entrato a sua volta, ma da solo.

Mancino, però, ai pm di Caltanissetta dirà di non ricordare alcun incontro con il magistrato palermitano ucciso in via D'Amelio.

Che cosa apprese, o chi vide Borsellino quel giorno al Viminale? Mutolo sostiene che, quando rientrò alla Dia per riprendere l'interrogatorio, il giudice gli confidò di avere visto al Viminale anche Contrada.

Nei giorni successivi, Borsellino avrebbe confidato la stessa cosa al collega Pietro Vaccara, pm di Caltanissetta, «applicato» a Palermo per le indagini su Capaci. Contrada nega di essersi trovato quel giorno al Viminale. E Vaccara non è certo che quell'incontro sia avvenuto proprio il 1° luglio. La contraddizione non verrà mai chiarita.

Una cosa è certa: in quel periodo Borsellino si sente profondamente sconvolto. In quei giorni di luglio il magistrato ha paura.

E ha fretta. Non si ferma un attimo. Va a interrogare nuovi collaboratori. Oltre a Mutolo, che gli è stato assegnato dopo polemiche di fuoco con Giammanco, c'è il pentito della Stidda Gioacchino Schembri, e c'è Leonardo Messina che sa tutto della mafia nissena e fa centinaia di nomi di capi e gregari, ma soprattutto è il primo a parlare di un vero e proprio golpe, di stampo federalista, tentato da Cosa nostra in combutta con gruppi di potere eversivi e massonici.

Borsellino fa la spola tra Roma e Mannheim, su e giù per riempire pagine e pagine di verbali: non ha più tempo per dedicarsi alla famiglia, alla madre, ai figli, non ha tempo per gli amici. Alla moglie Agnese, che coglie la sua crescente inquietudine, dice: «Ho capito tutto». E poi: «Ho fretta, non posso fermarmi». L'agenda rossa diventa il suo punto di riferimento, sempre più fitta di impegni e appuntamenti, ma non solo. In quel quadernetto, Borsellino annota le considerazioni, i dubbi, le angosce, le paure di quegli ultimi frenetici giorni di vita. Al maresciallo Canale, che lo prende in giro per la sua mania di annotare tutto nell'agenda, replica duro: «Carmelo, è finito il tempo di parlare. Ho le mie cose da scrivere. E qui ce n'è anche per lei». E scrive, anche di notte, lui che è stato sempre nemico dei diari e dei diaristi, ora sente l'esigenza di fermare sulla carta i suoi pensieri, le sue riflessioni.

E in quel periodo allenta anche il suo proverbiale riserbo. Confida a più persone, a don Cesare Rattoballi, all'amico Pippo Tricoli, persino a un agente di scorta, che a Palermo «è arrivato il tritolo» per lui.

Non si fa illusioni. Sa di non essere sufficientemente protetto, sa che non c'è protezione che tenga, se sei nel mirino degli strateghi della strage infinita. L'ultima settimana della sua vita si confessa in ufficio, cosa mai fatta prima, con don Rattoballi che è andato a trovarlo. Venerdì, prima di tornare a casa, saluta i colleghi in procura e li bacia sulle guance, come se sapesse che non li rivedrà mai più.

La mattina di domenica, poche ore prima dell'attentato che si prenderà la sua vita, lo chiama Giammanco per annunciargli di avere deciso: finalmente gli darà la delega a occuparsi della mafia di Palermo. Il capo, soddisfatto, gli dice: la partita è chiusa. Lui, furioso, urla: «La partita è aperta». Quindici anni dopo, la partita è ancora aperta.

# Luglio 1992

> Non sono né un eroe né un kamikaze, ma una persona come tante altre. Temo la fine perché la vedo come una cosa misteriosa, non so quello che succederà nell'aldilà. Ma l'importante è che sia il coraggio a prendere il sopravvento... Se non fosse per il dolore di lasciare la mia famiglia, potrei anche morire sereno.
>
> *Paolo Borsellino*

Roma, mercoledì 1° luglio 1992

## *Ennesimo allarme di Scotti: democrazia in pericolo*

«La minaccia più grave alla democrazia italiana è costituita da Cosa nostra, dai suoi affiliati e dai suoi protettori e alleati» perché «Cosa nostra costituisce il segmento più nascosto, profondo e pericoloso di ciò che viene chiamato mafia.»

Il nuovo, ennesimo, allarme è di Vincenzo Scotti che prima di lasciare il ministero degli Interni ha trasmesso al Parlamento l'informativa sull'attività della Dia nei primi sei mesi dell'anno.

La prima novità è nella distinzione lessicale tra mafia e Cosa nostra: «Il punto cruciale di una strategia antimafia più incisiva – scrive l'ex ministro – deve fondarsi sulla distinzione tra mafia e Cosa nostra che emerge dal grande lavoro investigativo effettuato dal pool antimafia di Palermo, guidato da Giovanni Falcone. La stessa strage di Capaci ha dato conferma della validità e dell'importanza strategica di tale distinzione».

E cioè, sostiene l'ex ministro, mafia sono tutte le organizzazioni criminali operanti sul territorio, ma solo Cosa nostra si confronta «da pari a pari» con lo stato «a causa della sua capacità di confronto-scontro diretto con l'autorità legale che deriva dalla sua collaudata attitudine verso la manipolazione e l'assoggettamento di uomini e istituzioni, e a causa della particolare, efferata qualità del suo materiale umano e della sua tradizione di governo territoriale».

E prosegue: «Anche altre grandi costellazioni criminali organizzate come la camorra e la 'ndrangheta e altre formazioni siciliane, non appartenenti a Cosa nostra mostrano la stessa tendenza al confronto, allo scontro e alla manipolazione delle istituzioni legali, ma solo Cosa nostra è in grado di metterla in atto con sistematicità ed efficacia implacabili, fino all'adozione di strumenti e tattiche di tipo eversivo».

Per la «più accentuata dimensione politico-eversiva» e per la presenza di «un livello segreto di coordinazione», le famiglie che costituiscono Cosa nostra – secondo Scotti – si distinguono dai gruppi definibili come mafiosi, per la «tendenza all'infiltrazione nello stato, tramite relazioni occulte con esponenti dei suoi apparati e degli organismi elettivi, fino alla neutralizzazione, tramite corruzione o violenza, di chiunque si opponga al loro strapotere».

Roma, mercoledì 1° luglio 1992

*Si insedia Mancino neoministro degli Interni*

La mattina si insedia il nuovo ministro degli Interni Nicola Mancino. Il suo primo atto è l'invito a un incontro rivolto a tutti i prefetti per un'analisi della situazione dell'ordine e della sicurezza nel paese che si terrà il 3 luglio.

Il neoministro convoca, inoltre, per lunedì 6 luglio, al Viminale, il Consiglio generale per la lotta alla criminalità organizzata, con, all'ordine del giorno, la verifica dell'attivazione dei nuclei *ad hoc* per la cattura di ciascun latitante. In cima alla lista c'è Totò Riina, la primula rossa di Corleone.

Palermo, mercoledì 1° luglio 1992

*L'avvocato Fileccia rivela: incontro il boss Riina*

Latitante da ventitré anni, il boss corleonese considerato il capo militare di Cosa nostra e fortemente sospettato di avere agito a Capaci con il suo commando, si muove agevolmente in Sicilia. Lo dicono numerosi pentiti e dettagliati rapporti alla magistratura della polizia giudiziaria. Ma la conferma, clamorosa per la fonte, arriva dall'avvocato Cristoforo Fileccia, intervistato la mattina del 1° luglio dalla Rai regionale. Il penalista ammette che avvalendosi della facoltà consentitagli dalla legge, incontra periodicamente, «non a Corleone, ma non fuori dalla Sicilia», il suo difeso di fiducia Totò Riina. «Certo che l'ho incontrato – rivela a sorpresa il legale – ora, da un po' di tempo a questa parte siccome la sua ricerca si è fatta impegnativa da parte delle forze dell'ordine, e anche dalla magistratura si fanno delle pressioni, io sono un po' più cauto e cerco di non vederlo, appunto perché sono difensore e devo fare gli interessi di Riina.»

Per Fileccia, Riina è naturalmente innocente. «Ha sempre respinto ogni accusa e tra l'altro è stato sempre assolto da tutti i reati, l'ultimo dei quali la strage di Bagheria con la sentenza di Carnevale, prima sezione di Cassazione di qualche giorno prima. L'unica condanna che ha è quella all'ergastolo inflittagli con il primo maxiprocesso. Nei colloqui che ho avuto con lui ho tratto la sensazione che il diavolo non è così cattivo come si dipinge». «Si costituirà?» domanda la giornalista. «È una farneticazione» risponde l'avvocato.

Roma, mercoledì 1° luglio 1992

*Dall'agenda grigia di Paolo Borsellino*

Ore 9.50 Holiday Inn
Ore 15 Dia
Ore 18.30 Parisi
Ore 19.30 Mancino
Ore 20 Dia

Roma, mercoledi 1° luglio 1992

*Faccia a faccia con il barone*

A Roma da due giorni, Borsellino trascorre la mattina all'Holiday Inn, e si prepara agli appuntamenti del pomeriggio. Alle 15, nei palazzoni della Dia, lo aspetta il nuovo pentito, il boss di Partanna Mondello Gaspare Mutolo, ex autista di Totò Riina, per il primo interrogatorio ufficiale.

La sua storia di aspirante pentito è tormentata: braccio destro e killer di fiducia del boss Saro Riccobono, Mutolo, detto «il barone», è tra i pochissimi sopravvissuti alla mattanza del 30 novembre del 1982 che decimò la cosca di don Saro. Gasparino si salvò per la sua vicinanza a Totò Riina, suo compagno di cella, con cui giocava a carte, «facendolo vincere», dirà poi ai magistrati. Ma Cosa nostra gli sta stretta, sa perfettamente che, in quanto vicino al boss perdente, il suo destino è segnato. E prima o poi la campana a morte suonerà anche per lui. Per questo gioca d'anticipo, chiedendo, alla fine del 1991, di parlare con il giudice Giovanni Falcone.

La richiesta, però, non può essere accolta, perché lavorando al ministero di Grazia e Giustizia, Falcone è fuori dai ruoli della magistratura, e non può ascoltarlo. Glielo dice lo stesso Falcone, incontrandolo nel carcere di Spoleto il 16 dicembre 1991. Mutolo si ferma, riflette, non fa passi falsi. E dopo la strage di Capaci torna alla carica, scegliendosi, anche questa volta, l'interlocutore: «Voglio Paolo Borsellino. Mi fido solo di lui», detta a verbale al procuratore di Firenze Pierluigi Vigna andato a interrogarlo nel carcere di Firenze.

Trasmesso a Palermo, quel verbale arriva sul tavolo del procuratore Pietro Giammanco mentre Borsellino si trova in Germania per un'inchiesta sulla mafia di Palma di Montechiaro. Giammanco non ci pensa due volte: non esiste che il pentito scelga il magistrato con cui parlare, anche se questo si chiama Paolo Borsellino. Il quale si occupa, peraltro, delle cosche di Trapani e Agrigento. E non di quelle di Palermo, di cui Mutolo parlerà.

La questione è solo di «difesa dell'autonomia della magistratura» anche di fronte ai pentiti? Di rigido rispetto della competenza, delle forme, che pure spesso sono sostanza? O è legata anche al valore della testimonianza di Gasparino della quale ancora, ufficialmente, non si sa nulla?

Giammanco va dritto per la sua strada, ignora la volontà

di Mutolo e senza consultare Borsellino sceglie il rigido criterio burocratico, affidando il fascicolo di Mutolo ad altri magistrati: l'aggiunto Vittorio Aliquò, i sostituti Guido Lo Forte e Gioacchino Natoli. Borsellino, tornato dalla Germania, resta impietrito quando scopre che il procuratore lo ha tenuto fuori, nonostante l'aperta richiesta del «barone» di parlare solo con lui. È sconvolto e amareggiato, si sfoga con Ingroia: «Ma come può fare questo? Giammanco sostiene che ho la delega solo su Trapani e Agrigento, che non avendo la competenza su Palermo non posso interrogare Mutolo. E se quello non si pente più? Quando si saprà cos'è successo, sarà una bomba che scoppierà nelle mani di Giammanco».

Si apre così uno scontro frontale con il capo dell'ufficio. Borsellino è furioso, Giammanco capisce che la questione è troppo delicata per affidarla a pandette e codicilli, e accogliendo un suggerimento di Aliquò, che indossa i panni del mediatore, fa marcia indietro chiedendogli, insieme con Lo Forte e Natoli, di coordinarsi con Borsellino. È una soluzione di compromesso, ma Borsellino non può che accettarla, se vuole incontrare personalmente l'aspirante pentito.

«Dovrò convincere Mutolo – confida a Ingroia – a parlare anche con i miei colleghi, spero che vorrà darmi ascolto.» Il pentito accetta di parlare, ma il disagio e gli scontri non si esauriscono. Alla riunione periodica della Dda, Giammanco chiede ad Aliquò e a Borsellino di riferire il contenuto del primo interrogatorio dei pentiti Mutolo e Messina. Aliquò riferirà di Mutolo, Borsellino di Messina. Una distinzione che Borsellino legge come un'offesa, un voler rimarcare che lui con Mutolo, in fondo, non c'entra.

Roma, mercoledì 1° luglio 1992

*Pentito che scotta*

Il pomeriggio del 1° luglio è dunque cruciale. Mutolo annuncia rivelazioni «scottanti»: sono accuse che colpiscono il cuore delle istituzioni colluse. Mutolo è pronto a farle, ma ha paura e fa sapere che considera Borsellino l'interlocutore principale, l'unico vero destinatario delle sue parole. Quel giorno, il pentito gli ha anticipato che farà dichiarazioni esplosive su Domenico Signorino e Bruno Contrada, un giudice e un poliziotto. Ma prima vuole tracciare la mappa aggiornata della mafia militare. Ancor prima che quelle accuse vengano ufficialmente verbalizzate, Borsellino dunque sa che quel pentito è «roba che scotta», si rende conto che la riservatezza su quelle anticipazioni di fuoco è necessaria, e deve essere assoluta. Si muove con passi felpati; è prudente, guardingo, ma è anche amareggiato perché prevede i conflitti istituzionali che quelle accuse faranno esplodere.

Alle 15, nello stanzone della Dia, davanti a Paolo Borsellino e Vittorio Aliquò, al tenente colonnello Domenico Di Petrillo e al vicequestore Francesco Gratteri, entrambi della Dia e all'ispettore di polizia Danilo Amore, Mutolo comincia a declinare le proprie generalità, per aprire la verbalizzazione e iniziare il suo racconto nero sulla mafia. Ma, all'improvviso, accade qualcosa di inatteso. Una telefonata. E per «esigenze di ufficio» il verbale viene chiuso alle 17.40 e rinviato alle 19.

Ecco la ricostruzione di Rita Borsellino sugli eventi di quel pomeriggio: «A un tratto, durante l'interrogatorio, Paolo riceve una telefonata, chiude il verbale, si precipita al Viminale, accompagnato da Aliquò e dalla scorta, poi ritorna da Mutolo. Il pentito ha raccontato successivamente che, di ritorno dal Viminale, Paolo era talmente nervoso che fumava due sigarette contemporaneamente e decise di non continuare l'interrogatorio».

Ancora più dettagliato è il ricordo di quel pomeriggio ripetuto dalla bocca dello stesso Mutolo, qualche anno dopo, il 21 febbraio del 1996, nell'aula del processo per la strage di via D'Amelio. «Il giudice Borsellino mi viene a trovare, io ci faccio un discorso molto chiaro [...] e ci ripeto, diciamo, quello che io sapevo su alcuni giudici e su alcuni funzionari dello stato molto importanti, però ci dico che non volevo verbalizzare niente se prima non parlavo della mafia, ma diciamo li ho avvisati per dirci "c'è questo pericolo, insomma, mi sa che questa cosa qui finisce male". Allora mi ricordo probabilmente [...] che il dottor Borsellino la prima volta che mi interroga, riceve una telefonata, mi dice: "Sai, Gaspare, debbo smettere perché mi ha telefonato il ministro, vabbè", dice, "manco una mezz'oretta e vengo". Quindi manca qualche ora, quaranta minuti, cioè all'incirca un'ora, e mi ricordo che quando è venuto, è venuto tutto arrabbiato, agitato, preoccupato, ma che addirittura fumava così distrattamente che aveva due sigarette in mano. Io, insomma, non sapendo che cosa [...] "Dottore, ma che cosa ha?" E lui, molto preoccupato e serio, mi fa che viceversa del ministro, si è incontrato con il dottor Parisi e il dottor Contrada... mi dice di scrivere, di mettere a verbale quello che io gli avevo detto oralmente, cioè che il dottor Contrada, diciamo, era colluso con la mafia, che il giudice Signorino, diciamo, era amico dei mafiosi... amico... insomma che tutto quel che sapeva gli diceva, ci ho detto "guardi noi più di questo non dobbiamo verbalizzare niente, perché" ci dissi io "io... insomma a me mi ammazzano e quindi a me interessa che prima io verbalizzo tutto quello che concerne l'organigramma mafioso". Io, appena finisco di parlare dei mafiosi, possiamo parlare di qualunque cosa, che a me non mi interessa più. L'ultima sera che ci lasciamo con il dottor Borsellino è stato, mi sembra, il venerdì, dopo due giorni il giudice... salta in aria.»

Roma, mercoledì 1° luglio 1992

*I ricordi di Aliquò*

Sull'incontro al Viminale, verranno ascoltati al processo sia Aliquò sia Mancino. Il primo ricorda che durante quell'interrogatorio Mutolo ha fatto cenno a categorie di persone colluse con Cosa nostra, ma non ha fatto nomi. Aliquò conferma di aver incontrato Parisi al Viminale e di aver accompagnato Borsellino sulla soglia dell'ufficio di Mancino, restando fuori; poi, di essere entrato a sua volta per un incontro con il ministro appena insediato, per i consueti convenevoli. Ma non ricorda di avere incontrato Contrada ed esclude che Borsellino possa avergliene parlato. Ricorda che Parisi sapeva che Borsellino stava interrogando Mutolo, ma di questo non si era stupito, dovendo sia lui sia Borsellino chiedere la scorta per ogni spostamento, e dunque informando la polizia della loro attività. Non ricorda, Aliquò, nessuna particolare manifestazione di nervosismo, in Borsellino, successivamente a quell'incontro: «Ma quando mai [...] a Paolo capitava spesso di accendere la nuova Dunhill con il mozzicone di quella precedente, perché era un grande, accanito fumatore, non perché fosse particolarmente nervoso».

E Mancino? L'ex ministro, interrogato su questo argomento, ha detto di non ricordare di aver incontrato Borsellino, ma non ha escluso che l'incontro possa comunque essere avvenuto, considerato che quel 1° luglio era il suo primo giorno al ministero, ed erano moltissime le persone che aveva dovuto incontrare nel corso del suo insediamento.

Roma, mercoledì 1° luglio 1992

## *La memoria corta di Mancino*

Mancino riferisce: «Non ho precisa memoria di tale circostanza, anche se non posso escluderla [...]. Era il giorno del mio insediamento, mi vennero presentati numerosi funzionari e direttori generali [...]. Non escludo che tra le persone che possono essermi state presentate ci fosse anche il dottor Borsellino. Con lui però non ho avuto alcun specifico colloquio e perciò non posso ricordare in modo sicuro la circostanza [...] non sapevo della sua presenza a Roma ed escludo, quindi, di avere io provocato un colloquio dello stesso con me. Non escludo che il capo della polizia possa, di sua iniziativa, avere invitato il giudice Borsellino per presentarlo a me».

Se Borsellino quel giorno ha incontrato Contrada, non lo ha confidato a nessuno, tranne che a Mutolo. E, forse, ma il ricordo non è troppo preciso, anche al pm Pietro Vaccara, applicato dalla Procura di Caltanissetta per le indagini sulla strage di Capaci.

Dice oggi Vaccara: «Ricordo, ma sono passati tanti anni, che Borsellino mi disse di avere visto Contrada che usciva da una porta del ministero, forse la stanza del capo della polizia Parisi, mentre lui entrava. È un ricordo flebile, nel senso che io lo colloco certamente dopo il 1° luglio, in una data prossima alle mie ferie, scattate il 15 luglio. Con Borsellino al mio ritorno dovevamo incontrarci a Caltanissetta, ma poi c'è stata la strage...». Ma Borsellino, dopo quel 1° luglio, non è più andato al Viminale...

Roma, mercoledì 1° luglio 1992

## *La lettura di Brusca*

Anche il pentito Giovanni Brusca, l'uomo del telecomando di Capaci, nel 1998 ha detto la sua ai magistrati su questo strano pomeriggio al Viminale. «Borsellino muore per la trattativa che era stata avviata tra i boss corleonesi e pezzi delle istituzioni» è la sua tesi. «Il magistrato, dopo la strage di Capaci, ne era venuto a conoscenza e qualcuno gli aveva detto di starsene in silenzio, ma lui si era rifiutato. A Borsellino era stato proposto di non opporsi alla revisione del maxiprocesso e di chiudere un occhio su altre vicende. Il suo rifiuto ha portato venti giorni dopo a progettare ed eseguire l'attentato di via D'Amelio.» Stralci di questo verbale sono stati pubblicati dal quotidiano «la Repubblica» nel settembre del 2001. Brusca racconta ancora di avere appreso della «trattativa» direttamente dal boss Totò Riina, che aveva preparato un «papello» per interrompere la strategia stragista in cambio di benefici legislativi per i mafiosi. L'episodio riferito risale al dicembre del 1992, durante un incontro fra alcuni boss a casa di Totò Riina per scambiarsi i regali di Natale. «Biondino fece vedere a Riina i verbali di un interrogatorio del pentito Mutolo che era stato ascoltato da Borsellino due giorni prima della strage dicendo: "Quando un infame dice le cose vere, nessuno gli crede".» Alla domanda su cosa c'entri questo episodio con la «trattativa», Brusca risponde rapido: «Credo ci possa essere qualche riferimento».

Il riferimento cui Brusca allude è il misterioso incontro, datato 1° luglio 1992, di Borsellino al Viminale? Rita Borsellino, quindici anni dopo, non si stanca di chiedere: «Con chi si incontrò Paolo quel giorno? Di che parlò? Perché il colloquio lo fece innervosire? Mistero. Il ministro Mancino, interrogato dai magistrati di Caltanissetta, ha dichiarato di non avere ricordo di incontri al Viminale con Borsellino. Nessun altro del ministero ammette di averlo incontrato o convocato. È un'anomalia sulla quale, io credo, bisognerebbe pretendere la verità».

Palermo, giovedì 2 luglio 1992

*Inchiesta su Fileccia*

La Procura della repubblica di Palermo apre un'inchiesta come atti relativi sulle dichiarazioni rese il giorno prima ai giornalisti dall'avvocato Fileccia, difensore del boss Totò Riina. Le indagini sono affidate al sostituto procuratore Ignazio De Francisci che in mattinata ha già acquisito il testo delle dichiarazioni rese dal legale ai cronisti di giornali, agenzie e televisioni in una pausa della prima udienza del processo, poi rinviato al 14 ottobre seguente, per l'omicidio dei fratelli Vincenzo e Pietro Puccio.

Riina, che è latitante dal 1964, è imputato di essere stato il mandante dell'uccisione dei due Puccio, seguita dopo due mesi da quella di un terzo fratello.

Il presidente della Camera penale di Palermo, Orazio Campo, afferma di non essere stato informato ufficialmente dell'apertura dell'inchiesta. «Se dovesse essere vero che è stata avviata un'inchiesta sulle dichiarazioni rese dal collega Fileccia – sostiene Campo, che è titolare della cattedra di Procedura penale all'Università di Palermo – riterrò doveroso convocare la Camera penale. È opportuno che si affronti il problema se il difensore abbia ancora il diritto di conferire con il cliente latitante, così come è sempre stato finora.»

Palermo, giovedì 2 luglio 1992

*Falso allarme per Orlando*

Una Croma blu rubata durante la notte a Palermo e parcheggiata in via Principe di Paternò vicino all'abitazione di Leoluca Orlando fa scattare il dispositivo di allarme di carabinieri e polizia. Dopo una segnalazione dei carabinieri, che sorvegliano ventiquattr'ore su ventiquattro la zona per proteggere Orlando, la vettura viene controllata da un artificiere dell'Arma nel timore che contenga esplosivo. L'ispezione dà esito negativo e la Croma viene rimossa con un carro attrezzi. Sulla strada, in seguito all'allarme, confluiscono numerosi investigatori e in città si diffonde il timore di un nuovo attentato mafioso.

Palermo, giovedì 2 luglio 1992

*Arriva il Corvo due*

Otto cartelle, con rivelazioni sui delitti Lima e Falcone, vengono indirizzate da un anonimo estensore, subito ribattezzato il «Corvo due», a trentanove destinatari, figure istituzionali e giornalisti. Sull'origine del testo, che parla anche di incontri segretissimi tra noti esponenti politici siciliani e boss latitanti di Cosa nostra, la Procura di Palermo apre un'inchiesta. Il misterioso documento, a giudizio degli inquirenti, ha un mittente certo: la mafia.

Questa la convinzione dei responsabili della Dia, così come degli esperti dell'Alto commissariato, degli organi operativi dell'Arma dei carabinieri e del Servizio centrale di polizia che sui delitti Lima e Falcone stanno indagando. L'intento di chi ha scritto il documento anonimo è «creare discredito e fratture negli organi dello stato intensamente impegnati, sia a livello locale sia centrale, nell'opera di contrasto della mafia» afferma il colonnello Carlo Gualdi, capo di gabinetto della Dia. «È un tentativo di intossicazione che proviene da ambienti mafiosi – affermano all'Alto commissariato – o da gruppi che fanno gli interessi della mafia.»

Del resto, ricordano alla Dia, Cosa nostra non è nuova a questo genere di operazioni: «La calunnia è, assieme al tritolo, tra le sue armi usuali».

Le otto cartelle sono analizzate minuziosamente dagli esperti antimafia della Dia, dell'Alto commissariato, dei Ros e dello Sco. Sul loro contenuto, fonti dell'Alto commissariato commentano che: «Ci sono notizie parzialmente vere, mescolate a menzogne palesi e altre più abilmente costruite». I carabinieri affermano che si tratta di «illazioni e insinuazioni che possono solo favorire lo sviluppo di stagioni velenose e disgreganti».

Palermo, venerdì 3 luglio 1992

*Falange armata rivendica l'anonimo*

Con una telefonata alla sede di Palermo dell'Ansa, la Falange armata rivendica la paternità dello scritto anonimo fatto circolare a Palermo nel quale si parla delle future attività della mafia anche in relazione a uomini e vicende della politica.

L'autore della telefonata dice: «Annunciamo senza più indugi e riserve che il promemoria in otto cartelle di impropria attribuzione fatto recapitare qualche settimana fa è opera integrale del comitato politico della Falange armata. Dirameremo oggi stesso al riguardo un comunicato appropriato».

Più tardi, in serata, la Falange armata, fa pervenire con una telefonata anonima, sempre alla redazione dell'Ansa di Palermo, il comunicato preannunciato. Nel messaggio, inciso su un nastro registrato, si ascolta: «Se questo deludente risultato hanno sortito quelle otto cartelle, impropriamente attribuite, elaborate dal comitato politico della Falange armata a conclusione di un ciclo aspro e difficile di lotta politica e militare, allora vuol dire che ulteriori segnali forti, chiari, devastanti necessariamente si impongono».

Bari, venerdì 3 luglio 1992

## *Riina e Provenzano, pugili sul ring*

Riina e Provenzano «sono come due pugili che mostrano i muscoli, uno di fronte all'altro». A sorpresa, subito dopo il pomeriggio del Viminale, Borsellino sceglie il quotidiano «La Gazzetta del Mezzogiorno» per formulare, per la prima e unica volta, l'ipotesi di una spaccatura al vertice di Cosa nostra. Una spaccatura tra i due leader mafiosi corleonesi che non sfocia in una guerra tra clan ma in una prova di forza nel contrapporsi con le armi alla politica e alle istituzioni: uno si intesta l'omicidio di Salvo Lima, l'altro la strage di Capaci; chi avrebbe fatto cosa, nell'intervista non è specificato. I due delitti, secondo il magistrato, costituiscono una conferma del fatto che «i due pugili stanno mostrando i muscoli, come se ciascuno volesse far sapere all'altro quanto è forte, quanto è capace di fare male».

Nell'intervista Borsellino spiega la sua tesi: «Si nascondono a Palermo, su questo non c'è dubbio: il controllo del territorio per mafiosi del loro calibro è importante, direi fondamentale. Non si possono "governare" picciotti e affari lontano dalla Sicilia. Tuttavia ho l'impressione che tra i due boss dei corleonesi non corra più buon sangue. Ripeto, è solo un'impressione. Non sappiamo nient'altro...».

Prosegue il magistrato: «Un paio di mesi fa la moglie di Provenzano ha riaperto la casa di Corleone. Lei, insieme con i due figli. Figli che, appena nati, sono stati registrati all'anagrafe: tutto regolare. Da anni: solo che siamo stati capaci, noi forze dell'ordine, noi inquirenti, di saperlo quando abbiamo notato la presenza della donna a Corleone».

E aggiunge: «Dico questo per far capire che, in fondo, non è stata sempre incessante, senza tregua, la caccia ai superlatitanti: Riina e Provenzano, appunto. Questo episodio, il ritorno della moglie di Provenzano a Corleone, ci ha subito fatto pensare che di lì a poco qualcosa di grosso sarebbe successo all'interno di Cosa nostra. Eppure non c'è stata e non c'è, apparentemente, nessuna guerra di mafia. O, per meglio dire, non quello che noi avevamo immaginato. C'è stato l'omicidio di Salvo Lima, c'è stata la strage di Capaci. No, non è che consideriamo questi avvenimenti roba di poco conto. Ci mancherebbe altro. Piuttosto, confermano quello che dicevo prima: i due pugili, Riina e Provenzano, stanno mostrando i muscoli» Il giornalista domanda: «Si fermerà questa catena di omicidi eccellenti?». «Non lo so – risponde Borsellino – ma niente lascia pensare che tutto sia finito. Anzi.»

## *L'intervista profetica*

Quell'intervista si rivela, a posteriori, incredibilmente profetica. Come faceva Borsellino a conoscere una circostanza, quella del conflitto tra Provenzano e Riina, un contrasto ai vertici di Cosa nostra tutto giocato sulla pelle delle istituzioni, che sarebbe stata raccontata dai pentiti e accertata dalle indagini solo molti anni dopo?

Il primo a parlare apertamente di quella spaccatura, che addirittura secondo alcune ipotesi investigative potrebbe essere all'origine della cattura di Riina, avvenuta il 15 gennaio del 1993, è il pentito Nino Giuffrè, per un lungo periodo braccio destro di Provenzano.

«All'interno dell'organizzazione – racconta – c'erano sospetti: alcune persone mettevano in dubbio l'integrità di Provenzano, come se fosse stato confidente dei carabinieri.»

Sospetti che colpivano pure il suo «pupillo», Vito Ciancimino. Precisa Giuffrè: «Ciancimino era uno dei personaggi più importanti per Provenzano; all'interno di Cosa nostra si diceva che avesse avuto contatti con personaggi delle forze dell'ordine. Per queste voci feci una domanda ben precisa a Provenzano: ma Ciancimino com'è combinato?». La risposta fu che l'ex sindaco era «andato in missione dalle forze dell'ordine per sistemare la situazione all'interno di Cosa nostra che in quel momento era complicata».

Il senso di queste dichiarazioni lo chiarisce meglio un

altro pentito, Tullio Cannella, che riferendo dei discorsi fatti all'interno di Cosa nostra subito dopo la cattura di Riina, afferma: «Leoluca Bagarella mi disse che uno o due giorni prima dell'arresto di Riina, lui era stato a casa di suo cognato e quindi gli riusciva difficile capire come mai egli stesso non fosse stato catturato in quella occasione. Mi espresse anche la sua perplessità sul fatto che il solo Balduccio Di Maggio potesse aver consentito la cattura di Riina. Poi, alludendo a Bernardo Provenzano, aggiunse: l'amico mio forse sa qualcosa».

Roma, sabato 4 luglio 1992

*Il pentito Spatola accusa Riina*

In una intervista trasmessa dal Tg5, il pentito Rosario Spatola, intanto, accusa il latitante Totò Riina di essere il mandante della strage di Capaci.

«Totò Riina – sostiene Spatola – ha voluto lanciare un messaggio molto esplicito. Ha voluto dire: "Io sono qui e l'attentato al giudice Falcone non si poteva fare senza il mio consenso".»

Rosario Spatola, raggiunto telefonicamente in una località sconosciuta dai giornalisti Lamberto Sposini e Giampaolo Rossetti, alla domanda se potesse essere Riina il mandante della strage risponde: «Lui e altri» e aggiunge che Riina è «il capo dei capi della mafia siciliana, anche perché la famiglia Madonia è sua alleata».

Spatola non esclude che il latitante possa trovarsi a Palermo e ha affermato di averlo già incontrato nel 1981, ma non in Sicilia: «In altri tempi si poteva muovere liberamente, nella stessa Palermo, ma adesso è diventato più prudente».

Spatola conclude: «È poco dire che sia una belva e in questo ha superato il suo grande maestro Luciano Liggio».

Marsala, sabato 4 luglio 1992

*Borsellino: l'addio a Marsala*

Le massime autorità della provincia di Trapani sono presenti al Tribunale di Marsala in occasione dell'incontro per il commiato definitivo del procuratore della Repubblica Paolo Borsellino, trasferito già da qualche mese a Palermo con il sostituto Antonio Ingroia e il maresciallo dei carabinieri Carmelo Canale, e l'insediamento del nuovo procuratore di Marsala Antonino Silvio Sciuto.

Paolo Borsellino parla a braccio, ricorda i sacrifici che i magistrati devono affrontare per assicurare alla nazione il servizio della giustizia, senza mai nominarlo cita il collega Vincenzo Geraci, il quale aveva scritto che a Marsala Borsellino era andato perché voleva una procura con il mare, e riceve una lettera di saluto dai «suoi» sostituti, i giovani pm cresciuti sotto la sua ala protettiva negli anni delle inchieste marsalesi: Giuseppe Salvo, Francesco Parrinello, Luciano Costantini, Lina Tosi, Massimo Russo, Alessandra Camassa.

Una lettera che Borsellino incornicerà e appenderà nello studio di casa.

Carissimo Paolo,
al di là dei saluti ufficiali, anche se sentiti, un momento privato, un colloquio tra noi. Noi tutti siamo qui a Marsala con te fin dal tuo arrivo, ma ognuno di noi porta nel suo cuore un pezzetto di storia da raccontare sul lavoro a Marsala, nella

procura che tu hai diretto. Ci piacerebbe ricordare tante situazioni impegnative o tristi o buffe che ci sono capitate in questa esperienza comune, ma l'elenco sarebbe lungo e, allo stesso tempo, insufficiente. Possiamo comunque dirti di aver compreso appieno il significato di questo periodo di lavoro accanto a te e le possibilità che ci sono state offerte: l'esperienza con i pentiti, i rapporti di un certo livello con la polizia giudiziaria, sono situazioni rare in una procura di provincia, e la tua presenza ci ha consentito di giovarci di queste opportunità. Abbiamo goduto, in questi anni, di un'autorevole protezione, i problemi che si presentavano non apparivano insormontabili perché ci sentivamo tutelati. Qualcuno ci ha riferito in questi giorni che tu avresti detto, ironizzando, che ogni tuo sostituto, grazie al tuo insegnamento, *superiorem non recognoscet*. Sai bene che non è vero, ma è vero invece che la tua persona, inevitabilmente, ci ha portati a riconoscere come superiore solo chi lo è veramente. Ci sono state anche delle incomprensioni, e non abbiamo dimenticato nemmeno quelle: molte sono dipese da noi, dalle diversità dei caratteri e dalla natura di ognuno; altre volte, però, è stata proprio la tua natura onnipotente a vedere ogni cosa dalla tua personale angolazione, non suscettibile di diverse interpretazioni. Tuttavia, anche in questo sei stato per noi un «personaggio», ti sei arrabbiato, magari troppo, ma con l'autorità che ti legittimava e che mai abbiamo disconosciuto. Anche nel rapporto con il personale abbiamo apprezzato l'autorevolezza e la bontà, mai assurdamente capo, ma sempre «il nostro capo». E poi te ne sei andato, troppo in fretta, troppo sbrigativamente, come se questo forte rapporto che ci legava potesse essere reciso soltanto con un brusco taglio, per non soffrirne troppo. Il dopo Borsellino non te lo vogliamo raccontare: pur se uniti tra noi, in tantissime occasioni abbiamo sentito che non c'eri più, e in molti abbiamo avvertito il

peso, talvolta eccessivo per le nostre sole spalle, di alcune scelte, di importanti decisioni. E adesso il futuro, il tuo, ma anche il nostro. Noi ti assicuriamo, già lo facciamo, siamo all'erta, sappiamo che cosa vuol dire «giustizia» in Sicilia e abbiamo tutti valori forti e sani, non siamo stati contaminati, e se è vero che «chi ben comincia...», con ciò che segue, siamo stati tutti molto fortunati. Per te un monito: è un periodo troppo triste ed è difficile intravederne l'uscita. La morte di Giovanni e Francesca è stata per tutti noi un po' la morte dello stato in questa Sicilia. Le polemiche, i dissidi, le contraddizioni che c'erano prima di questo tragico evento e che, immancabilmente, si sono ripetute anche dopo, ci fanno pensare troppo spesso che non ce la faremo, che lo stato in Sicilia è contro lo stato, e che non puoi fidarti di nessuno. Qui il tuo compito personale, ma sai bene che non abbiamo molti altri interlocutori: sii la nostra fiducia nello stato.
I «tuoi» sostituti.

Francoforte, lunedì 6 luglio 1992

## *I segreti della Stidda*

Il nuovo pentito è Gioacchino Schembri, uomo di punta della Stidda. Borsellino lo ha convinto a collaborare con lo stato, a raccontare tutti i retroscena della faida agrigentina tra Cosa nostra e la consorteria di uomini d'onore messi ai margini dalle cosche mafiose e desiderose di riscatto e vendetta: la Stidda.

L'accordo è vicino e la pista della Germania si scopre per caso. Il tenente Canale ricorda lo scenario emerso dalle indagini: «Ci sono due famiglie in guerra: gli Allegro e i Ribisi. E una terza, "code piatte" che tenta di approfittarne per prendere il potere. Scopriamo una fitta ragnatela di rapporti e complicità che portano in una città tedesca, dove vive un duro, un irriducibile, appena finito in manette: Gioacchino Schembri». Si organizza la missione in Germania. Da Palermo partono Borsellino, Canale e il pm Teresa Principato.

Palermo, martedì 6 luglio 1992

### *Fuga di notizie*

Fuga di notizie sull'operazione di polizia Pianosa, che comporta il trasferimento graduale di numerosi detenuti mafiosi nel carcere di massima sicurezza di Pianosa. L'operazione dovrebbe partire la terza settimana del mese.

Palermo, martedì 6 luglio 1992

### *Mancino a Palermo*

In mattinata il neoministro degli Interni Nicola Mancino arriva a Palermo per presiedere una riunione sull'ordine pubblico.

Prima di incontrarsi con i responsabili della magistratura e delle forze dell'ordine, rende omaggio nel cimitero di Sant'Orsola alla tomba di Giovanni Falcone e della moglie Francesca Morvillo.

Accompagnato dal capo della polizia Vincenzo Parisi, Mancino esordisce nella riunione con i vertici dell'ordine pubblico dell'isola affermando: «Mi colloco nel solco tracciato dal mio predecessore Scotti».

Palermo, martedì 6 luglio 1992

*Sicurezza zero*

La visita istituzionale lascia una coda in procura. Parisi fa il giro degli uffici e scopre la vulnerabilità di Borsellino. Persino il capo della polizia ne resta sconvolto.

Ecco il ricordo di Agnese Piraino Leto, nella sua testimonianza al processo Borsellino ter: «Dieci giorni prima che mio marito morisse, il capo della polizia è arrivato a Palermo, ha fatto un giro in procura e si è accorto che alle spalle di mio marito c'era un vetro normale e allora lui si è lamentato come mai nessuno si fosse accorto che c'era questo vetro, enorme ma un vetro normale, e allora subito ha fatto mettere il vetro blindato nella stanza di mio marito. C'era la scrivania con la poltrona che dava le spalle a questo vetro, dunque era anche quello un punto vulnerabile. E poi, che io sappia, gli addetti ai lavori, il Comitato di sicurezza non lo so che cosa abbiano deciso, questo sarà scritto nei verbali, sotto i miei occhi non ho visto niente di particolare, insomma non si sono prese delle precauzioni e dei provvedimenti che potessero ostacolare il preannunciato progetto criminale. A me non risulta nient'altro, ecco. Soltanto ricordo che mio marito era più sicuro o si sentiva più sicuro quando era fuori la città di Palermo che quando si trovava in città. Era molto preoccupato per la sua incolumità e la nostra. Ed era anche disposto a sottoporsi a qualsiasi sacrificio pur di salvarsi, pur di salvare gli uomini della sua scorta, pur di salvare la nostra famiglia».

Palermo, martedì 6 luglio 1992

## *Mancino sui diari di Falcone*

Dopo la riunione in prefettura, Mancino conclude la sua trasferta palermitana incontrando i giornalisti. Il ministro, a sorpresa, parla dei diari di Falcone: «Li ho letti, noi ce ne stiamo occupando ai vari livelli, almeno per quanto attiene al Viminale, sia dal punto di vista dell'accertamento dell'attendibilità, sia dal punto di vista dell'accertamento di eventuali manipolazioni. Una volta le interpolazioni erano di facile accertamento, oggi naturalmente il computer non consente a chi riflette, a chi valuta, a chi analizza, di accertare se un periodo sia stato successivamente manipolato. Ecco, stiamo facendo questi accertamenti».

Il ministro non chiarisce se fa riferimento agli appunti pubblicati sul «Sole 24 Ore», oppure ad altri sui quali sta lavorando la Procura di Caltanissetta.

Nessuno finora aveva messo in dubbio l'attendibilità dei diari di Falcone.

«Vorrei fosse vero, come dato storico, ciò che ha detto il capo della polizia – prosegue il ministro – e che cioè nel 1978, la punta più alta dell'escalation del terrorismo, con il delitto Moro, coincise con l'avvio della fase discendente. Lo stesso mi auguro avvenga dopo la strage di Capaci.»

Monaco, martedì 7 luglio 1992

## *Amato: strage Falcone forse decisa all'estero*

«L'assassinio di Giovanni Falcone è avvenuto a Palermo, ma probabilmente è stato deciso altrove.» Lo afferma il presidente del Consiglio Giuliano Amato, a Monaco, nell'incontro pomeridiano con i membri del G7. «La criminalità organizzata – spiega Amato – è infatti un fenomeno internazionale con più teste in più paesi.»

Il presidente del Consiglio ricorda la recente uccisione del giudice palermitano quando, nel corso della discussione, viene affrontato il problema della droga e della criminalità organizzata. Amato sottolinea i successi «già ottenuti» dalla task force contro il riciclaggio del denaro sporco costituita nel vertice del G7 di Toronto, nel 1988.

Monaco, martedì 7 luglio 1992

*Scotti rilancia: l'avevo detto anch'io*

«È esattamente quello che ho detto anch'io appena qualche giorno fa, anche nella mia relazione sulla mafia» ribatte da Monaco il neoministro degli Esteri Vincenzo Scotti, che aveva fatto le sue dichiarazioni sull'assassinio del giudice Falcone in qualità di ministro degli Interni.

Roma, martedì 7 luglio 1992

*Mancino e Amato invece fanno dietrofront*

Dietrofront di Mancino e Amato sulle dichiarazioni rilasciate, rispettivamente a Palermo e a Monaco. Amato: «La frase sulla strage di Capaci va riferita non a un episodio specifico, ma alla capacità di coordinamento della mafia mondiale».

Mancino: «Non ho nessun elemento per porre in dubbio l'autenticità dei diari di Falcone, la mia era un'ipotesi scolastica.»

Washington, martedì 7 luglio 1992

*Profezia di Secchia: la mafia sarà sconfitta*

Secondo l'ambasciatore americano a Roma Peter Secchia l'Italia «saprà battere la mafia, come negli anni settanta il suo governo è stato capace di sconfiggere i terroristi delle Brigate rosse». In un articolo pubblicato oggi sul «Washington Post», l'ambasciatore rende omaggio alla memoria del giudice Giovanni Falcone, che definisce «il simbolo della resistenza degli italiani contro la criminalità organizzata».

«Falcone – scrive – era un mio caro amico. L'ho visto per l'ultima volta il 21 maggio, a cena a casa mia. Due giorni dopo era morto.»

L'articolo racconta brevemente la lotta del giudice contro la mafia, e sottolinea che egli era «un vero amico dell'America, che aveva collaborato con funzionari americani per sgominare la cosiddetta Pizza Connection, una rete di spacciatori di eroina negli Stati Uniti».

«La tirannia di Cosa nostra non può durare, deve essere distrutta» commenta l'ambasciatore, e si dice convinto che l'Italia degli onesti avrà il sopravvento.

Secchia paragona l'assassinio del giudice Falcone a quello di Aldo Moro. «L'uccisione di Moro galvanizzò la popolazione nella lotta contro il terrorismo. Possiamo soltanto sperare che la morte di Falcone abbia lo stesso effetto nella lotta contro la mafia.»

L'ambasciatore conclude, affermando che il cinema e la

televisione devono partecipare anch'essi alla battaglia. «Hollywood deve smettere di dipingere la mafia come una confraternita onorata e romantica. Deve mostrarla come è: un'organizzazione di gente pericolosa e crudele, che non esita a uccidere gli uomini migliori se si pongono sulla sua strada. Questo è stato dimostrato molto chiaramente dall'assassinio di Giovanni Falcone. Spero che egli non sia morto invano.»

Washington, martedì 7 luglio 1992

*Martelli e Sessions: previsto nuovo incontro*

Claudio Martelli incontrerà probabilmente il capo del Fbi americana William Sessions lunedì 13 luglio a Washington per fare il punto sulle indagini sull'assassinio del giudice Falcone. Lo si apprende martedì 7 luglio a Washington da fonte diplomatica. Martelli è atteso negli Stati Uniti per sabato. Dovrebbe recarsi dapprima a New York, per incontrare personalità del Partito democratico alla vigilia del congresso in cui sarà ratificata la candidatura di Bill Clinton per la Casa Bianca. Lunedì, il ministro italiano dovrebbe recarsi a Washington per incontrare Sessions. Il capo del Fbi ha offerto la piena collaborazione dei suoi investigatori per l'inchiesta sulla morte di Falcone.

Martedì 7 luglio 1992

*Dall'agenda grigia di Paolo Borsellino*

Mannheim

Mannheim, martedì 7 luglio 1992

## *Il fortino tedesco*

Ad attenderli, nella cittadina di Mannheim, Borsellino, Canale e Principato trovano un imponente spiegamento di forze, una scorta armata, un corteo di auto blindate. L'albergo prenotato è stato trasformato in un autentico «fortino», la polizia ha installato un sistema di intercettazioni telefoniche che registra tutte le conversazioni in entrata e in uscita, ogni persona viene passata «ai raggi x». Borsellino si concede un piccolo fuori programma, entra in un negozio, per acquistare un regalo per Massimo, il figlio del suo collega e amico Diego Cavaliero, che domenica prossima sarà battezzato a Salerno. Per il bimbo sceglie un regalo tradizionale, una collanina d'oro. Le teste di cuoio impazziscono. Si precipitano all'interno del negozio, ogni angolo viene ispezionato da cima a fondo, perquisito, bonificato, e solo dopo permettono a Borsellino di entrare per fare il suo acquisto.

Il magistrato sorride sotto i baffi, e ironizza: «Proprio come a casa!». Poi si torna al lavoro. Entrati in carcere, i giudici italiani vengono informati da un funzionario della Bka, la polizia tedesca, che un connazionale, tale Egon Schinna, uno spacciatore di piccolo calibro, detenuto nella stessa cella di Schembri, ha cominciato a collaborare, rivelando che il siciliano è uno dei killer del giudice Rosario Livatino. La notizia è importantissima, promette una svolta decisiva nelle indagini su quel delitto ancora insoluto. Borsellino appare galvanizzato, e non perde il suo spirito fanciullesco.

Mannheim, martedì 7 luglio 1992

*Birra e patatunen*

La sera prima dell'interrogatorio, in una trattoria locale, sorvegliati dalla scorta, cenano tutti insieme, Borsellino, Canale e Principato, tra enormi boccali di birra e *kartoffelsalad*, la tipica insalata di patate. Borsellino non resiste, ha voglia di scherzare, e ripete ridendo «birra e patatunen», brindando con le teste di cuoio che lo guardano senza capire e ridono pure loro. Ma l'indomani, in carcere, quando è seduto faccia a faccia con Schembri, il giudice sembra un altro. Senza giri di parole, ma senza scoprire il compagno di cella che lo ha tradito, guarda lo stiddaro negli occhi e gli fa capire che è spacciato, che è meglio che collabori, che sanno tutto di lui e della sua azione di morte contro Livatino. L'irriducibile impallidisce, farfuglia, sembra proprio pronto alla resa.

Roma, martedì 7 luglio 1992

*Superdecreto: è costituzionale?*

La commissione Affari costituzionali del Senato comincia l'esame del Superdecreto, la legge antimafia con modifiche urgenti al nuovo codice di procedura penale, per definirne la costituzionalità.

Relatore è il senatore Dc Francesco Mazzola. Nella discussione, il senatore Cesare Salvi, portavoce del Pds per il programma sulle riforme istituzionali e la giustizia, esprime un parere di incostituzionalità sul decreto in esame. Salvi, secondo il testo diffuso dall'ufficio stampa, sostiene che questo decreto «presenta diverse norme che si pongono in contrasto con la Costituzione in particolare per le modifiche al processo penale in tema di acquisizione di prove e di poteri della polizia giudiziaria che contrastano con la garanzia del diritto alla difesa».

«Nell'insieme – sottolinea Salvi – il decreto stravolge l'impianto accusatorio del nuovo processo penale, senza distinguere tra imputati per fatti di mafia e per altri reati.»

Osserva poi Salvi: «Per sconfiggere la mafia ciò non è affatto necessario, e può anzi essere controproducente, innestando una spirale di rincorsa alla normativa di emergenza, mentre la criminalità si combatte con la "straordinaria ordinarietà" dell'impegno dello stato».

Mercoledì 8 luglio 1992

*Dall'agenda grigia di Paolo Borsellino*

Mannheim

Mannheim, mercoledì 8 luglio 1992

*Schembri: stop ai baci*

Schembri parla come un fiume in piena. È il primo a violare l'omertà a Palma di Montechiaro raccontando i mille segreti della faida agrigentina. Rivela i retroscena dei crimini commessi dai suoi amici e dai suoi nemici. Parla dei cadaveri eccellenti: i giudici Livatino e Saetta, il maresciallo Guazzelli. «Finito l'interrogatorio – ricorda Canale – sono rimasto da solo nella stanza con lui, e gli ho chiesto come se la passasse. Lui mi rispose che da molto tempo non gli era possibile avere incontri con la moglie. Uscito dalla stanzetta, ne parlai subito con Borsellino che girò la richiesta di Schembri ai poliziotti di guardia. Loro sembravano contrari, ma Borsellino chiese di assecondare il desiderio del detenuto, al più presto. Lo accontentarono. Passarono dieci minuti, e si presentò la moglie. Io entravo e uscivo dalla stanza, per controllare il colloquio tra i due, per evitare che potesse succedere qualcosa che mettesse in difficoltà le guardie. Fissando il divanetto dove i due erano seduti, a un tratto Borsellino, con uno sguardo eloquente, mi disse: "Canale, ora basta, faccia uscire la moglie. Non vorrei che il colloquio si trasformi in qualcosa di più ... intimo". Cioè, non disse queste testuali parole, disse qualcosa di diverso, usò una frase in dialetto siciliano, dal significato inequivocabile, che capiamo solo noi. Ma Schembri aveva capito che si poteva fidare di quel giudice. E salutandolo, Borsellino gli chiese: "Allora, Schembri, ci rivediamo presto?" Il palmese sorridendogli, fece cenno di sì. Borsellino gli lasciò sul tavolo il suo pacchetto di Dunhill con tre sigarette. Non fecero in tempo a rivedersi mai più.»

Roma, mercoledì 8 luglio 1992

## *Il Costanzo Show a Palermo*

Per la prima volta in cinque anni il *Maurizio Costanzo Show* abbandona la sua sede storica: il teatro Parioli di Roma. Venerdì prossimo si trasferirà al Politeama di Palermo per una serata speciale dedicata all'«altra Sicilia», la Sicilia onesta, quella dell'impegno, non solo della speranza.

Uno sforzo produttivo e organizzativo annunciato, in conferenza stampa, dallo stesso Maurizio Costanzo. Uno sforzo che Canale 5 ha deciso di affrontare rispondendo alle molte richieste arrivate da gruppi e associazioni siciliane. «Ho sempre detto che esisteva una Sicilia numericamente superiore a quella appiattita nello stereotipo mafioso – spiega Costanzo riferendosi all'iniziativa – le colpe di tremila collusi non possono essere pagate da cinque milioni di siciliani onesti.» La trasmissione darà la parola a loro, ospitando, sul palcoscenico e in sala, la Sicilia «comune», quella delle associazioni e dell'impegno.

«Per una volta – conclude Costanzo – protagonisti non saranno politici, rappresentanti delle istituzioni, tecnici o teorici della lotta alla criminalità organizzata, ma tutti quanti vogliono contribuire a risolvere un problema, quello mafioso, non più solo siciliano.» Per consentire la maggiore partecipazione possibile alla trasmissione, nella piazza antistante al teatro Politeama allestiranno un megaschermo, mentre in un apposito contenitore verranno raccolti i messaggi contro la mafia con i quali costruire un aquilone che sarà liberato su Roma.

Roma, giovedì 9 luglio 1992

## *L'autografo a Narduzzo*

Da Mannheim, Borsellino torna a Roma, per reinterrogare Leonardo Messina, il pentito di San Cataldo (Caltanissetta), che sa tutto della mafia nissena, che aprirà uno squarcio di luce sulle trame segrete della massoneria in combutta con la mafia e l'alta finanza di riciclatori.

Borsellino dovrebbe sbarcare a Fiumicino, e lì in aeroporto ha un appuntamento con Fiammetta, sua figlia, che proprio quel giorno parte per Bangkok con l'amico Alfio

Lo Presti. Invece, per un disguido, il suo volo atterra a Ciampino, e il magistrato non potrà incontrare la ragazza. La chiama al telefono, le dice: «Mi dispiace». Non si vedranno mai più. Ma quella mattina Borsellino non lo sa: ha una fretta del diavolo, passa da un pentito all'altro, e corre alla palazzina dell'Eur, nei cui sotterranei vengono ospitati i collaboratori, per interrogare Leonardo Messina, in un faccia a faccia che proseguirà il giorno dopo. Con il suo gusto per il paradosso, si paragona scherzando al dottor Tersilli, il protagonista del film con Alberto Sordi, che faceva il medico della mutua e non si fermava mai per racimolare un numero sempre più cospicuo di pazienti.

Messina parla di guerre sanguinarie tra i clan, descrive omicidi e sparatorie, agguati e massacri, poi chiede: «Dottore, una cortesia, me lo fa un autografo?». Borsellino resta di stucco: «Un autografo?». «Sì – risponde il pentito – è per i miei figli, me l'hanno chiesto loro, la conoscono, la vedono in tv.» Borsellino, al successivo incontro, si presenta con una cartolina: «In ricordo delle lunghe giornate trascorse con vostro padre. Paolo Borsellino».

Palermo, giovedì 9 luglio 1992

## *La Rete: un sos per Orlando*

Un appello «ai responsabili dell'ordine pubblico» perché vengano adottate ulteriori misure di protezione per Leoluca Orlando, potenziale bersaglio di un possibile attentato mafioso viene diffuso a Palermo dal gruppo parlamentare La Rete all'Assemblea siciliana. Il lungo documento analizza i recenti fatti di cronaca, arrivando alla conclusione che «prima è stato ucciso Salvo Lima, segno evidente che qualcosa si è rotto nel meccanismo di garanzia tra mafia e politica, poi Giovanni Falcone, per la sua volontà antimafia».

Ma Cosa nostra, rilevano ancora gli estensori dell'appello «potrebbe voler colpire chi è in grado di dare spessore politico alla rivolta morale e alla voglia di pulizia».

Roma, giovedì 9 luglio 1992

*Martelli difende il Superdecreto*

«Il decreto antimafia va bene così com'è, se modifiche ci saranno esse dovrebbero riguardare solo le norme processuali»: così Martelli risponde ai giornalisti, lasciando la commissione Giustizia del Senato, dove si sta esaminando il decreto anticriminalità, varato l'8 giugno scorso, che dovrebbe andare in aula mercoledì 15 luglio.

Martelli sottolinea che nel caso non si riuscisse ad approvare il decreto nei tempi utili, «non ci sarà nessuna incertezza del diritto», perché «se il Senato, d'intesa con il governo, modificherà il decreto esclusivamente sul punto delle norme processuali, se ne terrà conto nella sua reiterazione».

Secondo Martelli «non devono essere modificate» quelle norme che «irrobustiscono la capacità investigativa della polizia e prolungano i termini delle indagini, sempre per i delitti di mafia, dei pubblici ministeri».

«Mi sembra – sottolinea il ministro riferendosi a queste norme – che incontrino largo favore e non solo dell'opinione pubblica ma anche degli operatori di polizia e giudiziari e di tutti coloro che sono al fronte in questa difficile competizione.»

Sempre secondo il Guardasigilli vanno mantenute «le norme che riguardano chi collabora con la giustizia, i pentiti, indispensabili per spezzare i muri di omertà che difendono la mafia».

Venerdì 10 luglio 1992

*Dall'agenda grigia di Paolo Borsellino*

Roma
Sco, Alto commissariato
Ore 18.30 Ros
Cena Cc

Roma, venerdì 10 luglio 1992

*Confidenze romane*

L'interrogatorio di Leonardo Messina è appena concluso, Borsellino e Canale decidono di andare a cena, da soli. Scelgono una trattoria all'aperto, si siedono. Borsellino ordina «olive e sarde salate per antipasto». E parla, parla tutta la sera. Parla dei suoi figli. Gli è dispiaciuto non incontrare Fiammetta all'aeroporto, spera che si diverta in vacanza. È felice che Lucia abbia deciso di laurearsi in Farmacia. «Ho sempre avuto nelle narici l'odore dei medicinali di un tempo, mio padre li teneva nei contenitori di ceramica poggiati sugli scaffali del retrobottega della farmacia. Chissà come sarebbe stata la mia vita, se avessi fatto quel mestiere.» È orgoglioso di Manfredi, dei suoi studi di Giurisprudenza. «Quando lo guardo mi rivedo ragazzo.» Canale ricorda che Borsellino, quella sera, «era felice».

Scherzando gli confida persino che, se potesse rinascere, vorrebbe fare il portiere di un palazzo. In divisa. «Potrei vendere l'uovo fresco agli inquilini, ritirare la posta, pagare le bollette della luce e del telefono.» E perché? Per potersi permettere tanti, tantissimi rapporti umani, senza dover sempre considerare il rischio di ritrovarsi coinvolto in amicizie imbarazzanti. Non sa, allora, Borsellino, che anche il suo fidato maresciallo Canale, anni dopo, sarà coinvolto in un processo per collusioni con Cosa nostra dal quale uscirà assolto con il dubbio.

Palermo, venerdì 10 luglio 1992

## *La puntata del Maurizio Costanzo Show*

La sera il *Maurizio Costanzo Show* va in onda dal teatro Politeama di Palermo. «Siamo venuti qui – spiega Costanzo – perché ci è sembrato che in questo momento Palermo meritasse una risposta da città civile qual è. Dopo l'omicidio Falcone qualcosa di molto importante è accaduto per Palermo e la Sicilia.»

Costanzo ricorda le manifestazioni delle tante associazioni spontanee sorte dopo la strage di Capaci, molte delle quali sono rappresentate tra il pubblico. La trasmissione si apre con le parole e le note di una canzone di Jovanotti dedicata ai ragazzi di Palermo che sono «pronti per vincere la sfida». Tra gli ospiti, scelti come ha spiegato il conduttore tra la gente «comune», ci sono infatti molti giovani e persino due bambini. Tranne il sindaco, Aldo Rizzo, sul palco non sono presenti politici.

Il primo a intervenire è Giuseppe Costanza, l'autista di Falcone sopravvissuto all'attentato del 23 maggio. Costanza era collaboratore di Falcone fin dal 1984 ed era già stato testimone dell'attentato fallito il 20 giugno 1989 quando fu scoperta una bomba telecomandata davanti alla villa del magistrato all'Addaura. «Il 23 maggio – ha ricordato l'autista – ero andato a prendere il giudice e la moglie all'aeroporto di Punta Raisi.»

Costanza rivive i momenti dell'esplosione sull'autostrada, sostenendo di essersi salvato per caso, solo perché era seduto sul sedile posteriore. Pochi attimi prima dell'esplosione Falcone, che era alla guida, infatti aveva rallentato per consegnare a Costanza un mazzo di chiavi. In quel momento si verificò la deflagrazione che investì la blindata di Falcone nella parte anteriore.

«È per questo – esclama commosso Costanza – che sono vivo.»

Sabato 11 luglio 1992

*Dall'agenda grigia di Paolo Borsellino*

Roma
Sco
Ore 16.30 Salerno con Cavaliero

Salerno, domenica 12 luglio 1992

*Dall'agenda grigia di Paolo Borsellino*

Battesimo di Massimo

Salerno, domenica 12 luglio 1992

## *Cose da scrivere*

«Sono le sei del mattino, quando mi sveglio» ricorda il tenente Carmelo Canale. «Nella camera d'albergo che dividiamo, il procuratore è già al lavoro. Lo vedo scrivere su questa agenda rossa. Gli chiedo: ma che fa? Vuole diventare pentito pure lei? Non starà prendendo nota su cosa abbiamo mangiato ieri sera a cena e chi c'era con noi?» La sera precedente, a cena, erano in quattro: con Borsellino e Canale, c'erano Diego Cavaliero e il sostituto procuratore Alfredo Greco.

«Carmelo – risponde gelido Borsellino – per me è finito il momento di parlare. Sono successi troppi fatti in questi mesi, anch'io ho le mie cose da scrivere. E qua dentro ce n'è anche per lei.»

Palermo, lunedì 13 luglio 1992

## *È arrivato il tritolo*

Procura della repubblica. Nel pomeriggio, un poliziotto della scorta guarda Borsellino in volto, lo vede preoccupato, teso, troppo teso, non può fare a meno di chiedergli: «Dottore, cosa c'è? È successo qualcosa?». Borsellino, come se non potesse trattenersi, gli dice di botto: «Sono turbato, sono preoccupato per voi, perché so che è arrivato il tritolo per me e non voglio coinvolgervi». L'agente sbianca, resta senza parole.

Palermo, lunedì 13 luglio 1992

## *Bersaglio vivente*

Di quei giorni, gli ultimi della vita di Borsellino, la moglie Agnese ricorda la fretta, la frenesia di lavorare, la paura di avere poco tempo, la consapevolezza di essere un bersaglio vivente. «Era turbato. Gli facevo tante domande, e lui non mi rispondeva. E io dicevo: "Ma perché non mi rispondi?". "Non vi voglio esporre" mi ripeteva "e poi: non ho tempo da perdere, devo lavorare, devo lavorare..." Era turbato, sì, tantissimo.» Agnese ricorda quell'angoscia di correre, di correre contro il tempo, per arrivare alla verità prima di essere fermato. Ma quale verità? «Ricordo – racconta Agnese – che Paolo mi ripeteva sempre: è una corsa contro il tempo quella che io faccio. Sto vedendo la mafia in diretta, devo lavorare tanto, devo lavorare tantissimo.»

Palermo, lunedì 13 luglio 1992

## *Confessione in procura*

«Il tritolo è arrivato con un carico di "bionde", l'ha scoperto la finanza ed è arrivato per me, Orlando e un ufficiale dei carabinieri.» È la rivelazione che Borsellino fa in un giorno di giugno a padre Cesare Rattoballi, dirigente dell'Agesci, l'associazione cattolica degli scout, il sacerdote che è diventato suo confidente nelle ultime settimane.

Don Rattoballi è cugino di Rosaria Schifani, è rimasto vicino alla giovane vedova che ha lanciato l'anatema contro i mafiosi, dal pulpito della chiesa di San Domenico, nel giorno dei funerali di Falcone, e delle altre vittime di

Capaci. Conosce Borsellino fin dagli anni settanta, gli si è avvicinato in modo particolare in quelle settimane di fuoco, dopo il «botto» sull'autostrada, imparando a leggerne i silenzi, le inquietudini, a rispettarne gli sforzi per scoprire la verità sull'attacco stragista allo stato.

Anche in quei giorni di luglio, mentre la città si va svuotando per le ferie, don Cesare sente il bisogno di andare a far visita all'amico, senza una ragione precisa, guidato dall'affetto o dall'istinto. Il sacerdote è solo, varca il metal detector del Palazzo di giustizia, s'infila nel vecchio ascensore, sale al secondo piano, scivola silenzioso fino in procura. Bussa alla porta di Borsellino. Lo saluta, gli sorride. Si siede di fronte a lui. Non sa ancora che questo sarà il loro ultimo incontro.

«Quella mattina, non la dimenticherò mai – ricorda il sacerdote – era un giorno di luglio, me ne andai in procura, non ricordo per quale ragione, bussai alla porta di Borsellino, lo salutai, lui mi accolse con un sorriso, ci mettemmo a chiacchierare. Parlammo di tante cose, era sereno, preoccupato solo per il futuro dei suoi ragazzi. A un tratto mi disse: "Io sono come quello che guarda i quadri, chissà se li potrò più vedere". Più tardi, quando fui sul punto di andarmene, mi fermò di colpo e mi chiese: "Aspetta, prima di andare via mi devi confessare". E lì, nel suo ufficio, tra le sue carte, si raccolse e si confessò.»

Rattoballi non era il suo confessore abituale. «Paolo – ricostruisce oggi il parroco – sosteneva che il sacramento della riconciliazione si può ottenere da qualsiasi sacerdote, e quindi non aveva un confessore fisso.» Quella mattina, chiacchierando con don Cesare, l'amico, ma soprattutto il sacerdote, Borsellino coglie al volo l'occasione. Si confessa. Vuole essere purificato. Vuole essere pronto.

Palermo, martedì 14 luglio 1992

### *Al Festino si ricorda Falcone*

La giornata centrale del «Festino» di Palermo che dal 1625 onora santa Rosalia, patrona della città e che da oltre un secolo viene conclusa da uno spettacolo pirotecnico, diventa l'occasione per una grande fiaccolata nel Foro Italico, in ricordo di Giovanni Falcone, di Francesca Morvillo e dei tre agenti di scorta uccisi dalla mafia il 23 maggio.

Alla manifestazione popolare partecipano migliaia di cittadini che sfilano in corteo lungo la passeggiata a mare, mentre alcuni attori su un palco interpretano brani scritti per l'occasione.

Con la fiaccola, i partecipanti ricevono un volantino dell'amministrazione comunale nel quale si legge: «Santa Rosalia è festa ma anche testimonianza. Non possiamo pertanto non tenere conto, anche nel clima del Festino, della situazione di sofferenza che la nostra città vive quest'anno in modo particolare. Sostituiamo lo spettacolo dei giochi pirotecnici con una manifestazione silenziosa che ci raccolga tutti per una comune riflessione con le fiaccole in mano in segno di speranza e di impegno a fare ciascuno la nostra parte».

Il sindaco Aldo Rizzo, presente al Foro Italico, prende la parola tra la folla dei palermitani e proclama: «Palermo è stanca di mafia, di assassini, di stragi, di violenza, di prevaricazione; così come è stanca di miseria, di disoccupazione, di emarginazione. E con una vasta presa di coscienza dimostra sempre più di volere recuperare tutte le energie migliori, per costruire un diverso futuro».

Roma, martedì 14 luglio 1992

*Anche un concerto per Falcone*

Raiuno annuncia che trasmetterà, il 24 luglio, dallo stadio della Favorita di Palermo il concerto-spettacolo «Giù la maschera. In scena contro la mafia» promosso da Cgil, Cisl e Uil. A due mesi dalla strage di Capaci, il concerto servirà a ricordare Giovanni Falcone e il ricavato dell'intera manifestazione contribuirà alla costruzione di una scuola da intitolare a Falcone e alle altre vittime dell'agguato.

I sindacati per l'occasione rivolgono un appello alla gente di spettacolo affinché aderiscano numerosi alla manifestazione. Il programma della serata viene concepito come un intreccio fra più forme di espressione musicale: una «sinfonia» in cinque momenti che alternerà musica classica, leggera, popolare, teatro e gospel.

Palermo, mercoledì 15 luglio 1992

*I pm per il Superdecreto*

I giudici della Procura distrettuale antimafia di Palermo ribadiscono la necessità che venga approvato in tempi brevi, dal Parlamento, il recente decreto anticrimine che prevede fra l'altro nuove misure in favore dei pentiti. «Senza il loro apporto – sostengono i magistrati – è illusorio pensare che si possa combattere efficacemente la mafia.»

Palermo, mercoledì 15 luglio 1992

*Santa Rosalia*

Il Palazzo di giustizia è quasi deserto. È il giorno della festa di santa Rosalia. Borsellino incontra Ingroia che sta andando in ferie. Borsellino è silenziosamente contrariato, vorrebbe che il suo braccio destro resti al suo fianco per proseguire il lavoro. Ma Ingroia ha già prenotato una casa per le vacanze e non può rinviare. Lo rassicura: si tratta comunque di una sola settimana da trascorrere al mare, a San Vito Lo Capo, a pochi chilometri da Palermo. Borsellino, che al mattino mantiene un atteggiamento di «silenzioso rimprovero», il pomeriggio incontra di nuovo il pm.

«Lo vidi sorridere per l'ultima volta – racconta Ingroia – quando gli dissi che sarei rimasto fuori soltanto per il weekend, promettendogli che sarei tornato in ufficio già lunedì.» Borsellino si è rasserenato. Si alza, abbraccia Ingroia, lo saluta. Il pm va via, ancora un po' dispiaciuto di lasciarlo solo in quel palazzo deserto.

Giovedì, 16 luglio 1992

*Dall'agenda grigia di Paolo Borsellino*

Roma
Dia
Ore 13.30 De Gennaro

Milano, giovedì 16 luglio 1992

## *Ancora minacce di morte*

Un confidente dei carabinieri di Milano rivela che si sta preparando un attentato a Di Pietro e a Borsellino.

La fonte è ritenuta altamente attendibile e il raggruppamento Ros di Milano invia un rapporto alla Procura di Milano e uno a quella di Palermo. L'informativa viene inviata per posta ordinaria e arriverà a Palermo dopo la strage di via D'Amelio. In seguito a questa notizia viene pesantemente rafforzata la scorta a Di Pietro e alla sua famiglia, il pm milanese non dorme neppure a casa sua. Il maresciallo Cava del Ros di Milano tenta anche di mettersi in contatto diretto con la procura palermitana ma senza risultato.

Curiosamente la notizia su queste minacce filtra sulla stampa dopo l'attentato di via D'Amelio in modo alquanto strano: viene pubblicata sul «Secolo XIX» del 23 luglio 1992 insieme ad altre due notizie false: un presunto incontro di Falcone e Di Pietro prima della strage di Capaci (incontro subito smentito dallo stesso Di Pietro e dal procuratore di Milano Francesco Saverio Borrelli) e alcune indiscrezioni sulla possibile collaborazione del boss Tanino Fidanzati. Anche questa notizia si rileverà un falso, mentre il rapporto dei Ros verrà confermato.

Roma, giovedì 16 luglio 1992

## *L'ultimo verbale*

Borsellino interroga Gaspare Mutolo.

È l'ultimo interrogatorio, dura parecchie ore. Il pentito

accetta di verbalizzare le accuse su Contrada e Signorino. Ma oggi non si fa in tempo, se ne riparlerà lunedì prossimo. È tardi.

Borsellino chiude il verbale senza neppure una parola, sempre più incupito. Saluta Mutolo, ed è l'ultima volta che lo vede.

Roma, giovedì 16 luglio 1992

*Superdecreto: vertice con Martelli*

Il procuratore di Palermo lo ha definito «una delle più importanti innovazioni legislative dopo l'approvazione del nuovo codice» e tutti i ventisei procuratori distrettuali antimafia hanno invitato il ministro Martelli «a non cedere di fronte a pressioni provenienti da più parti e anche dall'Associazione nazionale magistrati».

Questa è l'accoglienza riservata al decreto legge anticriminalità dai procuratori distrettuali antimafia, che si incontrano con Martelli per discutere ed esaminare il decreto dell'8 giugno. Martelli invita i procuratori a pronunciarsi «su ciò che va mantenuto e su ciò che può essere utilmente modificato». I titolari delle ventisei procure richiedono al ministro di mantenere ferma la struttura portante del decreto limitandosi ad apportare a esso solo modifiche di «chiarificazione o integrazione».

«Ampi consensi», secondo una nota del ministero, arrivano dai procuratori soprattutto in riferimento alle parti del decreto relative al potenziamento dell'attività investigativa della polizia giudiziaria e «a questo riguardo è stato anzi sostenuto che proprio questa parte del decreto sta fornendo positivi risultati dando luogo a importanti casi di dissociazione».

Venerdì 17 luglio 1992

*Dall'agenda grigia di Paolo Borsellino*

Ritorno da Roma alle 15

Palermo, venerdì 17 luglio 1992

*L'addio ai colleghi*

Di ritorno da Punta Raisi, Borsellino fa un salto in procura per mettere i verbali in cassaforte, fare qualche telefonata e salutare i colleghi. Li abbraccia anche, uno per uno. «Loro si meravigliano – racconta Rita Borsellino – perché è una cosa che Paolo non ha mai fatto. Almeno tre o quattro di loro, e tra questi Ignazio De Francisci e Vittorio Teresi, affermano di essere rimasti sconvolti da quell'episodio. Gli chiedono: "Paolo, ma che stai facendo?". E lui, al solito, scherzando: "E perché vi stupite? Non vi posso salutare?"»

Palermo, venerdì 17 luglio 1992

*L'ultima telefonata*

«È l'ultima volta che sento Borsellino al telefono – ricorda Carmelo Canale – è appena rientrato da Roma, dove era andato ad ascoltare Mutolo. All'interrogatorio, in un primo momento, dovevo andare anch'io. Ma dopo avermi avvertito della partenza prevista per mercoledì, Borsellino mi dà il contrordine. Spiega che Giammanco gli ha vietato di portarmi con sé, sostiene che siccome il pentito è gestito dalla Dia, è preferibile che nessun esterno alla struttura diretta dal generale Giuseppe Tavormina partecipi. Va da solo, quindi, però appena rientrato mi chiama. Mi chiede novità sul versante delle indagini su Palma di Montechiaro, mi anticipa come si è svolto il colloquio con Mutolo. Lo sento amareggiato, stanco, affaticato. Vorrei incontrarlo, ma sto per lasciare la Sicilia per due giorni, ho un impegno familiare, gli chiedo di accompagnarmi, potrà riposare dopo mesi di lavoro pesantissimo. Lui dice che non è possibile, ha troppo lavoro arretrato. Mi fa una promessa: lunedì partiamo per il nuovo interrogatorio con il palmese Gioacchino Schembri, in Germania. Al rientro ce ne andiamo per una decina di giorni. La meta l'ha già scelta: l'Asinara. C'è un mare stupendo, producono del formaggio fresco che è la fine del mondo. Le nostre mogli non avranno vetrine da guardare? Pazienza. Si divertiranno lo stesso. Mi saluta: a lunedì. È l'ultima volta che sento la voce di Borsellino.»

Canale sostiene anche che, nel corso di quella telefonata, Borsellino gli avrebbe rivelato che Mutolo ha accusato Bruno Contrada.

Palermo, venerdì 17 luglio 1992

## *«La palla passa a voi»*

Dalla procura, Borsellino torna a casa in auto. A guidare la Croma c'è un carabiniere della Dia.

Il magistrato tira fuori dalla tasca il suo cellulare, compone un primo numero, poi un secondo e parla concitatamente. Il carabiniere che lo ascolta riferisce che «era stravolto». Riesce a captare solo qualche parola: «Adesso noi abbiamo finito, adesso la palla passa a voi». I due cellulari chiamati dal magistrato sono intestati al comune di Nicosia e alla Procura di Firenze.

«Mi pare che poi si accertò – dirà Gioacchino Genchi, consulente informatico delle procure – che uno fosse il dottor Vigna e l'altro il dottor Tinebra, in quanto il cellulare era allora a lui in uso.»

Quel giorno Tinebra si è insediato alla guida della Procura di Caltanissetta, Borsellino, che non fu mai interrogato, voleva essere ascoltato?

Palermo, venerdì 17 luglio 1992

### *Un po' d'aria*

Borsellino arriva in famiglia nel tardo pomeriggio, teso, nervoso. A casa, però, trova spazio per un momento di ottimismo. Dice a Manfredi: «Sento che il cerchio attorno a Riina sta per chiudersi, stavolta lo prendiamo».

Non fa il nome di Mutolo, non può farlo, ma confida a suo figlio che c'è un nuovo pentito, uno che sa tante cose, che ha fatto rivelazioni su uomini d'onore vicini a Riina. Ma c'è di più, anche se quel di più Manfredi lo verrà a sapere solo dopo: il giorno precedente, Mutolo ha promesso di verbalizzare le accuse su Contrada e Signorino. Ecco perché Borsellino è così nervoso. A un tratto propone ad Agnese: «Andiamo a Villagrazia, ho bisogno di un po' d'aria, ma senza scorta, da soli».

Agnese è stupita. «Da soli? Paolo, cosa c'è? È successo qualcosa?»

«Andiamo» ordina.

La moglie lo conosce, lo segue. In macchina, in silenzio, mentre cala la sera, Agnese lo guarda, capisce che è tormentato da mille angosce, mille dubbi. Riesce a fargli ammettere che qualcosa è successo: Mutolo ha parlato, ha detto cose gravissime, ha accusato personaggi al di sopra di ogni sospetto. Paolo è sconvolto, confida ad Agnese che alla fine dell'interrogatorio era così traumatizzato da avere addirittura vomitato. «Stavo malissimo» dice. Anni dopo, Agnese, sentita come teste nel processo Borsellino ter, ricorda: «Mutolo gli aveva annunciato che avrebbe dovuto parlare di Signorino, però mio marito ha detto pure: "Se ne riparla la prossima settimana, perché è tardi e dobbiamo [...] abbiamo chiuso già il verbale, dunque se ne riparlerà lunedì"».

La moglie di Borsellino afferma che Paolo quella sera non fa altri nomi. E lei non insiste con le domande, cogliendo il suo profondo turbamento. «Non gli ho fatto altre domande, sapevo che avrebbe significato ferirlo ancora di più. Capivo che dentro di lui provava un dolore immenso.» Che ha detto di così sconvolgente Mutolo a Borsellino? Ha parlato solo di Contrada e Signorino? Ha parlato d'altro?

Roma, venerdì 17 luglio 1992

## *Tangentopoli fa strage di ladri e di partiti*

L'inchiesta su Tangentopoli colpisce solo «una forma ripugnante della democrazia, altre forme possono esservene». E ancora: «Ci sono politici onesti, che questi sistemi non li hanno mai usati». E infine: «Un'epoca è finita, il vento del 1989 soffia anche in Italia e credo che questa legislatura vedrà i frutti di questa rinnovata coscienza».

Queste sono alcune delle affermazioni fatte dal ministro Martelli, in un confronto con gli operatori dell'informazione organizzato dalla «Lega dei giornalisti», sul tema «L'informazione tra manette e sequestri».

Parlando per due ore, Martelli affronta i temi del rapporto tra diritto di cronaca e diritti personali dei cittadini, del rapporto del guardasigilli con il Csm, dell'inchiesta su Tangentopoli, del meccanismo del finanziamento ai partiti, dell'invasione dello stato da parte dei partiti.

Martelli fa anche cenno alla lettera inviata il giorno prima da ventidue consiglieri del Csm al presidente della Repubblica, in cui si accusa il guardasigilli di «comportamenti oggettivamente suscettibili di interferire sull'operato dei giudici» che indagano sulle tangenti, sottolineando come egli sia tra l'altro « titolare dell'azione disciplinare».

«È un monumento alla dietrologia» ribatte Martelli, aggiungendo di non aver fatto ricorso al suo potere disciplinare poiché, precisa, «allo stato non ho trovato nulla di proceduralmente rilevante».

Il ministro infine parla della crisi dei partiti in Italia. «Questo sistema politico è sopravvissuto a se stesso come capita nei casi di accanimento terapeutico, i risultati si vedono: è indispensabile sul fronte politico un radicale rinnovamento, sul fronte giudiziario che non vi siano interferenze, sul fronte dei magistrati e degli avvocati che siano rispettate le procedure e i presidi a tutela delle libertà personali.»

Palermo, venerdì 17 luglio 1992

*Il Comitato dei lenzuoli ricorda Falcone*

Il Comitato dei lenzuoli ricorderà Falcone e le altre vittime di Capaci confezionando i grandi teli bianchi con le scritte antimafia su tavolini allestiti all'aperto, in tre punti centrali della città, per coinvolgere il maggior numero di cittadini. Lo annuncia lo stesso Comitato che invita i palermitani a esporre su balconi e finestre tanti lenzuoli con gli slogan contro la mafia, in occasione del 23 luglio, a due mesi dall'uccisione dei giudici Falcone e Morvillo e dei tre agenti della scorta.

Firenze, venerdì 17 luglio 1992

*Sull'autostrada del Sole*

Di mattina alle 9 circa, un furgoncino Ford Transit grigio chiaro, con targa d'importazione provvisoria tedesca, condotto da un cinquantenne brizzolato dall'accento palermitano, si ferma a fare rifornimento presso l'area di servizio Reggello, sull'autostrada del Sole, all'altezza dell'uscita di Valdarno. L'uomo fa il pieno pagando trentacinquemila lire. Nell'attesa scambia due chiacchiere con l'addetto al carburante, gli dice che in Germania la benzina costa meno e che in Italia la situazione politica è critica. E conclude: «Quello che è successo a Falcone è niente, deve succedere qualcosa di più grosso tra qualche giorno...».

Il giorno successivo alla strage, il 20 luglio, il benzinaio ricorda le parole di quell'uomo e informa una pattuglia della stradale fermatasi a fare benzina. Con un fonogramma, vengono diramate le ricerche in tutta Italia, «con particolare raccomandazione ai porti dei traghetti in partenza da e per la Sicilia». Ma ormai è troppo tardi.

Palermo, sabato 18 luglio 1992

## *Pomeriggio di babbìo*

Nel pomeriggio Borsellino va in via D'Amelio, a casa della sorella Rita, a trovare la madre, per assisterla durante la visita del cardiologo Pietro Di Pasquale, che aveva promesso un consulto domiciliare. Rita non è in casa, ma c'è sua figlia Marta, che fa compagnia alla nonna. Paolo Borsellino è rilassato, insolitamente scherzoso, in un periodo così cupo. È seduto nella stanza da pranzo con la madre e con Marta quando arriva una telefonata. È Rita, che chiama da fuori.

Risponde Marta:

– Sai mamma? C'è qui lo zio Paolo. Lo zio Paolo che ha il babbìo [che ha voglia di scherzare, *N.d.A.*]
– Ah sì? Passamelo!
– Pronto, Rita?
– Paolo, ciao. È venuto il dottore? Che ha detto?
– No, Di Pasquale non è venuto. Gli si è rotta la macchina.
– Ah, e ora?
– Non ti preoccupare. Ho parlato con lui. E abbiamo deciso così: domani, dopo pranzo, vengo a prendere la mamma e la accompagno a casa sua. Pietro ci aspetta.
– La visita a casa sua?
– Sì, sì, me lo ha proposto lui stesso.
– Ma... Paolo, io domani non ci sono. Devo andare a Trabia con tutta la famiglia.
– Non c'è problema, Rita, vengo a prenderla io la mamma, la porto con me.

Palermo, sabato 18 luglio 1992

### *Un incontro in hotel*

Prima di rincasare Borsellino si ferma all'hotel Astoria Palace, in via Montepellegrino. Lì incontra David Monti, il pm di Aosta in vacanza in città che gli ha telefonato per incontrarlo e salutarlo. Monti è il magistrato che condurrà a metà degli anni novanta l'inchiesta Phoney Money, su un giro di miliardi riciclati nel quale sono coinvolti faccendieri italiani in rapporti molto stretti con i servizi segreti americani.

Palermo, sabato 18 luglio 1992

### *Baci al portiere*

Tornando a casa, quella sera, Borsellino saluta il suo portiere, don Ciccio, lo abbraccia e lo bacia. Anche in questo caso sono effusioni insolite, atipiche, mai manifestate prima. Il portinaio del palazzone di via Cilea le riferirà, commosso, ai familiari del giudice, nei giorni successivi alla strage.

Palermo, domenica 19 luglio 1992

### *Un'insolita telefonata*

Nell'ultima giornata della sua vita, Borsellino è già in piedi, dalle 5. A quell'ora, infatti, è arrivata la telefonata di Fiammetta dalla Thailandia.

Dopo avere parlato con la figlia, il giudice si rintana nel suo studio, deve rispondere a una lettera. È indirizzata a una professoressa di Padova, che tre mesi prima lo ha invitato a un incontro con gli studenti del suo liceo. Quell'invito non è mai arrivato a Borsellino, e la docente protesta: essere un giudice famoso e stracarico di lavoro, non deve far dimenticare le buone maniere. C'è anche un questionario, con dieci domande: Come e perché è diventato giudice? Cosa sono la Dia e la Dna? Quali le differenze tra mafia, camorra, 'ndrangheta e sacra corona unita? Quali i rapporti tra la mafia italiana e statunitense? Borsellino, con una pazienza davvero infinita, risponde con una lunga lettera alla professoressa risentita, una lettera che oggi sembra quasi un testamento spirituale.

Alle 7, squilla nuovamente il telefono. A quell'ora, è una chiamata insolita. Agnese si preoccupa, si alza dal letto, raggiunge lo studio, ascolta. La conversazione dura pochi minuti. Agnese sente Paolo replicare infuriato: «No, la partita è aperta». Poi il rumore della cornetta sbattuta sul telefono.

«Che succede?»

Borsellino alza gli occhi, si accorge di averla svegliata, ma è troppo arrabbiato persino per scusarsi: «Lo sai chi era? Quel... Era Giammanco».

Poi, congestionato per la rabbia, le racconta che il procuratore l'ha chiamato dicendogli che per tutta la notte non ha chiuso occhio, al pensiero di quella delega sulle indagini di mafia a Palermo, al pensiero delle polemiche sugli interrogatori di Mutolo. I tempi sono maturi, gli annuncia Giammanco, perché finalmente questa delega gli venga conferita. Il capo la firmerà domani mattina, in ufficio, e gliela consegnerà prima della sua partenza per la Germania. Sì, ma perché lo chiama di domenica? A quell'ora?

«Ma perché tanta fretta?» chiede Agnese.

Quella delega la aspetta da mesi. Eppure Borsellino, piuttosto che contento è turbato, arrabbiato. Passeggia, si agita, fa su e giù per il corridoio di casa.

Riferisce alla moglie: «Lo sai che mi ha detto? Così la partita è chiusa».

«La partita? E tu?»

Borsellino alza ancora la voce: «E io? Non l'hai sentito? Gli ho urlato: la partita è aperta». Altro che chiusa, sono comportamenti di cui Giammanco dovrà rendere conto al momento e nella sede più opportuna, spiega Borsellino alla moglie. Poi si accorge che nello studio è arrivata pure Lucia.

«Oh Lucia, pure tu ti sei svegliata? Mi dispiace... Senti, gioia, vuoi venire con noi a Villagrazia? Magari riuscirò a vederti un po' abbronzata.»

Borsellino ora sorride, programma all'istante la giornata: subito a Villagrazia a prendere il sole, poi insieme a Lucia a prendere la nonna per portarla dal cardiologo, infine ritorno a casa: la ragazza a studiare, lui a lavorare.

Ma Lucia è irremovibile. «Non posso, mi dispiace, lo sai che domani ho un esame.»

Neanche Manfredi, quella domenica, accetta di accompagnare papà al mare, nel villino estivo, in un orario così mattiniero. «La sera prima – ricorda il ragazzo – avevo fatto tardi, volevo prendermela comoda, così gli dissi: vai avanti, papà, poi ti raggiungo.»

Né Lucia né Manfredi lo accompagnano. Borsellino è un po' seccato, ma non cambia i suoi programmi. Agnese esce di casa per prima, quella mattina, si avvia a Villagrazia con un cugino, il marito la raggiungerà verso le 10. Quando più tardi anche Manfredi arriva a Villagrazia, sono già le 11, e il ragazzo trova davanti al villino gli agenti della scorta.

Lo informano: «Suo padre è uscito in barca, con l'amico Vincenzo Barone, è andato a fare un bagno al largo.»

Dopo il bagno, con il motoscafo i due amici vanno a Marina Longa, si intrufolano in un condominio privato in cui si entra dal mare. Lì c'è un ristorante dove Agnese è andata a comprare del pesce, con un'amica. Il giudice spera di incontrarla per tornare in barca, insieme a lei. Ma non la vede. La moglie, infatti, è appena rincasata a piedi. Quando torna a casa, Borsellino si affretta verso il villino di Pippo e Mirella Tricoli, vecchi amici di famiglia, per pranzare con loro.

Palermo, domenica 19 luglio 1992

*L'ultimo pranzo*

C'è un vassoio di panelle e crocchette, il pesce, i dolci. Il pranzo è disteso, sereno. Eppure Pippo Tricoli, testimonierà che quel giorno, senza farsi sentire dai familiari, Borsellino, preoccupatissimo, gli confida i suoi timori: «È arrivato il tritolo per me». È l'ultimo segnale d'allarme lanciato da un uomo ormai consapevole di essere rimasto solo. All'improvviso squilla il cellulare: è Antonio Manganelli, dirigente del Servizio centrale operativo della polizia. Gli comunica i dettagli sulla partenza per la Germania, e Borsellino subito tira fuori l'agenda rossa, per annotare gli spostamenti previsti. Quando il pranzo si conclude Borsellino si sposta davanti alla tv per seguire la sua antica passione, il ciclismo. Quel giorno c'è un'altra tappa del Tour de France. Poi saluta gli amici, per un piccolo riposo pomeridiano.

«Vado a dormire un po'» dice, e torna al suo villino, da solo. Si distende sul letto, ma non chiude occhio. Agnese troverà sul comodino il posacenere pieno di cicche di sigarette. Ne ha fumate cinque in poco più di un'ora.

Palermo, domenica 19 luglio 1992

*«Ciao a tutti»*

Quando Borsellino torna in giardino, Lacoste azzurra, jeans, mocassini leggeri Tod's, regalo di Lucia, sono le 16.30. Ha con sé la borsa portadocumenti dove ha lasciato scivolare le sue carte, l'inseparabile pacchetto di Dunhill, il costume bianco, ancora un poco umido. E dove ha riposto la sua agenda rossa, fresca degli ultimi appunti della giornata.

Passa dal villino degli amici, affianco al suo, saluta tutti, abbraccia e bacia Pippo Tricoli, con uno slancio inusuale, che lascia stupito l'amico, poi Manfredi e Vincenzo Barone lo accompagnano allo slargo davanti al cancello, dove sostano le auto blindate.

«Ciao a tutti» si congeda. «Vado a prendere mia madre, devo portarla dal dottore.» Apre lo sportello posteriore destro della Croma blindata, e lì posa la sua borsa. Un ultimo saluto. L'auto parte sgommando verso l'autostrada che conduce a Palermo. Comincia il viaggio, l'ultimo viaggio di Paolo Borsellino.

# Attentato a Palermo

> Faceva caldo quel giorno, le porte che danno su via D'Amelio erano aperte, io stavo vedendo il Tour de France [...], istintivamente, ho guardato l'orologio e mi ricordo che erano le 5 meno 5, meno 7, meno 8, così. Saranno passati tre, quattro minuti, due, non lo so, e ho visto un lampo e poi ho udito un boato terrificante, un boato che mi è sembrato un'eternità, che non finiva mai, tanto che in quel momento ho pensato che un aereo avesse perso quota e fosse precipitato sul palazzo [...]. Poi ho visto entrare del fumo. Mi sono affacciato e ho visto [...] c'erano solamente corpi straziati, bruciati, macchine che bruciavano. Sono rimasto là impressionato, scioccato, impietrito, non ho avuto [...] in quel momento paura fisica di qualche cosa; ero pieno di angoscia, di rabbia [...] poi mi sono risvegliato [...] per fermare mia madre. Lei si voleva affacciare e cercavo di trattenerla per evitarle di vedere quello scempio.
>
> *Antonino Amato, condomino di via D'Amelio 21*

Domenica, 19 luglio 1992. Ore 17.16

## *I primi flash dell'Ansa*

Un attentato dinamitardo è avvenuto a Palermo, in via Autonomia Siciliana nei pressi della Fiera del Mediterraneo. Sono rimaste coinvolte numerose automobili. Sono molti i feriti. Sul luogo dell'esplosione, avvertita fino ad alcuni chilometri di distanza, sono confluite velocemente tutte le pattuglie volanti di polizia e carabinieri. Vengono richieste autoambulanze da tutti gli ospedali. Secondo le prime indicazioni della polizia, sembra che sia rimasto coinvolto nell'attentato un magistrato.

Sul luogo dell'attentato le autoambulanze hanno raccolto decine di feriti per trasportarli negli ospedali della Villa Sofia, del Cervello e del Civico. Tra i feriti vi è anche un agente della polizia di stato che si pensa sia un agente di scorta. Uno dei primi soccorritori ha segnalato di aver trovato per terra una mano. Gli elicotteri di polizia e carabinieri stanno sorvolando l'intera zona. Sul luogo dell'esplosione giacciono a terra i corpi di quattro persone morte.

Domenica, 19 luglio 1992. Ore 17.47

*Ferito il giudice Borsellino*

Secondo le prime notizie fornite dalla polizia, nell'attentato di Palermo sarebbe rimasto ferito il giudice Paolo Borsellino.

Nella violenta esplosione di un'automobile imbottita di tritolo, sarebbero rimaste coinvolte infatti l'autovettura del magistrato e le due blindate della scorta.

Domenica, 19 luglio 1992. Ore 17.58

*Un attentato contro Paolo Borsellino*

L'attentato al giudice Paolo Borsellino e alla sua scorta è avvenuto in via Mariano D'Amelio. L'esplosione è stata violenta e oltre all'auto del giudice Borsellino, sono rimaste coinvolte le due auto della scorta e un'altra decina di autovetture posteggiate lungo la strada.

Il manto stradale è stato sconvolto per una lunghezza di duecento metri. L'edificio vicino al quale è avvenuta la deflagrazione dell'autobomba è rimasto danneggiato: muri lesionati, alcune parti crollate, infissi di balconi e finestre divelti fino al quinto piano.

L'autobomba, una Fiat 600 imbottita presumibilmente di tritolo, era stata parcheggiata davanti al civico 21 di via D'Amelio, dove abitano la madre e la sorella del giudice Borsellino. Nella deflagrazione l'autobomba si è disintegrata e alcuni rottami, dopo un volo di oltre cinquanta metri, sono andati a finire in un giardino dietro un muretto.

Domenica, 19 luglio 1992. Ore 18.14

## *Ucciso Borsellino*

Il giudice Paolo Borsellino è rimasto ucciso nell'attentato. Il suo corpo, completamente carbonizzato con il braccio destro troncato di netto, si trova nel cortile del palazzo dove abitano la madre e la sorella. Non è stato ancora riconosciuto ufficialmente, ma alcuni suoi colleghi, fra i primi ad accorrere sul luogo dell'attentato, hanno asserito che è «certamente» lui.

Fra le vittime c'è anche una donna, un'agente di polizia che faceva parte della scorta del magistrato. Il suo corpo è stato trovato nel giardino di un appartamento al pianterreno dell'edificio. L'esplosione dell'autobomba ha provocato danni visibili all'edificio fino all'undicesimo piano. Due coniugi, Mauro e Donata Bartolotta, che abitano al pianterreno dell'edificio davanti al quale è avvenuta la strage, hanno reso questa testimonianza: «C'è stato un boato terrificante che ci ha sbattuti a terra; sembrava un fortissimo terremoto; non ci siamo resi conto di quello che era accaduto se non subito dopo quando siamo fuggiti da casa. Ci siamo salvati perché in quel momento eravamo in cucina, nella parte retrostante dell'appartamento. Abbiamo visto persone che in preda al panico si lanciavano dalle finestre del primo e secondo piano. Sulla strada c'erano molte automobili in fiamme, c'era un fumo denso, molta confusione, grida, feriti e morti». Oltre al giudice Borsellino, nella strage sarebbero rimaste uccise altre cinque persone. La notizia è stata data sul luogo dell'attentato da un capitano dei vigili urbani in servizio nella zona per regolare il traffico. Secondo le prime indiscrezioni, i feriti sarebbero quattordici civili, alcuni dei quali in gravi condizioni, e un agente.

Domenica, 19 luglio 1992. Ore 19.08

*I ministri a Palermo*

Il ministro degli Interni, Nicola Mancino, e il ministro di Grazia e Giustizia, Claudio Martelli, sono attesi in serata a Palermo. Il figlio del giudice Borsellino, Manfredi, vent'anni, è stato notato aggirarsi sul luogo della strage, tenendosi a distanza, nel timore di dovere apprendere la terribile notizia. Lo ha visto Carmelo Conti, ex presidente della corte d'Appello, che lo ha stretto al petto senza però profferire parola. Nessuno ancora gli ha detto la verità. In via Mariano D'Amelio è anche giunto il suocero di Borsellino, Angelo Piraino Leto, magistrato in pensione che a Palermo è stato presidente della corte d'Appello. Lo accompagna, sorreggendolo affettuosamente, il giudice Salvatore Scaduto. L'anziano magistrato cammina lentamente fra le carcasse carbonizzate delle automobili coinvolte nell'esplosione sussurrando: «Voglio andare da Paolo, voglio vedere Paolo, portatemi da Paolo». La moglie di Borsellino è nella sua casa di via Cilea, in preda a malore. Continua a chiedere a coloro che le stanno vicino notizie di Paolo, ma nessuno finora ha avuto la forza di dirle la verità.

Domenica, 19 luglio 1992. Ore 19.21

*Le vittime della strage*

Nella strage, oltre al giudice Paolo Borsellino, sono rimasti uccisi cinque agenti della scorta. Sono: Emanuela Loi, Agostino Catalano, Walter Cusina, Claudio Traina e Vincenzo Limuli. I feriti sono quindici, uno dei quali è l'agente di polizia Antonio Vullo.

Domenica, 19 luglio 1992. Ore 19.58

*Riecco la Falange armata*

Con due telefonate alle redazioni Ansa di Torino e Roma, una persona che ha detto di parlare a nome della Falange armata, ha rivendicato la strage di Palermo. L'uomo ha parlato senza la minima inflessione e ha lasciato un codice di riconoscimento numerico. Ha dichiarato che la Falange armata «rivendica la responsabilità politica e la paternità morale di quanto accaduto in via Autonomia Siciliana a Palermo, dov'è stato ucciso il giudice Paolo Borsellino».

Domenica, 19 luglio 1992. Ore 20.05

*I feriti della strage*

I feriti ricoverati nell'ospedale della Villa Sofia sono finora diciotto. Gran parte di loro sono inquilini dello stabile dal quale Borsellino stava entrando, compreso un agente della scorta del magistrato.

Questo l'elenco: Maria Teresa Lo Balbo, 43 anni; Antonia Greco, 79; Francesca Nacci, 85; Giuseppe Camarda, 34; Elvira Fenech, 27; Gianluca Puleo, 15; Claudio Bellanca, 44; Antonina Mercanti, 51; Filippo Mercanti, 79; Rosalia Mercanti, 83; Gioacchina Garbo, 59; Maria Moscuzza, 62; Salvatore Augello, 38; Marco Ruggeri, 23; Giuseppe Moscuzza, 38; Ivan Trevis, 18; Maria Rosa Cataldo, 65; e l'agente di polizia Antonio Vullo, 32 anni. In molti casi i referti individuali ipotizzano prognosi varianti fra i cinque e gli otto giorni, mentre in altri non c'è alcun parere clinico sul decorso.

* * *

Domenica, 19 luglio 1992. Sera

*I sigilli in procura*

Vengono apposti i sigilli alla stanza del procuratore aggiunto Paolo Borsellino, al secondo piano del Palazzo di giustizia di Palermo. Viene sigillata anche la cassaforte dove, secondo i familiari, il magistrato teneva tutte le sue carte di lavoro, soprattutto quelle riservate, coerentemente con la sua volontà di proteggere il più possibile la moglie e i figli.

Nei giorni successivi, su disposizione della magistratura, la cassaforte verrà aperta per valutarne il contenuto. «Non si trovò nulla di importante» ricorda Agnese Piraino Leto. «L'eliminazione di Paolo è stata congegnata proprio come un delitto perfetto.»

# Appendice

# Dal processo Borsellino ter

Si procede all'esame della teste Agnese Piraino Leto, vedova Borsellino.

Pm Palma: – Vuole ricostruire gli ultimi movimenti di suo marito nella giornata del 19 luglio del 1992?

Piraino: – Si è alzato molto presto la mattina, lui era molto mattiniero, e... ha ricevuto una strana telefonata alle 7.00 del mattino. Il procuratore [Giammanco, *N.d.A.*] l'aveva chiamato perché la notte non aveva potuto dormire pensando che la mattina doveva dare la delega per interessarsi lui dei processi di mafia riguardante Palermo. La telefonata l'ha turbato moltissimo, non ne era proprio entusiasta. Il procuratore ha detto: «Così la partita è chiusa»; lui ha ripetuto: «La partita è aperta». E ha cominciato a passeggiare su e giù per il corridoio...

Pm Palma: – Per chiarire alla corte il significato di questa telefonata, ci vuole spiegare che significa mafia di Palermo? Il dottore Borsellino era procuratore aggiunto da febbraio.

Piraino: – Ecco, mio marito è... da febbraio si trovava a Palermo, era stato trasferito a Palermo... era venuto in città, ma era convinto di non essere bene accetto e il procuratore non era entusiasta della sua presenza presso la procura. Lui ne era consapevole però pensava: «Mi scavo la mia nicchia e vi lavorerò anche in mezzo a mille difficoltà» e quando si è istituita la Dna, il procuratore ha dato la delega a lui per i processi di mafia di Trapani e di Agrigento, però assolutamente non voleva che si occupasse della mafia di Palermo.

Pm Palma: – Quindi suo marito lavorava sulla mafia di Agrigento e di Trapani.

Piraino: – Sì. Però mi diceva: «Ho la situazione esatta di quello che accade a Palermo tramite i processi che io faccio, che istruisco, e di Trapani e di Agrigento. Però sono delegittimato», perché il procuratore non aveva dato questa delega a lui per trattare i processi di Palermo. La domenica mattina, alle 7.00, lui non era mai solito telefonare a quell'ora, non c'erano rapporti...

Pm Palma: – Era capitato altre volte che?...

Piraino: – No, no, mai. Ha telefonato dicendo così e... bene. Avevamo in programma di andare a Villagrazia a fare una passeggiata e l'ho visto turbatissimo, ma non ha cambiato i suoi programmi; io sono andata avanti con un suo cugino e lui mi ha seguita in un secondo momento, alle 10.00 è arrivato a Villagrazia. Ha fatto la sua solita passeggiatina a mare, siamo stati a pranzo e durante la mattinata io non sono stata con lui, l'ho rivisto a pranzo da amici nostri vicino casa e ha ricevuto una telefonata di Manganelli che gli diceva che doveva partire per la Germania e ha tirato fuori l'agenda rossa, dove lui annotava tutti i suoi spostamenti, tutti i suoi incontri eccetera e poi, subito dopo pranzo, è andato a riposare, anche se, vi dirò, quando io ho chiuso la casa, ho visto che c'erano tante cicche nel portacenere accanto al letto, comunque penso che avrà riposato, anche se un po' agitatamente [...] e poi è andato subito via alle 16.00 e io poi l'ho seguito, sono andata a Palermo subito dopo perché lui aveva fretta perché doveva andare dalla mamma e poi dovevano andare a messa e poi doveva ritornare a casa perché doveva lavorare.

Pm Palma: – Allora, per ricostruire la giornata del 19: suo marito, dopo avere ricevuto quella telefonata, le risulta che si sia messo in qualche modo in contatto con la mamma per spiegarle il da farsi della giornata?

Piraino: – Mio marito il sabato precedente aveva detto alla sua mamma che, poiché il medico era stato nell'impossibilità di visitarla, la visita si sarebbe rimandata al pomeriggio della domenica. Io non so se mio marito abbia telefonato alla mamma la mattina, però so per certo che mia suocera ha telefonato alla figlia dicendo: «Paolo di pomeriggio verrà a tale ora a prendermi per portarmi dal medico».

Pm Palma: – Questa telefonata che sua suocera ha fatto alla figlia, intanto vuole dirci il nome della figlia?

Piraino: – Adele.

Pm Palma: – Da dove l'ha fatta? Dove stava?

Piraino: – La mamma?

Pm Palma: – Sì.

Piraino: – Da casa sua.

Pm Palma: – E casa sua dov'era?

Piraino: – In via D'Amelio.

Pm Palma: – In via D'Amelio 19, dove poi c'è stato l'attentato?

Piraino: – Sì, sì, precisamente.

Pm Palma: – È certo quindi che la signora Lepanto ha effettuato una telefonata alla figlia nella giornata della domenica?

Piraino: – Sì, precisamente.

Pm Palma: – Questa circostanza quando si è verificata? Nella mattinata o nel pomeriggio?

Piraino: – Nella mattinata.

Pm Palma: – Ma i rapporti fra suo marito e la mamma che rapporti erano? Era un figlio affettuoso o era una persona che si disinteressava della madre?

Piraino: – Mio marito aveva un'adorazione per la mamma e per le sorelle, per tutta la famiglia, fra l'altro c'erano rapporti quasi paternalistici, di protezione e mio marito pensava a tutto per quella famiglia, poi in modo particolare per la mamma. Qualsiasi ristrettezza, qualsiasi impedimento l'avrebbe superato sempre quando la mamma aveva bisogno di qualche cosa. Perché... oltre per un fatto affettivo, aveva questo dovere di proteggerla, di assisterla e... infatti credo che il punto più vulnerabile era proprio questo dove abitava la mamma.

Pm Palma: – Perché ci dice così?

Piraino: – Perché i suoi spostamenti erano limitatissimi e sempre gli stessi: il Palazzo di giustizia e la chiesa di fronte a casa nostra e la mamma, dove lui andava sia per vederla sia per prestare quell'assistenza che era necessaria allorquando lei non stava bene eccetera.

Pm Palma: – La mamma stava sempre in via D'Amelio o abitava anche da qualche altra sorella?

Piraino: – Da parecchi mesi stava in via D'Amelio, prima stava da un'altra figlia.

Pm Palma: – L'altra figlia è Adele, di cui lei ha parlato?

Piraino: – Adele, sì.

Pm Palma: – Il dottore Borsellino andava quindi a trovare la mamma sia in via D'Amelio sia nell'altra?

Piraino: – Nell'altra abitazione.

Pm Palma: – Nell'altro immobile, quello dove abitava la sorella?

Piraino: – Sì, certamente. E tutte le domeniche andava dalla mamma a trovarla, sempre.

[...]

Pm Palma: – Il dottore Borsellino era a Palermo da pochi mesi?

Piraino: – Sì, da sei mesi.

Pm Palma: – Durante questi sei mesi che tipo di misure di protezione erano state approntate nei suoi confronti?

Piraino: – Io posso dire quello che ho visto. Prima che morisse Giovanni Falcone non c'era posto fisso sotto casa, aveva la sua macchina blindata e spesso la guidava da solo lui, non aveva neanche la tutela, dopo che è morto Giovanni Falcone, dopo due settimane, hanno messo il posto fisso sotto casa e poi, sempre, quando aveva bisogno, chiamava gli uomini della scorta, sono quattro, non aveva neanche la tutela e con una macchina non blindata lo seguivano. Da quel che mi risulta, più di tanto non c'è stato. Devo dire ancora che l'unica cosa che mi è stata riferita, e credo che sia sotto gli occhi di tutti, è dieci giorni prima che mio marito morisse, il capo della polizia è arrivato a Palermo, ha fatto un giro in procura e si è accorto che alle spalle di mio marito c'era un vetro normale e allora lui si è lamentato come mai nessuno si fosse accorto che c'era questo vetro, enorme ma un vetro normale, e allora subito ha fatto mettere il vetro blindato nella stanza di mio marito, c'era la scrivania con la poltrona che dava le spalle a questo vetro, dunque era anche quello un punto vulnerabile. E poi, che io sappia, gli addetti ai lavori, il Comitato di sicurezza non lo so che cosa abbiano deciso, questo sarà scritto nei verbali, sotto i miei occhi non ho visto niente di particolare, insomma non si sono prese delle precauzioni e dei provvedimenti che potessero ostacolare il preannunziato progetto criminale. A me non risulta nient'altro, ecco. Soltanto ricordo che mio marito era più sicuro o si sentiva più sicuro quando era fuori la città di Palermo che quando si trovava in città. Era molto preoccupato per la sua incolumità e la nostra. Ed era anche disposto a sottoporsi a qualsiasi sacrificio pur di salvarsi, pur di salvare gli uomini della sua scorta, pur di salvare la nostra famiglia.

Pm Palma: – Perché, c'era stato qualche altro episodio per il quale si era provveduto in maniera diversa sulla sicurezza di suo marito?

Piraino: – Ecco, vorrei adesso ricordarmi: noi dieci anni fa siamo stati in pericolo e, non so, mi raccontano che c'era stata un'intercettazione telefonica eccetera, e avevano percepito che eravamo in pericolo di vita e nel giro di ventiquattr'ore, sono stati veramente eccezionali, ci hanno presi e ci hanno portati via all'Asinara, e ciò ha consentito di potere vivere con mio marito per altri otto anni. Oggi non posso dire che si siano presi dei provvedimenti drastici e tempestivi perché altrimenti non mi troverei in quest'aula di giustizia.

Pm Palma: – Quell'occasione quando si è verificata? In concomitanza con quale attività istruttoria che stava svolgendo suo marito?

Piraino: – Il maxiprocesso, il primo maxiprocesso.

Pm Palma: – E in particolare cosa stava redigendo suo marito?

Piraino: – Mio marito stava scrivendo assieme a Giovanni Falcone la sentenza del primo maxiprocesso.

Pm Palma: – Cioè la richiesta di rinvio a giudizio, l'ordinanza di rinvio a giudizio?

Piraino: – Sì. Ci sono state delle minacce e subito ci hanno protetti e ci hanno mandati via; però adesso mio marito, in questi sei mesi che era a Palermo aveva ricevuto tante minacce, forse la più brutta quella che poi dirò che gli è stata nascosta dal procuratore. Poi ne parleremo.

Pm Palma: – Sì. Ma questa preoccupazione di suo marito...

Piraino: – Però era sotto gli occhi di tutti che il secondo birillo che doveva crollare era mio marito. Era una sensazione diffusa, anche ai non addetti ai lavori, io mi ricordo che la domenica anche persone sconosciute a me o semplici conoscenti ci venivano a fare quasi le condoglianze prima ancora che mio marito morisse.

[...]

Pm Palma: – Ma suo marito dopo la strage di Capaci si sentiva maggiormente esposto e le aveva esternato questa preoccupazione?

Piraino: – Sì, era preoccupatissimo, era preoccupatissimo e mi diceva: «Sino a quando ci sarà Giovanni vivo mi farà da scudo». Giovanni è morto ed era sì, molto, molto preoccupato. Mi diceva: «Faccio una corsa contro il tempo, devo lavorare, devo lavorare tantissimo e se mi fanno arrivare... Io ho capito tutto della morte di Giovanni». Però il suo cruccio era quello che non l'avevano mai interrogato sulla morte... sulla strage di Capaci. E diceva sempre: «Dirò tutto quello che so nel posto competente», cioè a Caltanissetta, però sono passati tre mesi dopo la morte di Giovanni ma nessuno mai...

Pm Palma: – Cinquanta giorni.

Piraino: – Cinquanta giorni, ma nessuno mai l'ha chiamato, mai ascoltato da nessuno e credo che ne fosse legittimato.

Pm Palma: – Aveva rapporti con la Procura di Caltanissetta in ogni caso? Anche rapporti informali.

Piraino: – Aveva rapporti con i suoi colleghi, ma non lo so, ecco, se intensi o meno, non saprei. Aveva esternato tante volte il desiderio di farsi ascoltare ma nessuno mai l'aveva chiamato ed era un cruccio il suo.

Pm Palma: – Poi su questo torneremo anche perché ci sono, tra l'altro, nel tabulato di suo marito, delle telefonate proprio effettuate alla Procura di Caltanissetta che dimostrano che esistevano dei rapporti fra le due procure. Lei ha detto che la preoccupazione di suo marito dopo la morte di Falcone era sicuramente aumentata, notevolmente aumentata. Questo livello di preoccupazione pochi giorni prima che suo marito fosse ucciso le è sembrato ancor più aumentato? Cioè le è sembrato suo marito diverso, ancora più preoccupato?

Piraino: – Certo, era...

Pm Palma: – Lei gli viveva accanto quindi avrà notato...

Piraino: – Era preoccupato, era preoccupato sì, senz'altro. Si sentiva solo. Sarà perché non si sentiva protetto e...

Pm Palma: – Io parlo proprio dell'ultima settimana...

Piraino: – Nell'ultima settimana, sì.

Pm Palma: – Se le è sembrato più preoccupato e se questa preoccupazione l'ha manifestata con qualche comportamento? Cioè con lei per esempio ha parlato?

Piraino: – No. Facevo tante domande e lui non mi rispondeva e io dicevo: «Ma perché non mi rispondi?». «Non vi voglio esporre» mi ripeteva; e poi: «Non ho tempo da perdere, devo lavorare, devo lavorare». Era turbato, sì, tantissimo, però...

Pm Palma: – Questo atteggiamento, questo comportamento era solito del dottore Borsellino o prima, invece, le raccontava quello che lui faceva o quantomeno le dava dei flash su quelle che erano le indagini?

Piraino: – Fatterelli di carattere umano più che altro, poi riguardanti i processi che... e tutto quanto, insomma, sapranno tantissimo i sostituti, il procuratore che hanno lavorato con lui. Mi parlava poco del suo lavoro. Mi ha raccontato una cosa che l'ha turbato moltissimo, e forse è stata l'unica volta che ha litigato con il procuratore. Quando siamo stati a Bari e siamo ritornati da Bari, abbiamo sostato nella stanzetta vip dell'aeroporto di Punta Raisi, ci ha avvicinati il ministro Andò, c'era con noi anche la dottoressa Liliana Ferraro; a un certo momento mi allontanano da mio marito perché il ministro Andò doveva parlare con lui e resto a parlare con la dottoressa Liliana Ferraro, dovevamo prendere l'ultimo aereo, il ministro Andò dice a mio marito: «So che è arrivata una lettera bruttissima di minacce contro di lei, di morte, oltre che un rapporto del Ros dei carabinieri. E c'è anche una minaccia per me. Però per lei che cosa hanno fatto? Ci sono state delle indagini, che cosa avete fatto?», allora mio marito si stravolge perché... mio marito questo me l'ha raccontato perché non hanno voluto che io assistessi a questa conversazione, ma ero a due passi da lui, l'ho visto completamente stravolto. Dice: «Guardi, il procuratore... questa lettera è arrivata a lui, ma il procuratore non mi ha assolutamente informato di questa lettera dove si diceva che mi stavano... che mi stanno uccidendo e cose varie». E la mattina del lunedì mio marito va dal procuratore e si ribella da morire, indignatissimo perché una cosa che così personalmente lo riguardava, di una certa gravità, era stato tenuto completamente al buio di tutto. Lui ha farfugliato qualche cosa, non so come si è difeso, ma mio marito mi racconta, perché è ritornato a casa con la voce un po' rauca perché forse aveva anche urlato e mi ha raccontato questo che io sto dicendo...

Pm Palma: – Ma ha avuto modo di guardarla questa informativa? Ha avuto modo poi di esaminarla? Esisteva questa informativa?

Piraino: – Sì, sì, sì.

Pm Palma: – Ne avete parlato poi?

Piraino: – No, non abbiamo detto niente; io ho chiesto come si è difeso il procuratore e lui mi ha detto: ha farfugliato qualche cosa.

[...]

Presidente: – Può collocare nel tempo questo incontro all'aeroporto di Punta Raisi?

Piraino: – Sì, è stato [...] l'ultima settimana di giugno [...].

Pm Palma: – Presidente, credo che sia un errore; è stato a Fiumicino, credo di avere capito.

[...]

Pm Palma: – [...] Un ragazzo della scorta ci ha riferito che il dottor Borsellino il lunedì 13 luglio, nel pomeriggio, nel corso di un dialogo provocato dal ragazzo, perché l'aveva visto particolarmente turbato, ha ricevuto questa risposta: «Sono turbato, sono preoccupato per voi, perché so che è arrivato il tritolo per me e non voglio coinvolgervi». Questa frase dell'arrivo del tritolo per lui le dice qualcosa? Ne avete parlato?

Piraino: – No, no.

Pm Palma: – Qualcuno le ha riferito di qualcosa con riferimento a esplosivo: «È già arrivato», «È da utilizzare per la strage di via D'Amelio»?

Piraino: – Era una voce che circolava in giro, ma io non posso...

Pm Palma: – Non ve ne ha parlato?

Piraino: – No, no, non me ne ha parlato.

Pm Palma: – Né ai suoi figli né a lei?

Piraino: – No, no, non ne ha parlato. Si sapeva in giro una cosa del genere, che era arrivato il tritolo per lui; l'avevo sentito dire e l'avevano scritto pure sui giornali, però non potevo averne una certezza io, ecco; non so se ne aveva certezza mio marito o gli addetti ai lavori...

Pm Palma: – La situazione psicologica di suo marito lo portava, nonostante la preoccupazione, a parlare con collaboratori fidati? Ne aveva suo marito collaboratori fidati?

Lei è a conoscenza di episodi raccontati dal dottor Borsellino a queste persone? Se esistevano.

Piraino: – Mio marito intanto non si fidava assolutamente del suo capo; ne aveva rispetto in quanto era il procuratore della Repubblica, ma non lo stimava, non aveva fiducia in lui, ma il suo referente era, perché era il suo capo e dunque doveva riferire tutto, come andava l'evoluzione del processo eccetera.

Pm Palma: – È evidente quindi che tutto quanto faceva parte del lavoro di suo marito veniva riferito per dovere di ufficio, perché il nostro è un ufficio gerarchico, al suo procuratore?

Piraino: – Sì, precisamente.

Pm Palma: – Al di là di questo, il dottor Borsellino aveva dei collaboratori fidati ai quali confidava l'esito delle indagini, quello che andava facendo?

Piraino: – I suoi sostituti che lavoravano insieme a lui.

[...]

Pm Palma: – Lei poco fa ha parlato di una famosa agenda rossa, vorremmo capire perché le attribuisce questo aggettivo.

Piraino: – Dico famosa perché era un'agenda che lui non lasciava mai, portava sempre con sé e segnava tutto: incontri, impegni di lavoro; però quest'agenda non si trova. Era con lui... io l'ho vista, perché a pranzo l'aveva nelle mani e aveva segnato nell'agenda i prossimi appuntamenti che avrebbe dovuto avere nella settimana successiva, però...

Pm Palma: – Non è stata più trovata?

Piraino: – Non è stata più trovata.

PmPalma: – Lei è certa che Borsellino quando è andato via da Villagrazia avesse portato con sé quest'agenda?

Piraino: – Sì, perché lui metteva le sue cose nella borsa

e non la lasciava mai, la portava sempre con sé, tanto che io, scherzosamente, dicevo: «Guarda, mi sembri Giovanni Falcone», che ovunque andava portava con sé la borsa con le sue cosine, e lui da un po' di tempo faceva la stessa cosa, camminava sempre con questa borsetta dietro, dove portava questa famosa agenda rossa che era l'agenda che gli avevano regalato i carabinieri.

Pm Palma: – Era un'agenda dell'Arma dei carabinieri?

Piraino: – Dell'Arma dei carabinieri, sì. Non la lasciava mai, era sempre con sé.

Pm Palma: – Ma la borsa le è stata restituita?

Piraino: – Sì.

Pm Palma: – È stata trovata integra la borsa?

Piraino: – Sì, accartocciata, però era integro tutto ciò che era dentro la borsa; un po' affumicato però c'era di tutto, o meglio, quelle poche cose che lui aveva: l'agenda con i suoi numeri telefonici, le sigarette; è l'agenda rossa che non ho visto.

Pm Palma: – In questa agenda rossa annotava quindi tutti i suoi spostamenti, spostamenti quelli già previsti o anche quelli imprevisti che potevano capitare, così, giornalmente?

Piraino: – Tutto segnava; tutto. Tutto quello che lui aveva fatto, che avrebbe dovuto fare...

[...]

Pm Palma: – Il dottor Borsellino diceva che bisogna lavorare muovendosi sempre con le regole che ci dà il codice? È così?

Piraino: – Sì, benissimo, sì.

Pm Palma: – E in quest'ottica gestiva anche i collaboratori di giustizia?

Piraino: – Sì.

Pm Palma: – Lei sa, se ne è a conoscenza, se la collaborazione di questi soggetti fosse spesso o a volte subordinata alla possibilità di parlare unicamente con il dottor Borsellino?

Piraino: – Anche. Ho sentito dire che qualcuno aveva molta fiducia in lui; mio marito sapeva diffondere attorno a sé tanto amore e tanta bontà, e siccome non considerava queste persone delle belve, lui pensava che alla fin fine nel cuore di tutti gli uomini c'è sempre qualcosa di buono che può emergere da un minuto all'altro, dunque li considerava degli uomini come era uomo lui. Aveva una carica, dunque, di umanità e di cristianità eccezionale, particolare, e dunque io penso che erano ben disposti a parlare con lui intanto perché offriva a loro questa immensa carica di umanità e poi, non lo so, avevano tanta fiducia verso di lui; infatti voglio ricordare un episodio: mentre eravamo sempre a Bari, arriva una telefonata di un magistrato, adesso non dico il nome perché non sono sicura se è quello che ricordo io, il quale aveva saputo, non era comunque un magistrato di Palermo, che Mutolo gradiva parlare con mio marito. Aveva deciso di collaborare, però aveva deciso di collaborare e gradiva collaborare con mio marito. Paolo era contentissimo, però ha detto pure: «Io non posso andarlo a trovare; mi deve dare autorizzazione il mio capo, e allora ascolterò lui e sarò felicissimo di andarlo a trovare». Ebbene, quando l'ha saputo, il procuratore non è stato assolutamente entusiasta della scelta di Mutolo, e allora ha detto: «Ma non è il pentito che deve scegliere il magistrato; sono io che devo dire chi deve andare ad ascoltarlo». Strano, perché doveva essere contento il capo che nasceva un nuovo prestigioso collaboratore della giustizia che manifestava fiducia verso uno dei suoi magistrati, invece si è manifestato addirittura infastidito il suo capo, e allora poi, in un secondo momento ha detto a mio marito... o meglio, ha detto ai suoi magistrati: «Affianchiamo il giudice Borsellino a voi», e così sono partiti in tre, in due, non so, in quattro, non saprei con precisione, per andare a sentire Mutolo.

[...]

Pm Palma: – Con riferimento alla collaborazione di Mutolo, le risulta che il Mutolo abbia fatto delle confidenze a suo marito e che poi queste confidenze dovessero essere verbalizzate, cioè non ci fu il tempo di verbalizzarle?

Piraino: – No, che io sappia no, no. Mio marito aveva chiuso l'interrogatorio; lui voleva continuare ancora a parlare, mi raccontano, perché non me l'ha detto neanche mio marito, e allora mio marito ha detto: «Lunedì, quando ritorneremo, ne riparleremo», abbiamo chiuso il verbale e basta. Però non so più di tanto perché non mi è stato raccontato niente.

Pm Palma: – Ricorda quando suo marito ha presentato il libro di Arlacchi nel maggio del 1992?

Piraino: – Sì.

Pm: – Ricorda se ci fu qualche episodio particolare e come suo marito, se ci fu quest'episodio, interpretò l'episodio stesso?

Piraino: – Non si è sentito nemmeno gratificato, ecco...

Pm Palma: – Il libro di Arlacchi fu presentato a Palermo o in altra sede?

Piraino: – A Roma.

Pm Palma: – Chi era presente alla presentazione del libro?

Piraino: – Il ministro Scotti.

Pm Palma – E fu in quell'occasione, lo ricordo perché è un fatto notorio, che il ministro Scotti lo indicò come il prossimo procuratore nazionale antimafia.

Piraino: – Sì. E mi è sembrato scorretto perché mio

marito non era stato informato prima di questa volontà del governo di mandarlo a tutti i costi lì, anche perché intanto non si erano riaperti i termini per mettere a concorso, ecco, la Superprocura e dunque non si erano riaperti i termini per le domande eccetera. Dunque è stato scorretto anche da questo punto di vista [...] poi perché non era stato informato prima di questa volontà di mandarlo alla Superprocura; aveva scritto una lettera l'indomani al ministro, dicendo che assolutamente non gradiva questa proposta che era stata fatta e nei termini in cui era stata fatta, anche il luogo e tutto in una maniera così plateale; oltretutto di certo non c'era proprio niente, e poteva rendere pubblica questa lettera che mio marito aveva indirizzato a lui; lettera che non è stata mai pubblicata. Comunque è ritornato a casa che era turbatissimo; malgrado io sono estranea a tutto, non sono addetta ai lavori, mi ero turbata anch'io quando ho sentito alla televisione che avevano detto, dandolo per certo, che mio marito andava alla Superprocura. Non ci siamo inorgogliti, assolutamente niente; credo che era il momento e la sede sbagliata per additarlo...

Pm Palma: – Quindi è una forma di sovraesposizione, se ancora ce ne fosse stato bisogno.

Piraino: – Senza dubbio, ecco. È stato capito così da chiunque, in modo particolare da noi, ecco, una sovraesposizione.

Pm Palma: – Perché? Ecco, vorrei agganciarmi a quest'altra cosa che riguarda proprio il patrimonio che ognuno di noi ha sulla capacità di suo marito. Procuratore nazionale antimafia significa persona che conosce profondamente l'ambiente mafioso. Suo marito, e questo lo facciamo conoscere, ma già tutti lo sappiamo, era a conoscenza della mafia, della composizione della mafia, degli uomini della mafia, del modo di ragionare della mafia da diversi anni? Se ne occupava già da diversi anni?

Piraino: – Da sempre. Aveva una memoria anomala; era un contenitore di tante notizie [...]. Dunque, io sono convinta che è andata via una memoria storica con mio marito, perché riteneva nella sua mente vari collegamenti, parentele, nomi. Spesso noi non ci ricordiamo neanche quali sono stati i nostri antenati, come si sono chiamati eccetera, ma lui era un dono di natura comunque; aveva questa memoria che gli permetteva di ricordare tutti i parenti, tutti gli amici delle varie famiglie eccetera, e questo lo sapevano tutti.

[...]

Avv.ssa Di Mauro: – Sarebbe in grado di ricostruire i movimenti di sabato sera di suo marito?

Piraino: – Guardi, mio marito... si è ripetuto tante volte: è andato in casa di mia suocera sabato pomeriggio. Poi è ritornato a casa; poi è andato a trovare un amico all'hotel Excelsior, era fuori programma, perché aveva ricevuto, non so, una telefonata di un amico suo che si trovava all'Excelsior, lo voleva incontrare un collega e così è stata un'uscita fuori programma; è andato un minuto all'Excelsior, è ritornato a casa e basta, insomma. La mattina è stato in ufficio, come al solito, fino alle 14.00, e niente più di tanto.

Avv.ssa Di Mauro: – Questa telefonata che ha ricevuto, l'ha ricevuta nel pomeriggio da questo amico? Per andare all'Excelsior.

Piraino: – Guardi, nel pomeriggio mio marito era in casa di sua madre; poi è ritornato a casa mia e un minuto prima di scendere, mi raccontano, perché io non ero a casa, ha ricevuto questa telefonata... ma è una cosa così, casuale, perché il collega doveva partire prima, non si doveva fermare in città, si era fermato quella sera per caso perché la nave, che doveva portarlo non so dove, partiva la domenica e allora è stata un'uscita fuori programma, così...

Avv.ssa Di Mauro: – È sicura che fosse l'Excelsior o fosse l'Astoria?

Piraino: – No, no, no. All'Excelsior era alloggiato questo collega che doveva andare via e si trovava con la moglie; aveva rimandato all'ultimo momento all'indomani il viaggio in Sardegna, non saprei dove, e allora aveva un istante libero e... voleva forse venire a casa, allora mio marito ha detto: «Esco un istante e ti vengo a trovare».

Avv.ssa Di Mauro: – Quindi non sapeva se avesse un appuntamento poi all'Astoria?

Piraino: – All'Astoria? No, no, assolutamente niente, no, no.

Pm Palma: – Non era all'Excelsior, era all'Astoria.

Piraino: – Non era all'Excelsior, era all'Astoria, ma insomma non... io fra l'altro non c'ero, ecco, a casa, dunque...

[...]

Presidente: – Il vostro telefono di casa, che lei ne sappia, ha mai avuto disturbi telefonici di qualsiasi genere?

Piraino: – Sempre.

Presidente: – No, per disturbi telefonici mi riferisco ad abbassamenti di tono o altri fatti di questo genere?

Piraino: – Sì... non lo so, l'unica cosa che ricordo è che si guastava in continuazione. Si guastava sempre il telefono di casa, soprattutto a fine settimana; sabato e la domenica spesso era guasto il telefono, o per le feste, così; poi non ricordo nient'altro.

[...]

Pm Petralia: – [...] Circa la ricostruzione, nei limiti del possibile, degli spostamenti e degli impegni di suo marito nelle ultime settimane, a lei risulta che comunque Paolo appuntasse su qualche agenda questi suoi spostamenti e gli impegni, le visite che faceva? Tenga conto che a noi è stata consegnata una parte di un'agenda del dottor Borsellino, fotocopiata, che contiene le annotazioni relative però soltanto all'ultima settimana o comunque a un lasso di tempo relativamente breve. Le volevo chiedere se lei è in possesso di tutto il documento originale che potrebbe eventualmente mettere a disposizione della corte, esibendolo per consentire una ricostruzione più ampia, ovviamente nei limiti della possibilità di certificazione che può dare questo documento che viene direttamente da suo marito.

Piraino: – Io non possiedo niente; ho un'altra agenda, ecco, dove c'è scritto qualcosa: le sue spesucce, ciò che lui aveva già fatto, ecco; posso darle...

Pm Petralia: – Non annotava, per esempio, le visite alla mamma o le visite alla sorella in questa agenda?

Piraino: – Sì, sì, anche.

Pm Petralia: – E lei ce l'ha con sé quest'agenda?

Piraino: – Sì, ce l'ho con me, sì.

[...]

Pm Petralia: – Però sino a ora, poco fa quando è stata sentita dalla mia collega, lei ha parlato di un'agenda che non è stata riconsegnata. E quella era la...

Piraino: – L'agenda rossa che manca, sì, sì.

Pm Petralia: – Questa che copertina aveva? Di che colore? Quella di cui lei è in possesso.

Piraino: – Quella piccolina la teneva a casa e non se la portava mai con sé; portava con sé l'agenda rossa e l'agenda dove c'erano i numeri telefonici, che avete visto voi, che è stata restituita; e poi quest'agendina piccola che stava a casa dove lui annotava le sue spesucce, i suoi piccoli movimenti, quante volte era partito... ecco, queste cose qua, e basta.

Pm Petralia: – Quindi quest'agenda non era con suo marito al momento dell'attentato.

Piraino: – No, no.

Pm Petralia: – Era a casa; non è uno degli oggetti che le sono stati restituiti.

Piraino: – Era a casa, sì, sì. Mi è stato restituito tutto; non ho visto soltanto l'agenda rossa.

[...]

Pm Petralia: – Io volevo approfondire qualcuno degli argomenti che sono emersi poco fa nelle sue risposte. Lei ha detto che Paolo Borsellino era un magistrato che comunque lavorava e tirava avanti ed era determinato a giungere ai risultati che si prefiggeva pur muovendosi tra mille difficoltà e impedimenti. Le volevo chiedere di rendere più esplicita questa seconda parte della frase. Quali erano queste difficoltà e questi impedimenti? Se lei ne è a conoscenza.

Piraino: – Io non sono a conoscenza di fatti specifici, soltanto che quando intuivo qualche cosa, mio marito mi diceva sempre: «Io non posso litigare con il capo perché perdo tempo e passiamo la vita a far polemiche». Poi, è sotto gli occhi di tutti, quando, dopo la morte di mio marito mi pare, ci sono stati un gruppo di magistrati che sono andati a protestare e hanno detto: «O se ne va lei o ce ne andiamo noi»; un motivo ci sarà stato, insomma, perché...

Pm Petralia: – Quindi quando lei parla di queste difficoltà e impedimenti, erano comunque fatti inerenti proprio alla vita interna dell'ufficio?

Piraino: – Certo, certo. Mio marito si sentiva solo...

Pm Petralia: – In particolare ai rapporti con qualcuno?

Piraino: – Si sentiva solo, poi... mi dicono, non so sino a che punto sarà vero e documentabile, che prima ancora che mio marito facesse la domanda per venire a Palermo, non c'era un entusiasmo da parte del capo, non era affatto contento che mio marito ritornasse a Palermo; strano anche questo.

Pm Petralia: – Questo glielo riferiva espressamente anche suo marito?

Piraino: – Sì, lo avevo capito, mi era stato anche riferito... Possibilmente mi dicono pure che avrà messo pure qualche ostacolo, però, insomma, non ho certezze e dunque non... senza certezze non posso dire nulla. Comunque molta ma molta ostilità. Mio marito lavorava da solo, e dunque era l'obiettivo da eliminare evidentemente. Si accollava tutte le responsabilità lui, e insomma...

Pm Petralia: – Proprio all'inizio della sua deposizione ha detto che il fatto che non gli fosse stato consentito formalmente, ufficialmente di occuparsi del fenomeno mafioso di Palermo, lo faceva sentire delegittimato. La volevo pregare di spiegare meglio questo concetto; cioè in che modo Paolo Borsellino era delegittimato e se questa delegittimazione era anche fonte, a suo modo di vedere, di una maggiore esposizione?

Piraino: – Non credo che si preoccupasse il capo di non sovraesporlo e non... ecco, questo è sotto gli occhi di tutti. Credo proprio che non si sia mai interessato della sua incolumità e dunque non credo proprio che... gli evitava di lavorare sui processi di mafia di Palermo per non sovraesporlo; assolutamente no.

Pm Petralia: – E quindi, se vogliamo dare proprio un contenuto esplicito, perché è giusto che lo si dia anche nella sede in cui ci troviamo: alle ragioni che a lei risultano, per esserle state riferite da suo marito o comunque per averle avvertite in quei giorni, quali erano le ragioni per cui c'era questa ostilità ad assegnare a Paolo Borsellino i processi riguardanti la mafia di Palermo? Paolo gliel'ha mai detto questo?

Piraino: – Guardi, io non sono addetta ai lavori e dunque saranno più chiari... perché io non posso qui, in un'aula di giustizia, parlare per intuito, per sensazione, perché sarebbe troppo riduttivo... dunque è giusto che si chieda ai magistrati che lavoravano affianco a lui, perché loro sanno tutto, ecco. Io non so nulla, perché proprio per non mettermi in pericolo, proprio per non turbarmi maggiormente, mio marito non mi diceva niente; anche se io facevo qualche osservazione negativa, mio marito mi diceva: «Non voglio sapere niente, io devo continuare a lavorare, anche se c'è qualcosa che non va; anche se mi fanno degli ostacoli, ma io devo continuare a lavorare». Ma quali siano questi ostacoli non lo so; posso raccontare il fatto di Mutolo che lo sanno tutti e che non voleva assolutame... mi ricordo che strombazzavano alla televisione che mio marito stava per partire o stava partendo... mentre mio marito si trovava a pranzo con me a casa, facendo capire che era già all'aeroporto che stava prendendo l'aereo per andare in America, sempre accompagnato dai suoi angeli custodi, sia qualcuno che lo seguiva della polizia, sia... angeli custodi, ai magistrati io mi riferisco, doveva andare in America a sentire Buscetta. «Sta partendo, sta partendo», non è mai partito, non l'hanno fatto mai partire per andare ad ascoltare Buscetta. Però anche per motivi di sicurezza, ironicamente parlando, due, tre volte, ogni giorno la televisione diceva: «Il giudice Borsellino sta partendo alle ore...» eccetera, parte per andare in America, niente vero, anche se lo fosse stato, insomma... non era prudente, sempre per la sua incolumità.

Pm Petralia: – Ha detto che però ricevette questa telefonata proprio alle 7.00 di mattina di domenica 19 luglio...

Piraino: – Sì, della domenica 19 luglio.

Pm Petralia: – ...con cui gli veniva preannunciato che

gli sarebbero stati assegnati i processi di Palermo. Lei ha avuto modo poi di vedere, dopo i fatti del 19 luglio, dei fascicoli su cui c'era materialmente un'assegnazione a Paolo Borsellino?

Piraino: – Non ho visto niente; niente completamente perché mio marito teneva tutto in ufficio; a casa non aveva nulla, non stava a casa, e dunque a casa non ha lasciato né processi né... niente; i suoi libri e basta e i suoi effetti personali...

[...]

Pm Petralia: – A proposito di Mutolo, lei aveva avuto notizia o comunque ne ha avuto notizia da altri, non necessariamente quindi da suo marito, e quindi in seguito, evidentemente, di alcune dichiarazioni di Mutolo di particolare interesse che avevano non dico turbato ma comunque che rappresentavano delle acquisizioni di una certa importanza e di cui era stato destinatario quindi suo marito che aveva ricevuto in prima battuta queste dichiarazioni? Dichiarazioni di Mutolo intendo dire riferentisi a personaggi, come citò lei stessa nella sua deposizione di poco fa, non propriamente mafiosi, ma personaggi delle istituzioni.

Piraino: – Guardi, l'unica cosa che so è questa, anche perché me l'hanno riferita altri: oltre che mio marito era turbato perché quando cambiava la qualità dell'imputato, lui che era un uomo molto semplice e molto onesto, mai e poi mai avrebbe potuto immaginare che un collega fosse in contiguità con Cosa nostra eccetera. Mutolo gli aveva detto che avrebbe dovuto parlare di Signorino, però mio marito ha detto pure: «Se ne parla la prossima settimana perché è tardi e dobbiamo... abbiamo chiuso già il verbale, dunque se ne riparlerà lunedì».

[...]

Pm Petralia: – Volevo chiederle ancora una cosa per quanto riguarda le misure di protezione adottate e soprattutto l'atmosfera che regnava in relazione ai problemi di sicurezza nelle ultime settimane.

Piraino: – Adesso voglio ricordare qualcosa: quando mio marito è venuto a Palermo non aveva nessun posto fisso; questo posto fisso, come si chiama, è stato messo due settimane dopo la morte di Giovanni. Lui si guidava la sua macchina, da solo, non aveva neanche la tutela all'inizio; poi, dopo gli hanno messo una macchina, dopo la morte di Giovanni, una macchina con quattro uomini. Premetto che a mio marito a questo tipo di protezione non credeva e diceva sempre: «Quando decideranno di uccidermi i primi a morire saranno questi uomini», e infatti quando poteva, cercava di scappare di nascosto; non li voleva, perché non credeva a questo tipo di protezione e all'efficienza di questo tipo di protezione. Ancor più mi ricordo che diceva sempre: «Io non chiedo niente; ognuno deve fare il suo dovere»; nel suo campo: «Non sono io che mi devo tutelare la vita, che mi devo proteggere, ma sono gli altri che ci devono pensare». Non posso dire nient'altro perché di particolare, in quei sei mesi nonché in quegli ultimi due mesi non ho visto nulla; può darsi che ci sarà stato qualcosa di particolare, ma io non ho visto nulla sotto i miei occhi; qualcosa di diverso rispetto al passato non c'era.

Pm Petralia: – Era proprio questo quello che le volevo domandare...

Piraino: – Ecco, io non so che cosa abbiano discusso nei vari comitati di sicurezza, che credo che si saranno riuniti, però non so quali argomenti abbiano toccato riguardanti mio marito e quali provvedimenti abbiano preso perché non li conosco, non sono stati sotto i miei occhi.

Pm Petralia: – Comunque a lei non risulta che suo marito avesse espressamente formulato delle osservazioni o delle richieste in relazione ai profili di protezione?

Piraino: – No, no, mio marito non ha mai chiesto nulla, assolutamente niente; soltanto che vedevo, per esempio, che era protetta la casa nostra davanti, di dietro no, e poi... niente... dove stava la madre era un punto vulnerabile; il percorso era sempre lo stesso per andare al Palazzo di giustizia, per andare a Punta Raisi a prendere l'aereo. Insomma, questa era la vita che faceva mio marito, niente più di tanto. Ho visto che quando mio marito era fuori, c'erano cani anti... che fiutavano le... antiesplosivo, elicotteri, televisione a circuito chiuso, bonifiche...

Pm Petralia: – Questo intende dire quando non era a Palermo.

Piraino: – Quando era fuori, sì.

Pm Petralia: – Cioè in sedi diverse da Palermo succedeva tutto questo?

Piraino: – In sede diverse da Palermo, sia quando andava all'estero; c'erano delle protezioni. Questo quello che ho visto io, perché non so poi a Roma che tipo di protezione avesse, ma comunque era sempre tranquillo quando lui stava fuori, sia che si trovava a Roma, sia che si trovava altrove, anche se non aveva tutta questa platealità, ecco; centomila elicotteri, centomila agenti eccetera. Lui si sentiva sicuro fuori da Palermo; in città no.

Esaurito l'esame, la teste viene licenziata.

# La strage dimenticata

Dov'è finita l'agenda rossa di Paolo Borsellino? Le indagini, ancora oggi, non hanno dato risposta a questo interrogativo. Eppure sulla scena del crimine si precipitano i migliori investigatori italiani supportati, come accade per Capaci, da agenti del Fbi.

Tra i rottami, il giorno dopo l'esplosione in via D'Amelio, alle ore 13, un agente di polizia trova il blocco motore di un'utilitaria che sembra non appartenere a nessuna delle vetture coinvolte nell'esplosione: è, dunque, quello dell'autobomba. Un batuffolo di cotone imbevuto di acetone e impugnato dal consulente della Procura di Caltanissetta Paolo Egidi consente di scoprire il numero di serie e il tipo di auto, avviando così l'indagine che in poche settimane conduce all'arresto dei presunti ladri, di chi ha commissionato loro il furto, il picciotto della Guadagna Vincenzo Scarantino, del garagista che ha ospitato l'auto imbottita di tritolo, Giuseppe Orofino, del tecnico dei telefoni che avrebbe messo sotto controllo l'apparecchio di casa Borsellino, Pietro Scotto, e dell'uomo d'onore incaricato di gestire questa fase dell'operazione, Salvatore Profeta. Scarantino, si pente, e tra confessioni e ritrattazioni, apre la strada a tre processi, due dei quali ormai conclusi con sentenze passate in giudicato.

Ma oltre alla sparizione dell'agenda rossa, le indagini

hanno lasciato numerosi «buchi neri», anche per le strane reticenze dei pentiti. A cominciare proprio dal blocco motore, il cui ritrovamento nell'inferno di via D'Amelio è stato messo in dubbio dal collegio di difesa, che in aula ha prodotto le immagini della strage, girate il pomeriggio del 19 luglio dai Vigili del fuoco. In quei fotogrammi proiettati in aula a Caltanissetta, il blocco motore non si vede. La sentenza della corte d'Assise d'Appello riterrà il particolare «ininfluente», i difensori stanno valutando se chiedere la revisione del processo.

Della strage di Capaci gli esecutori materiali, poi divenuti collaboratori di giustizia, hanno raccontato persino a quale velocità avessero simulato l'attentato nelle prove dei giorni precedenti. Di via D'Amelio i pentiti non sanno nulla o quasi nulla: nessuno ha saputo riferire dov'era appostato e, soprattutto, da chi era composto il commando che ha azionato il telecomando di morte. La provenienza dell'esplosivo è un altro mistero: si sa solo che dentro il cofano di una 126 erano stipati novanta chili di plastico, probabilmente il micidiale Semptex-H, di fabbricazione cecoslovacca, orribilmente affidabile e tristemente presente nella lunga storia dello stragismo italiano.

«Il Semptex-H fu esportato in vari paesi in grosse quantità fino al 1981 – scrivono i consulenti del pm – e dopo tale anno in quantità ridotte solo nei paesi membri del Patto di Varsavia e dal 1989 le esportazioni legali furono sospese».

Che sia Semptex i consulenti non sono certi: è certo, però, che dentro quel cofano c'erano sia T4 che Pentrite. La circostanza non è meno inquietante: «La stragrande maggioranza degli esplosivi che contengono T4 o Pentrite sono del tipo plastico – scrivono i consulenti – nessun esplosivo plastico viene fabbricato in Italia ove il suo impiego, in campo civile, è estremamente raro. L'impiego militare è limitato a reparti speciali delle Forze armate nazionali e annovera esplosivi plastici di fabbricazione statunitense, svedese, inglese, austriaca».

Quell'esplosivo, insomma, di cui nessuno dei collaboratori conosce l'origine (i pm ipotizzano un canale pugliese sulla base di una frase del pentito Gaetano Costa) non è certo arrivato da una cava di pietra della provincia palermitana, ma probabilmente dalle centrali di addestramento dell'eversione, quegli ambienti paraterroristici e paramilitari, abituati a maneggiare bombe, e sempre tragicamente attivi, purtroppo, nella storia della fragile democrazia italiana.

Il primo processo, dunque, non ha vita facile: le condanne all'ergastolo di Pietro Scotto e Giuseppe Orofino vengono infatti cancellate dalla corte d'Assise d'Appello che non crede alle accuse di Scarantino, assolvendo i due imputati dalla strage e condannando il solo Orofino a nove anni di carcere.

Gli altri due dibattimenti servono, invece, a inchiodare la mafia militare. Nel processo Borsellino bis nei confronti dei presunti mandanti e di un gruppo di altri presunti esecutori materiali, i giudici infliggono tredici ergastoli ai componenti della commissione mafiosa Totò Riina, Pietro Aglieri, Carlo Greco, Giuseppe Graviano e Salvatore Biondino; e ai componenti del commando mafioso Cosimo Vernengo, Natale Gambino, Giuseppe La Mattina, Lorenzo Tinnirello, Gaetano Scotto (fratello di Pietro), Gaetano Murana e Giuseppe detto «Franco» Urso.

Nel Borsellino ter i giudici della VI sezione della Cassazione condannano all'ergastolo altri boss della Cupola: Pippo Calò, Raffaele Ganci, Filippo Graviano, Michelangelo La Barbera e altri esecutori materiali: Salvatore

Biondo, Cristoforo Cannella, Domenico Ganci e Salvatore Biondo (omonimo del primo).

Alcuni dei presunti mandanti escono di scena: sono stati definitivamente assolti Salvatore Montalto, Mariano Agate, Benedetto Spera e Giuseppe Madonia. Assolti anche Stefano Ganci e Francesco Madonia. Assolti in appello, sono stati riprocessati e condannati alla massima pena, su rinvio della Suprema corte, Giuseppe Farinella, Nitto Santapaola, e Salvatore Buscemi, diventato nel frattempo collaboratore di giustizia, Antonino Giuffrè è stato condannato a vent'anni.

Sulla strage di via D'Amelio, quindici anni dopo, c'è ancora aperto un fascicolo alla procura di Caltanissetta: riguarda i cosiddetti «mandanti occulti»: sono indagati alcuni presunti mafiosi catanesi in un filone di indagini che ricostruisce la provenienza del telecomando di morte.

Le sentenze, anche quelle che la Cassazione ha reso definitive, lasciano però in sospeso numerosi interrogativi: chi ha voluto, davvero, le stragi in Italia? E perché?

Perché nessun pentito ha mai rivelato i nomi dei killer del commando appostato in via D'Amelio? Perché i collaboratori hanno preferito girare al largo dalla strage, in un caso (Salvatore Cancemi) tacendo per ben tre anni la propria partecipazione? Chi sono quegli infiltrati della polizia nella mafia di cui parla la moglie del pentito Santino Di Matteo in una conversazione con il marito intercettata dalla Dia? Perché uno dei membri del commando, Gaetano Scotto, titolare di una piccola impresa edile, ha telefonato, nel febbraio 1992, a un'utenza del Cerisdi, il centro di formazione per manager che sorge sul monte Pellegrino e che avrebbe ospitato, fino a pochi giorni dopo l'attentato in via D'Amelio, una base del Sisde? E perché, infine, dopo Capaci, Cosa nostra decide una brusca accelerazione del suo programma stragista, sostituendo il nome della vittima successiva che avrebbe dovuto essere il deputato Calogero Mannino, con quello di Paolo Borsellino?

Ma, su tutte, resta senza risposta la domanda più banale: perché Paolo Borsellino non fu protetto, con l'istituzione di una semplice, ma efficace, zona rimozione in via D'Amelio? Qui i giudici del processo bis si spingono ai confini del sospetto scrivendo nella motivazione della sentenza: «Le carenze e le apparenti ingenuità che hanno sicuramente viziato il sistema di protezione del dottor Borsellino hanno inspiegabilmente reso meno difficoltoso il compito degli esecutori materiali della strage».

Perché «apparenti ingenuità»? I giudici non si accontentano di colpire le lentezze di una burocrazia della sicurezza buona solo a maneggiare timbri e visti. Per loro, le ingenuità dello stato qui superano ogni limite consentito e diventano, per questo, «apparenti». Con impietoso rigore, annotano nella motivazione: «Ancora bruciano nelle coscienze degli uomini onesti le dichiarazioni degli agenti di scorta che hanno segnalato come zona pericolosa per l'esecuzione di un attentato, proprio quella dell'abitazione della madre del dottor Borsellino e la mancata predisposizione di una banale misura quale quella dell'istituzione di una zona rimozione».

Ecco perché, sicuramente, le pagine più importanti dell'eccidio del 19 luglio 1992 devono ancora essere scritte.

«Il processo sulla strage di via D'Amelio non apporta tutte le verità che ci si aspettava. Questo processo concerne esclusivamente gli esecutori materiali, coloro che hanno attivamente lavorato per schiacciare il bottone del telecomando. Ma questo stesso processo è impregnato di riferimenti, allusioni, elementi concreti che rimandano altrove, ad altri centri di interessi a coloro che in linguaggio non giuridico si chiamano i "mandanti occulti", categoria rilevante non solo sotto il profilo giuridico ma anche sotto quello politico e morale. E quindi qui finisce il processo agli esecutori della strage di via D'Amelio ma non certamente la storia di questa strage annunciata che deve essere ancora in parte scritta.»

*Conclusione della sentenza del Borsellino bis della corte d'Assise d'Appello di Caltanissetta*

«...risulta quantomeno provato che la morte di Paolo Borsellino non era stata voluta solo per finalità di vendetta e di cautela preventiva, bensì per esercitare – cumulando i suoi effetti con quelli degli altri delitti eccellenti – una forte pressione sulla compagine governativa che aveva attuato una linea politica di contrasto alla mafia più intensa che in passato e indurre coloro che si fossero mostrati disponibili tra i possibili referenti a farsi avanti per trattare un mutamento di quella linea politica. [...] Proprio per agevolare la creazione di nuovi contatti politici occorreva eliminare chi, come Borsellino, avrebbe scoraggiato qualsiasi tentativo di approccio con Cosa nostra e di arretramento nell'attività di contrasto alla mafia, levandosi a denunciare, anche pubblicamente, dall'alto del suo prestigio professionale e dalla nobiltà del suo impegno civico, ogni cedimento dello stato o di sue componenti politiche. E d'altronde proprio tale finalità di destabilizzazione fornisce una valida spiegazione del breve intervallo temporale, cinquantasei giorni, intercorso tra la strage di Capaci e quella di via D'Amelio.»

*Dalla sentenza della corte d'Assise di Caltanissetta del processo Borsellino ter*

L'unica certezza rimasta è che Paolo Borsellino, come conferma chiunque lo abbia conosciuto e frequentato, visse fino alla fine con la consapevolezza del martirio: sapeva di morire, ma non si tirò indietro in alcun modo, raddoppiando, anzi, impegno e dedizione al lavoro investigativo che stava conducendo.

Chi ha conosciuto Borsellino sa che queste parole non sono contenitori di vuota retorica: noi crediamo che a un uomo così lo stato, in tutte le sue articolazioni, politiche e giudiziarie, dovesse restituire il massimo impegno per scoprire la verità e fare giustizia dei carnefici, protagonisti di una stagione di aggressione alle istituzioni democratiche senza precedenti in Italia.

È stato fatto davvero tutto il possibile per scoprire killer e mandanti? La storia delle indagini, dei tre processi che ne sono seguiti e dei molti, troppi, misteri che ancora restano inesplorati e che, anzi, si vanno formando man mano che il lavoro investigativo prosegue, ci dice di no.

Il silenzio della politica, in questi quindici anni, ha contribuito a far calare il sipario su una pagina nera della storia d'Italia, i cui protagonisti, gli architetti delle trame occulte, gli strateghi della tensione probabilmente sono ancora oggi al sicuro nelle stanze dei bottoni del paese.

«La verità va cercata a ogni costo, io penso che la cosiddetta Seconda Repubblica ha i suoi pilastri nel sangue versato da tanti uomini dello stato, magistrati e poliziotti. Dimenticare il sacrificio di questi servitori dello stato, sarebbe il segnale di una democrazia incompiuta. Questo, per la verità è accaduto alle origini della Prima Repubblica, penso alla strage di Portella delle Ginestre, mai chiarita: anche in quel caso i fatti sono stati alla base di una dialettica tra stato e mafia. Occorrono gli strumenti della politica per individuare le responsabilità politiche, per capire se questi ipotetici responsabili si muovono ancora negli scenari odierni.»

*Antonio Ingroia, pm di Palermo*

La ragion di stato chiesta dal pm nel processo per il covo di Riina riguarda il passato. Certo, sarebbe interessante conoscerla per ripulire le cantine di questo paese. Ma riguarda il passato. L'assassinio di Falcone e Borsellino, invece, riguarda il futuro.»

*Luciano Violante, agli autori il 30 aprile 2006*

«Sono convinta che esistono documenti e carte da cui la verità potrebbe ancora venire fuori. Perciò credo che oggi sarebbe utile istituire una commissione parlamentare d'inchiesta che faccia luce sulle due stragi, quella di Capaci e quella di via D'Amelio, che restano due grandi "buchi neri" della nostra storia.»

*Rita Borsellino, deputato all'Assemblea regionale siciliana*

# Ringraziamenti

Per ricostruire la cronaca dei cinquantasei giorni che separano la strage di Capaci da quella di via D'Amelio (e la cronologia dei fatti che precedono quella fase, a partire dalla sentenza della Cassazione contro i boss del maxiprocesso del 30 gennaio 1992) ci siamo serviti del prezioso archivio informatico dell'agenzia Ansa, il Dea, alla cui redazione, così come al direttore, Giampiero Gramaglia, che ne ha valorizzato il lavoro, va il nostro più sentito ringraziamento.

Non avremmo potuto raccontare i sentimenti e i comportamenti privati, ma di assoluto rilievo pubblico, di Paolo Borsellino senza ascoltare, come abbiamo fatto, la sorella Rita, la moglie Agnese Piraino Leto, i figli Manfredi, Lucia e Fiammetta, ai quali siamo grati anche per averci dato la possibilità di consultare l'agenda grigia, l'unica rimasta a testimoniare spostamenti e incontri del giudice ucciso, nella fase finale della sua vita.

Grazie al collega Umberto Lucentini, primo e più autorevole biografo di Paolo Borsellino, il cui libro *Il valore di una vita* (Mondadori, 1994), abbiamo «saccheggiato», utilizzando la precisione filologica di alcuni episodi da lui ricostruiti negli anni immediatamente successivi alla strage di via D'Amelio.

Grazie al presidente emerito della Repubblica, ora senatore a vita, Francesco Cossiga, per la disponibilità con cui ha ricordato il suo incontro in prefettura a metà giugno con Borsellino, e grazie al senatore Ferdinando Imposimato, per la conversazione dalla quale abbiamo tratto utili indicazioni.

Grazie anche ai magistrati Vittorio Aliquò e Pietro Vaccara, che hanno ricostruito, con uno sforzo di memoria non semplice, le conversazioni scambiate con Borsellino quindici anni fa, e al sostituto procuratore di Palermo Antonio Ingroia, che ci ha affidato ricordi, impressioni, emozioni, tratte dalla sua esperienza di allora, svelandoci preziosi quanto inediti retroscena di quei tragici mesi del 1992.

Grazie anche a don Cesare Rattoballi, l'ultimo sacerdote a confessare Paolo Borsellino, che ci ha restituito la disperazione, ma anche la serenità di un uomo consapevole di andare incontro alla morte. Avremmo voluto ringraziare anche un'altra persona, assai vicina a Paolo Borsellino negli ultimi giorni della sua vita, ma il tenente Carmelo Canale non ha mai risposto alle nostre numerose sollecitazioni a incontrarci. Le sue testimonianze distribuite nel volume sono tratte dalle cronache di quei giorni, o da interviste provenienti da libri e pubblicazioni, da noi fedelmente riportate ma non raccolte direttamente.

Un sentito ringraziamento va ancora all'avvocato Rosalba Di Gregorio, per l'attenzione con cui ha letto le bozze fornendo utilissimi consigli e suggerimenti. In ultimo, ma non per ultimo, grazie a Piero Sannasardo perché nei momenti difficili ha mantenuto forte il suo sostegno nel progetto e la fiducia negli autori.

Finito di stampare
luglio 2007 presso
Rotolito Lombarda SpA - Pioltello, Milano